イノセンス～幼馴染み～

砂原糖子

幻冬舎ルチル文庫

JN263984

CONTENTS

✦目次✦
イノセンス～幼馴染み～

✦カバーデザイン＝久保宏夏（omochi design）
✦ブックデザイン＝まるか工房

イラスト・陵クミコ✦

イノセンス～幼馴染み～

幼稚園に入ったとき、嫌いなものはなにかときかれた。

きいたのは、さくら組のユウコせんせいだ。となりの家のクルちゃんは『グリンピース』と答え、ぼくは嫌いなものはおもいだせなくてだまりこんだ。

次に好きなものはなにかときかれた。

『じゃあね、好きなものはなぁに?』

クルちゃんとぼくは、声をそろえて『レイダーマン!』と言った。おおきな声で答えた。

『元気がいいわね』とせんせいは笑った。

ぼくはうれしくなって、いっぱい好きなものを答えた。

お絵かき、あお色のクレヨン、蒸したプリン、ふかふかのタオル、甘いタマゴ焼き、たんじょうびにもらったレイダーマン人形、二軒どなりの家の子いぬのコウタ、おかあさん、おとうさん、となりの家のクルちゃん。

せんせいは、『むつみちゃんはたくさん好きなものがあっていいわね』と言って、またやさしく笑った。


幼稚園ではいつも睦《むつみ》は隣の家のクルちゃんと一緒だった。

「クルちゃん、お父さんの顔描かないの?」

床に寝そべり、四角い箱の絵を一心不乱にクレヨンで塗り潰《つぶ》している隣の子供に、睦は問いかける。『父の日』のプレゼントとして『みんなで一緒に作りましょうね』と先生が言ったのは、肩叩き券だった。お父さんの肩を叩いてあげる券だ。

先生は『お父さんの顔を描いてね』と言ったのに、クルちゃんは車の絵を描いていた。

「どうせ帰ってこないから、父ちゃん」

クルちゃんのお父さんはとても忙しい。忙しい仕事をしてる。シュッチョウというのもあって、それに出かけると家に帰ってこなくなる。

「お父さんのとこに送ろうよ」

『ののやまむつみ』とひらがなで書かれたピンク色の桜の形の名札を揺らしながら、睦は覗《のぞ》き込んで言った。

「どうやって？」

「キッテっていうの貼ったらどこでも送れるんだって、お母さん言ってたよ」

クルちゃんはびっくりした顔をし、それから満面の笑顔を見せた。

睦を黒目がちの大きな目で見つめ、『そうしよう、そうしよう』とはしゃぎ、そして言った。

「むっちゃんは頭がいいなぁ」

◇　◇　◇

乃々山《ののやま》睦は壁のカレンダーを見ていた。

月は一月、真新しいカレンダーだ。一月の文字は、青い字。真ん中の上のほうに大きく書かれている。その下にアルファベット。左端はSUN、その隣はMON、三番目はTUE、真ん中はWED……THU、FRI、SAT――あとは数字が1から31まで並んでいる。

休みの日は赤い字、休みじゃない日は黒い字。

写真もイラストもない味気ないカレンダーを見据え、睦は長い指でペンを回し続けていた。

階段を上ってくる足音が聞こえ、ハッとなる。

ぴしり。睦はブレザージャケットの背筋を伸ばした。姿勢を正し、コタツの上の問題集を手に取る。文句のつけどころのないポーズを決めたつもりが、部屋に入ってきた男は眉間《みけん》に皺《しわ》を刻んだ。

「睦、おまえまたサボってたろ？」

「さ、さぼってない」

「嘘つけ。いつからおまえ、問題集逆さで読めるほど器用になったんだ？」

睦と同じ紺色のブレザーにエンジのタイ……タイのほうは、男は外していて部屋のベッド上でとぐろを巻いていたけれど……上下揃《そろ》いの服の男は、同じ高校に通う来栖貴文《くるすたかふみ》だ。

隣のクルちゃん。

睦の幼馴染《おさななじ》みだった。

「つか、ノートも真っ白じゃないかよ」

広げただけに等しい状態のノートを覗き込んできた来栖は、溜《た》め息《いき》をつく。

睦はそろっと顔色を窺《うかが》った。視線を流すと、すっと上がり気味の描いたような睦の眦《まなじり》は強調される。薄い唇。尖《とが》ったように通った鼻筋。この年頃にしてはニキビ跡もなく、メラニン色素がなりを潜めてそうな白い肌だが、赤ん坊の肌とは明らかに違う。

高校三年生。ベビーフェイスにはほど遠く、どちらかといえば年より大人びて見えるその顔に不釣り合いな舌足らずな声で睦は言った。

「く…クルちゃん、でも、ない。宿題」

焦れば焦った分だけ片言になるのは、今日に限ったことじゃない。意味の理解しづらい言葉に、幼馴染みはさらっと返した。

「宿題なんかなくったって、おまえは勉強しなきゃなんねぇの」

高校は冬休みが明けたばかりで、大学進学を希望している生徒はセンター試験を目の前にしており、『勉強なんて』と言っていられる時期ではない。

けれど、就職予定の睦にそれは当てはまらなかった。

それでも、睦は勉強していた。

ほぼ毎日、隣の家の二階の来栖の部屋で。

勉強、させられていた。

「この漢字、使うの？　いつ？　どこで？」

睦が開いているのは、小学校高学年向けの漢字問題集だった。ドリルと呼んだほうが相応《ふさわ》しいかもしれない。

小学生向けとはいえ、中には滅多に使わない、大人でも忘れてしまいがちな文字もある。けれど、高校生が小学生の漢字ドリルを開いている姿は普通じゃない。

睦は漢字が苦手だった。漢字を含んだ国語に限らず、数学も不得手だった。英語も理科も――運動は普通、選択科目の美術だけが人よりちょっとよかった。

睦は勉強をしてもなかなかみんなに追いつけない。自分でもそれは知っている。小学校でも中学校でも『馬鹿だ馬鹿だ』とよくからかわれたからだ。幼い頃にはみんなと『ちょっと』しかなかったズレは、年齢を重ねるうちに、『けっこう』『かなり』と大きくなった。

それでも養護学校や特殊学級に行くレベルまで、知能指数は低くなかった。けれど、あるときの知能テストでは『そのレベル』に至り、またあるときは平均に少しだけ近づいた。

知能テストも完璧じゃない。その日の調子や気分で十や二十は変わる。

確かなのは、線引きより上なところで、やっぱり睦は周りの子供と違っていることだった。

「使わなくても覚えなきゃならないんだよ。漢字も数式もな、学校はそういうもんだ」

少しぶっきらぼうな声で来栖は言う。皮肉のこもった言葉だったが、睦は『そうなんだ』とがっかりした顔で素直に頷《うなず》いた。

「学校だけじゃない、卒業してもいろいろあるんだよ。睦、おまえまだ就職決まってないだろ？　漢字の一個でも多く書けたら、受かるかもしれないんだぞ？」

クルちゃんの言うことは正しい。『いろいろ』のイミがよく判《わか》らなくても正しい。

幼い頃からアレコレと世話を焼いてくれた来栖は、睦の両親からも大きな信頼を得ている。けれど、睦は最近の『クルちゃん』は時々おっかないと感じるときがある。

元々わりと短気で、子供の頃にはオモチャを取り合ってケンカもしたものだが、近頃の来栖は少し違った意味で怒りっぽい。

まず、眉間に線がついてることが多い。

——やっぱり今日も二本ついている。

コタツの向こうに腰を下ろした来栖は渋っ面で、眉《まゆ》を思案顔で寄せていた。

来栖の眉は睦とは違い、黒々としている。少し癖のある髪は、小学生の頃はいつも寝癖が酷《ひど》くて襟足《えりあし》は必ずといっていいほど奇妙に跳ね返っていたが、最近はそうでもない。『くせっ毛は直ったんだ』と信じている睦は、幼馴染みが毎朝洗面所で奮闘しているなんて知りもせず、想像もつかないでいた。

それ以外にも、変わったところはある。

クルちゃんは眼鏡をかけるようになった。小学校を卒業する頃は野暮ったい黒ぶち眼鏡だったのに、中学からはすっきりしたフレームの眼鏡に変わった。

声が低くなった。鼻が高くなった。大きかった目が横に伸びて、少し鋭くなった。

背が高くなった。丈夫そうな体になった。同じくらいで同じように大きくなってきたのに、いつのまにか少し見上げるようになっていた。

そして、ムズカシイ顔をする。

ムズカシイ顔のあとには、決まって同じような言葉を言う。

「睦……就職、早く決まるといいな」

少し困った表情で言う。睦がじっと見ていたのに気がつくと、来栖は眉の間の二本の線を消し、ふっと笑った。

「漢字の書き取り終わったらプリン食わしてやっから。文香《ふみか》が作ったプリン好きだろ?」

来栖の妹の文香は料理が上手だ。プリンが待っていると聞き、睦は嬉しさに顔を綻《ほころ》ばせた。

「テレビも見ていい?」

もうすぐ六時半だ。好きな特撮ヒーローの番組が始まる。物心ついたときから好きだったレイダーマンは何度も代替わりしていて、正式タイトルもその姿も、出てくる怪人すら微妙に変わっているけれど、睦は変わらず見続けていた。

「おまえさ、いつまでレイダーマン見るつもりなんだ？」

コタツ布団に足を潜らせながら、来栖はちらりと睦の顔を窺う。

「え、いつまでって……六時半から七時までだよ。レイダーマンは」

「や、そうじゃなくて何歳まで見るつもりなのかって思ってさ」

「そういやクルちゃん、見ないね。最近。嫌いになったの？」

来栖は一緒に見たがらなくなった。この家の居間で見せてもらうときには、来栖は後ろのソファで雑誌を読んでいたり、参考書を広げていたり、うたた寝していたりする。

「別に嫌いなわけじゃない」

「じゃあなんで？　ダメ？　見たら？」

「……ダメじゃねぇけどさ」

睦は返事に笑みを取り戻す。

「ふーん、じゃあ見てもいい？　あ、こないださ、母さんに怒られた。部屋暗くして見てたら。怒られた。暗いとこで見たらどうなんだろ？」

「死ぬ」

「え、そ、そうなの⁉」

目を瞠《みは》り、睦はコタツの上に身を乗り出した。

ついた手のひらの下で、漢字ドリルの用紙はぐしゃりと音を立てる。伸びてきた大きな手のひらは、くしゃりと髪を撫《な》でてきた。

来栖の長い指が、髪の中を泳ぐ。

「バーカ、嘘に決まってんだろ」

睦の頭を掻《か》き回しながら幼馴染みは笑った。

来栖はよく髪に触る。昔は学校帰りに手を繋《つな》いで帰ったりもしたが、いつの間にかしなくなっていた。それどころか、ふざけて手を繋ごうとしたら、すごい剣幕で拒否された。あれは去年の夏だったか、一昨年《おととし》の夏だったか……とにかく『やめろ』と言われて、振り払われた手のやり場に困ったのを睦は覚えている。

不思議だった。漢字は何度書き綴《つづ》っても覚えられないのに、そのことは一年……か二年たった今も忘れていない。

そのくせ頭には触る幼馴染みも、睦には謎の一つだった。


「え、林《はやし》ってB組の可愛いコじゃんよ〜！　抜け駆けかよ、おまえは！」

校舎の屋上に大きな声が響き渡る。

昼休みだった。昼食を取るには真冬の屋外は寒すぎたが、寒風吹き荒《すさ》ぶ冬も暑い夏も、春も秋も睦は校舎の屋上で弁当を広げていた。

どうしてそうしなければいけないのかは判らない。判らないけれど、昼休みのチャイムが鳴ると友人は誰からともなく席を立ち、屋上に向かうから睦もそれに倣《なら》っている。

風除《かぜよ》けになる場所を探して座り込んだのは、給水塔の裏側だった。

日焼けして褪《あ》せた色の給水塔は三メートルほどの高さの丸い円柱形で、どちらが裏側か本当は区別がつかない。とにかく集まったのは風のこないほうだ。

貼りつくように四人で身を寄せ合う。

寒い。狭い。どうしていつもこの場所なんだろう。もしかすると、みんな同じギモンを抱いているのかもしれなかった。でも誰も言い出さないから、睦も言わないでいる。

「抜け駆けもなにもねぇだろ、オウはコンパ来てねぇんだから」

「そうそう。うるせぇから叫ぶなよ」

牛島《うしじま》と寺田《てらだ》が口々に言い、そんな二人を眼光鋭く西野央《にしのひろし》は睨《にら》む。漢字が『央』だからあだ名はオウ。睦はオウちゃんと呼んでいる。

オウちゃんは高校で知り合った友達だ。同じクラスになった睦に、最初に声をかけてくれたのがオウちゃんだった。

『でも俺、頭悪いよ？　いいの？』

そう言った睦に、オウちゃんは戸惑った顔をし、それから大きな口を開けて笑った。

『頭の悪さなら俺も負けてねぇ』

来栖以外の友達は久しぶりだった。

誰も睦と仲良くしたがらなかった。理由は、勉強ができないから。勉強をして遊ぶわけじゃないのに、どうして友達にしてもらえないのか、判らなかった。

判らないのも、自分が勉強ができないせいだったんだろうか。そういえば『バカはうつる』って誰かに言われた気がする。

この高校のクラスには、睦の勉強が不出来だからといって笑い者にする生徒はいない。何故《なぜ》なら、みんな勉強が嫌いで成績は下の下だからだ。少子化の流れを軽視して数年前に大々的に新設された工業科は、初年度から定員割れだった。困った学校側は面接のみで生徒を入学させた。結果、どの高校にも受かる見込みの薄い問題児が集まり、年度を重ねるごとにまともな生徒は工業科を避けるようになった。

「そんな美味《おい》しいめにあえるって判ってたら俺も行ったっつーの」

「オウが参加したって、お持ち帰りなんてできねぇよ!」

がこん、と睦の頭上で給水塔が音を立てる。オウちゃんが殴りつけたせいだ。三人はまだ突っ立ったままで、睦だけが座り込んで弁当を広げていた。

三人がしているのは、『コンパ』とかいう集まりごとの話だった。参加できなかったオウちゃんは、女の子に『やらせて』もらえなかったらしい。牛島は『やらせて』もらえたようだ。

オウちゃんたちは、よくその話をしている。女の子になにをさせてもらうのかは、ずっと睦には謎だ。オウちゃんも牛島も寺田も、何度訊いても誰一人教えてくれないので、睦は知るのを諦《あきら》めていた。

けれど、とても大事なことらしい。その話になると、みんな真剣になる。ゴハンもそっちのけで話すぐらいだ。

少なくとも、勉強より重要なのだろう。期末や中間試験の勉強で、こんな大騒ぎするオウちゃんたちは見た記憶がない。

「うるせ〜、俺だってな、中坊んときケンカばっかしてさえなけりゃ……」

「始まったよ、オウのケンカ自慢が。自分の面をケンカのせいにすんなよな〜」

二人はガハハッと笑った。

オウちゃんは、悪役プロレスラーみたいな顔をしている。女にもてない顔、だそうだ。そして少し鼻が曲がっている。オウちゃんは中学二年生のときのケンカで曲がったといつも言っているが、二人は『オウの鼻は昔っから曲がってた』と言う。睦は昔のオウちゃんもケンカも見ていないので知らない。

がこん。再び給水塔が鳴る。睦は弁当箱の上で、ピタリと箸《はし》を止めた。

「……あ、乃々山悪い。びびらせちまったか？」

オウちゃんは焦った顔をする。

「ちがう」

睦は首を振った。俯《うつむ》いた視線は、アルミ製の弁当箱の中身に釘づけたままだ。

「どうしたよ？」

睦は考えていた。物を考えるとき、一点を見つめて動けなくなるのは癖だ。二つのことを上手《うま》く同時にできない。体は頭を回すだけで精一杯になってしまう。

薄い唇を閉ざす。表情を消す。そうしていると『おまえでも頭がよさそうに見える』と誰かに言われたことがある。細面の少し大人びた精美な顔立ちは、皮肉にも睦を知的に見せる。なにか難しい思索にでも耽《ふけ》っているかのような顔のまま、睦はぽつりと言った。

「……卵焼き」

「……へ？」

「卵焼き、最初に食べたい。けど最後にも食べたいんだ。どうしたらいいのかと思って」

オウちゃんは呆《あき》れた顔をし、後ろで牛島と寺田は肩を竦《すく》めた。

「半分食って、残りをあとで食えばいいんじゃねぇのか？」

「半分食べて残りを？」

「おまえってマジで……まぁ、いいんだけどさ」

なにか言いかけ、オウちゃんは口を噤《つぐ》む。

「やっぱバカだよな、コイツ」

牛島がぽろりと口にし、オウちゃんは睨む。

「オウちゃんって、頭いいなぁ！」

睦はにこにこと笑った。周りが脱力しきっているとも気づかず、卵焼きに箸を刺した。

「なぁ、おまえもさぁ……好きな奴とかいんの？」

きっちり二つに分けようと懸命になる睦にオウちゃんが問う。

「卵焼き」

「そういう好きじゃねぇよ。つーかそれ、人じゃねぇし」

「人……」

ふわふわに焼き上がった卵焼きの半分を咀嚼《そしゃく》しながら、睦は嬉しそうに応《こた》える。

「あ、レイダーマン！」

「違うっつってんだろ」

「そっか、人じゃないね。レイダーマン」

「……だから、そういう問題じゃねぇって」

睦は首を捻《ひね》った。どういう好きなのだろうと思った。

『乃々山に訊いたってムリムリ』と寺田が腹を抱えて笑い出す。三人が食事を取ろうとし始めた頃、睦は思い出して言った。

「クルちゃん」

焼きそばパンにかぶりつこうと、あんぐり開けた口を戻したのはオウちゃんだ。

「クル…ちゃんって誰だよ？」

「普通科のクルスタカフミ」

「来栖……って、あの特進コースのか？」

三人の声はほとんど揃っていた。

来栖は校内では有名だ。夏までは生徒会で書記もやっていた。

成績は常に普通科のトップ。悪名高い工業科とは対照的に、普通科は誉れ高い。普通科だけなら県内でも上位クラスの学力を誇る私立校だ。普通科で一番は、つまり学年全体で一番ということだった。

「そういや……おまえ、ときどき来栖と一緒に登校してたな。家が近いとか言ってたっけ？」

「ときどきじゃないよ。校門まで毎朝一緒なんだ。隣の家で、幼馴染みだ。クルちゃん」

睦は切れ切れながらも、はっきりと返す。三人はつまらなさそうに『へぇぇ』と応えた。

「来栖と友達なんてやってて楽しいのか？　あいつマジメだろ？」

「堅物って感じだよな」

「乃々山の友達が来栖ねぇ」

三人はそれぞれ意見らしきものを口々に言ったあと、また声をハモらせた。

「つーか、その好きじゃねぇし」


クルちゃんはマジメなんだろうか？

マジメって、ベンキョウをするからなんだろうか？

マジメって楽しくないんだろうか？

そのうちマジメって食える？　とでも言い出しかねない調子で、睦は昼間の会話を思い返し悩んでいた。

「なんだ〜、乃々山？　また卵焼きのことでも考えてんのかよ？」

隣を並び歩くオウちゃんは、大きな体を曲げて顔を覗き込んでくる。機械仕掛けの人形のように一点を見つめて歩く睦は、別世界に一人迷い込んでいた。

学校の帰り道、二人が一緒なのは珍しい。

オウちゃんは学校の裏の商店街に住んでいる。酒屋の二階だ。今日は駅前の本屋さんに寄るつもりらしい。本を買うためじゃなく、立ち読みするためだ。

来栖は一緒じゃない。週末にセンター試験を控えた受験生が大半の普通科は、午前中で授業を切り上げていた。

——クルちゃんはよく勉強をする。

この一年、隣家の部屋の明かりが消えるのを睦は見ていない。夕飯を終えて二階の自分の部屋に戻ったとき、風呂から上がったとき、眠る前も、ふと目が覚めて起き上がった丑三《うしみ》つ時も、いつ窓から覗いても来栖の部屋は眩《まぶ》しく明かりが点《とも》っていた。

――クルちゃんは勉強が好きなんだろうか。

一度、どうして勉強するのかと訊《き》いたことがある。来栖は『大学に受かりたいから』と答えた。どうして大学に受かりたいのかと尋ねたら、『いい仕事をしたいからだ』と返された。どうしていい仕事を……とまた尋ねたら、来栖は溜め息をついた。睦はなにも言えなくなった。

来栖が勉強が好きなのか、嫌いなのかは結局知らない。知らないけれど、勉強をしている幼馴染みが睦は嫌いではなかった。

睦には意味も判らない数式をさらさらと解いていく姿は、まるで魔法を見ているみたいだ。ペンの先から、魔法の呪文《じゅもん》のように答えは書き出される。

見慣れた光景なのに、いつ見ても飽きない。

来栖がペンを止め、困った表情をすれば睦も困った顔になる。来栖が嬉しげにペンを走らせれば、睦も自分のことのように笑顔になる。

それは――睦が来栖を好きだからかもしれない。

「なぁ、オウちゃん」

睦はふいっと俯いていた頭を起こす。身長一七〇と少しの睦の頭より上にある、厳《いか》つい顔を見上げた。

「んあ？」

「昼休みの話だけど、どう違うんだろ？　俺の好きと、オウちゃんたちの言う好きってなにが違うんだ？」

「へ……？」

「俺さ、やっぱ好きだと思う。クルちゃん」

教室に置きっぱなしで、ほとんど教科書の類《たぐい》の入っていない鞄《かばん》を小脇に抱えたオウちゃんが足を止める。駅の近くの書店の前だった。

「どうって……違うもんは違うだろ。来栖は男だし。ただの好きとは同じじゃねぇよ」

「だから、どう違うのかな？」

オウちゃんは困ったように視線を宙に向けた。睦もつられて頭上を仰いだ。もちろんそこに無邪気な質問の回答が浮いているはずもなく、答えはオウちゃんの口から返ってきた。

「おまえさ、来栖とどうこうしたいって考えるわけ？」

「どう…って？」

「アイツと付き合いたいとかって考えるのかって……や、これも判んねぇのかな。便所に付き合うとかとはちげーぞ？」

『まいったな』と呟《つぶや》きながら、オウちゃんは少し右に傾いた鼻の頭を掻く。睦もつい真似る。自分の鼻筋を爪《つめ》の先で掻いた。オウちゃんはそれに気づくとぴたりと鼻に触るのをやめ、少し嫌そうな顔をした。

「付き合うって、意味判るよ」

指先をぼんやり見つめ、睦は言った。

傍《そば》でガガッと機械的な音が響く。大柄な友人の背後で書店の自動ドアが開き、冬の高い空に笑い声が突き抜けた。並び立って笑って出てきた制服姿の女子高生は、入り口を塞《ふさ》ぐ障害物の二人に煙たそうな目を向けながら歩き去っていく。

「でも無理だよ。考えたことないけど、クルちゃんと付き合うのは。クルちゃん、いつも付き合ってる人いるから」

暖かな書店内に吹き込む風が、立ち止まる二人の体を撫でる。

冷たい風に淡い色の髪は掻き回され、逆立った猫っ毛の髪を戻すのに睦は少し苦労した。

来栖が腕の時計が遅れていると気がついたのは、背後の壁をふと振り仰いだからだった。

身につけたスポーツウォッチは四時十分前だったが、図書館の時計の長針は文字板の十二をきっかり指していた。

「四時だ。もう帰らなきゃ」

時計を見つめ、独り言のように呟く。

長机の隣で、退屈げに参考書のページを捲《めく》っていた彼女は不満の表情を見せた。

「やけに時間気にしてると思ったけど、なに？　家庭教師でも来るの？　今更必死にならなくったって、貴文くんなら大丈夫よ」

センター試験は目の前だ。焦るなんておかしいとばかりに笑う。

椅子を引く音、本を捲る音、些細《ささい》な音でも耳につくほど図書館は静かだった。来栖は声を潜めるよう促し、彼女は『あっ』と口元を押さえて視線を周囲に走らせた。

「いや、そうじゃなくて、勉強教える約束してんだ」

来栖は抑えた声で言う。

「教えるって、誰に？　専属の家庭教師になってくれるんじゃなかったの？」

『私の』と付け加えた彼女は、まだ名目上にすぎないとはいえ来栖の恋人だった。

二つ隣のクラスの彼女に、来栖が告白されたのは先月だ。クリスマスの少し前。誰もが恋人の有無を意識する季節だった。来栖が前の彼女と別れたと、普通科の一部の生徒の間に噂が広まった頃でもあった。

『受験前なんだけど』

そんな物言いになったのは、時期的にも正直驚いたからだ。初めて口をきいた彼女が、あまりにもあっけらかんと交際を持ちかけてきたからというのもある。

彼女は言葉を用意していたかのように言った。

『だったら、一緒に勉強しない？　教えてくれる？』

それが自分になんのメリットがあるんだ、とばっさり切り捨てるほど来栖は冷たくはなかった。無邪気な笑顔には、はねつけ難いものがあった。

それでも最初は断るつもりだった。

あのとき、言葉を選ぶ間――風が凪《な》いでいたなら、もしかしたら自分は別の返事をしたかもしれない。

校舎の渡り廊下で、中庭を吹き抜ける風に彼女の短めの髪はふわふわと揺れていた。陽光に透けた髪は猫っ毛で、逆立ちそうになる後ろ髪を彼女は必死で押さえていた。

『いいよ、付き合っても』

彼女の髪を見つめながら、そう応えた自分を来栖は知っている。ちゃんと覚えている。けれど、忘れたと自分に言い聞かせている。

そうしなければ、自分が嫌な人間に成り下がる気がした。抗《あらが》えなかった理由など知りたくもない。知るのをなにより来栖は恐れていた。

来る者拒まず、去る者追わず。無味乾燥な恋愛しかできない自分と、テストの点と少しばかりの見てくれのよさで言い寄ってくれる女、それでよかった。

「勉強教えてんのは友達だよ。幼馴染み、家が隣なんだ」

机の上に散らばった筆記用具をペンケースに押し込みながら、来栖は応える。

「ふーん、幼馴染みって……女の子じゃないよね？」

「男に決まってんだろ」

「年下？」

「いや、同学年だけど」

「変わってる。同い年で勉強教えたりってあんまりしなくない？　成績悪いの？　そのコ」

深い意味があるはずもない彼女の問いに、緊張が走る。来栖は言い淀《よど》んだ。

「まぁ……少しな。おまえにだって教えてるだろ？」

「あ……そういえば、そっか」

「一緒に帰るだろ？　バス停まで送るよ」

彼女は頷き、机の上を片づけ始める。学校からは電車で連れ立ってやってきた市立図書館だったが、彼女の家はバスのほうが近い。

閲覧室を出ると、入り口ホールは橙《だいだい》色《いろ》に染まっていた。ガラス張りの壁面から差し込む夕陽に、彼女は眩しそうに顔を顰《しか》めた。

白い光沢のある石張りの床の上を、赤い光が波打っている。

「ほら、図書館なんだから静かにしなさい。もう、カズちゃんったら！」

絵本を数冊手にした若い母親の窘《たしな》め声がホールに響く。足元を躍る夕陽を追いかけ、幼い子供は飛び跳ねていた。

小さな男の子だ。柔らかな栗色の髪に、服の中で体が泳ぐほど痩《や》せた色白の子供は、仕草とは裏腹に利発そうな顔をしていた。

誰かの面影と重なる。目の前の子供は、十年もたてば取るに足らないことで興奮したりはしないだろうが、来栖の知る子供は、十年たっても変わらぬままだった。今もこの光景を目にしたら、飛び回って喜びを表現するかもしれない。

自分だけが、大人になっていく。

浮かない顔でかつては夢中になったテレビ番組を見るようになり、生きていく上でなんの役にも立たない数式を解くことに疑問も抱かなくなった。

「貴文くん？」

呼ばれて視線を移す。いつの間にか足を止め、来栖は子供を見ていた。

「ああ」

歩き出す自分に彼女は言った。

「今度どこか遊びに連れてってくれる？　試験、終わったら」

「遊びに？　そうだな、いいよ」

空気の色に反し、外は風が冷たかった。

当たり前だ。まだ冬だ。

まだ――

「ホント？　早く行きたいな。だって貴文くん、大学受かったら東京に行っちゃうんでしょ？」

「ん……まぁそうなるけど」

「つまんないの。やっと図書館以外のデートができると思ったら、今度は遠距離恋愛かぁ」

遠距離。来栖は東京の大学に進学すると決めていた。もうずっと前からだ。

順調にいけばほんの数ヵ月先で、もう三ヵ月も残っていない。そんな間近に迫っていることが、非現実的に思える。

風が冷たいから。まだ試験はこれからだから。それとも、生まれて十八年暮らしてきた町の風景が、あまりにも当たり前になっているからか。

頭をふらりと掠《かす》めた幼馴染みの顔に、来栖は緩く頭を振った。


「私、お兄ちゃんの新しい彼女って嫌い」

文香は熱したオリーブオイルと色づいたニンニクに、パスタのゆで汁を垂らしながら言った。

フライパンからもうもうとした湯気と、油の弾《はじ》ける激しい音が上がる。驚いて体を反らせた睦は、座っていた椅子ごとひっくり返りそうになった。

「こうすると味がぐんとよくなるの」

「そうなんだ？」

ゆで汁が美味《うま》いとは思えない。でも文香の作る『ぺぺろんちーの』とやらは美味しい。文香の作るプリンも美味しい。シチューも豚の生姜《しょうが》焼きも。

来栖の妹で高校一年生の文香は、料理が上手だ。それは働きに出ている母親の代わりに、毎日料理を作っているからだった。

『おやつでも食べながら待ってて』と言って与えられたプリンを、睦は再びせっせとスプーンで掬《すく》い始める。

「美味しい？」

「うん」

「むっちゃんも、夕飯食べていってね」

「うん。ありがとう」

「お兄ちゃんってさ、女の趣味悪いよね」

「う……そ、そうかな？」

睦は勢いで頷きかけ、慌てて首を振る。つるりと喉《のど》に下ったプリンが気管支に入りそうになり、げほげほと咳《せ》き込んだ。

「なんか軽そうで調子のよさそうな女ばっかなんだもん。私はむっちゃんみたいな人がいいなぁ。作ったお菓子、美味しい美味しいって言ってくれるコ」

「言ってくれないの？」

「言ってくれるけど、お世辞かもしれないし。むっちゃんは判りやすくて素直で好き」

「そ…う？」

『素直』は、睦が成長するにつれてもらえるようになった数少ない褒め言葉の一つだ。褒められれば嬉しい。けれど、どうして『素直』と言われるようになったのか。睦はなに一つ変わってはいなかった。

自分の中を探しても、変化は見つからない。

相対的、なんて言葉は知らなかった。

「遅いなぁ、お兄ちゃん。いつも『腹減った』って言うから、夕飯早く作ったのに。冷めたら不味《まず》くなるんだけど」

出来上がったパスタを皿に取り分けながら、文香はテーブルの片隅の置時計を見る。

睦が勉強の約束をしたのは五時だった。もう三十分も過ぎている。今日は新しい彼女とやらとどこかに行ってるんだろうか。

「そういえばさ、私、面白い法則に気づいたんだ」

「こうそく？」

「校則じゃなくて法則。お兄ちゃんってさ、むっちゃんの顔が好きよね。連れてくる彼女、みんなどっか似てんの」

「似てるの……俺に？」

睦はカップの隅に残ったプリンの欠片《かけら》を、スプーンの先でどうにか掬おうと悪戦苦闘しながら返す。

「そ。誰かに雰囲気似てるなぁっていっつも思ってたんだけど、まぁ判らなくもないかな、むっちゃんは美形だもんね。見慣れたからきっと好みが煩《うるさ》くなんのよ」

「好み……」

「お母さんが言ってたもん。幼稚園の頃、お兄ちゃんが『むっちゃんとケッコンする』って言って聞かなくて困ったって」

文香はくすくすと笑い、睦は食器棚のガラスにぼんやり映る自分の顔を覗く。

そのとき、ちょうど玄関で鍵を開ける音が聞こえた。


クルちゃんは女の子の好みが煩いんだろうか。

睦にはそうは見えなかった。

思春期を迎えた頃から、来栖は絶えず恋人をつくっていた。何人と来栖が交際経験があるのか知らない。数を数えるのは得意じゃない。途中から判らなくなった。多いといっても両手には満たないと思うのだけれど、何故か覚えるのを睦は放棄した。

来栖の恋人の数を数えるのは、あんまり楽しくなかったからかもしれない。

クルちゃんは自分からコクハクとやらもワカレルとやらもしたことがない。女の子が『付き合いたい』と言えばそうして、『もう別れたい』と言えばそのとおりにする。

そういうのを、セッソウナシのレイケツカンというのだと文香は言っていた。

その来栖に拘《こだわ》りがあると言われても、睦にはピンとこない。

「どうした、手が止まってるぞ？　どの問題が判らないんだ？」

分数の問題を前に、ぴくりとも動かないでいる睦に来栖が声をかける。

三人で『ぺぺろんちーの』を食べたあとは、いつもどおり睦は二階の来栖の部屋で漢字ドリルやら算数ドリルやらを開いていた。

「ん……あのさ、あるんだ。判らないこと」

「だから、どの問題だ？」

「クルちゃんって、どこ気に入ったの？　今付き合ってる女の子のどこが？」

しばしの間があった。

「はぁ？」

やっと返ってきた答えは、相槌《あいづち》にもならない語尾の上がった反応。答えがどうしても欲しくて、睦は幼馴染みに視線を釘づけた。

来栖は仕方なさそうに答えた。

「さぁ……髪……じゃないの」

言ったあと、嫌そうに顔を歪める。

「じゃあ、そのまえの女の子は？」

「……目かな」

「そのまえ」

「唇」

「そのまえのまえは？」

「もう忘れたよ。それがどうしたっていうんだ」

ついに来栖は吐き捨てる声で言う。

「えっと、どう…って。どうしたの？」

首を傾《かし》げると、ますます渋い顔をされてしまった。

「俺に訊くなよ」

判りそうで判らない。顔のつくりが自分と似ていたらどんな意味があるのか。

来栖の最初の恋人は睦もよく覚えている。物珍しくて、アレコレ訊いた。来栖はやっぱりこんな顔で、煩いと言いたげな顔で、『マフラーの色が気に入ったんだよ』と答えた。

彼女が巻いていたのは、白と水色の爽やかな秋の空みたいな色のマフラーだった。それは睦が中学に上がったときにお母さんに編んでもらったマフラーにそっくりだった。

そうだ、睦のマフラーと似ていた。

「あ……」

ドリルに向けていた顔を、睦は唐突に起こす。

足しても引いても判らない。絶対に解けないだろうと思った答えが判った気がした。

そうだ、きっとそうだ。クルちゃんは頭がいいのに、どうしてこんな簡単なことを思いつかずにいたんだろう。

「クルちゃん、俺と付き合えばいいんだ！」

「え……」

「文ちゃんが言ってた。クルちゃんの彼女、みんな俺に似てる。だったら、俺でもよくない？」

眼鏡のレンズの奥の来栖の黒い目が瞬《しばたた》く。ブリッジの上の眉間に、いつもの皺ができる。

それから、呆気《あっけ》に取られた表情で言った。

「……バカか、おまえは」

「ダメなの？　どうして？　今日ね、友達に訊かれたんだ。好きな人、いるかって。だから俺、クルちゃんって答えた。俺ね、クルちゃんが好きなんだよ」

「知ってるよ、そんなこと」

得意げに言った睦に、来栖は特に驚いた様子もなかった。

即答する。どことなく冷めた不機嫌な口調だった。

「だったら……」

「駄目だ。おまえ、男だろ」

「女だったら付き合ってくれるの？」

「……んな仮定の話したってしょうがないだろ。それに、もし女でも……おまえとは付き合わないよ、俺は」

とうとう溜め息をつかれてしまっても、睦は引き下がらない。思いつきは、とても素晴らしいものに思えた。

「なんで？　昔、俺のこと好きだって言ったよね？　俺とケッコンするんだって言ったんだよね？」

「……言ったな。幼稚園のときな」

「俺、クルちゃんと付き合いたいよ。一緒に遊べるよ？　一緒にゲームしたり、テレビ見たり、絵を描いたりさ。あ、クルちゃんは描かなくてもいいよ、絵描くの嫌いだもんね」

睦は目を輝かせる。楽しそうなことを並べた。

精一杯早口でたくさんの言葉を並べる睦を、来栖はなにか言いたげな目で見ていた。

「今とどこが違うんだ、それの。付き合わなくても一緒だろ？　どう違うんだ、言ってみろ」

「あ……」

言葉に詰まる。

睦には、答えられなかった。

ほらみろ、という顔を幼馴染みはする。

「くだらないこと言ってないで、ちゃんと問題解けよ。判らないとこあったら、教えてやるから。面接、週末だろ？　叔父さんから昨日確認の電話あったよ」

来栖の親戚が経営する店の面接を、睦が受けるのが決まったのは先週だった。急に従業員のうちの一人がやめ、人手不足に陥ったらしい。

睦は今まで数多くの面接を受けたけれど、そのどれもが不採用だった。ただでさえ高卒で募集が少ないところに、睦を正社員として迎えてくれるような懐の深い会社はなかった。

来栖が奔走して見つけてくれたのが今度の面接先で、画材店だ。睦は幼い頃から絵を描くのが好きだった。『絵を描く道具を売ってるところだ』と聞き、喜び勇んだ。

「あ……う、うん、頑張るよ。あ、書いたんだ。コレ。これでよかった？」

睦は勉強道具を入れてきた紙袋から、履歴書を取り出す。最初はひどいものだった履歴書も、母親や来栖にアドバイスをもらい、あちこちの募集先に送るうちに、見本と呼べるものができた。昨日の夜はそれを見ながら、新たな履歴書を書いた。

何度も何度も書き直した。右に傾き左に傾きすぐに子供っぽくなる字も、少しでも綺麗になるよう心を込めて書いた。

『心を込めて書け』と言ったのはクルちゃんだ。

ココロと言われても、なにを込めていいのか判らなかったので、とにかく睦は『受かりますように』と祈った。

「ん……いいんじゃないか。すごく綺麗に書けてる」

睦の履歴書に目を通した来栖は、頷いて微笑《ほほえ》む。ムズカシイ顔ばかり見せていた幼馴染みが笑った。

睦はふと思った。面接に受かったら、クルちゃんは自分と付き合ってくれるのだろうか。

『履歴書に書いたとおりに応えれば大丈夫だから』

面接の当日の朝、心配そうな声で電話をかけてきた来栖は、そう何度も念を押した。

『送ってやれなくてごめんな』

謝った来栖は、その日は前日の土曜に引き続きセンター試験だった。

それがどんなに大事な日か、睦も知っている。来栖は今日のために、ずっと来る日も来る日も部屋の明かりを夜遅くまで点してきたのだ。

迷惑をかけるわけにはいかなかった。

『大丈夫だよ』と睦は応えた。

清々しい、晴れ晴れとした朝だった。目覚めてすぐに覗いた部屋の窓からは、隣の来栖の家の屋根の上に青い空がのっかっているのが見えた。窓から身を乗り出して仰ぐと、風は冷たいけれどどこまでも落っこちていけそうに澄んだ深い青が綺麗だった。

いつもは母親任せのアイロンを、睦は自分でかけた。少しシャツに変な皺がついてしまった。でも、ブレザーのジャケットを羽織れば見えないところだったし、アイロンをかけたばかりのシャツは纏《まと》うとぬくぬくして気持ちがよかった。

睦は不安げな顔で見送る母親に『行ってきます』と元気よく手を振り、学校に行くときと同じく、二軒隣の家の飼い犬に声をかけることも忘れなかった。睦が幼稚園のときにもらわれてきたコウタはもうおじいさんで、小屋から出ようともせず、眠そうな目を少し開けただけだったけれど、それもいつもの朝の光景だった。

普段どおりの朝。でも睦は今日は普通よりも頑張ろうとはりきっていた。

今日はクルちゃんも頑張ってる。

そう思うと、特別な日のような気がした。

日曜の午前中。電車は空《す》いていた。来栖が用意してくれた地図を片手に、睦は画材店に向かった。店は電車で三十分ほどの距離の大きな街の商業ビルの中にあった。近所の商店街に並ぶ花屋やクリーニング屋のような店構えを想像していた睦は、少しだけ気圧《けお》された。

「えっと、五階、五階……」

エスカレーターで目的の階に向かう。眩しいほどに広々としたクリーンな店内には、まるでそれ自体が美術品であるかのように画材が整然と陳列されていた。

「えっと、十一時、十一時……」

約束の時間は十一時ちょうどだ。まだ三十分もある。開店したばかりでまだ客の姿もない店内を睦はうろつき、並んだ商品に目を輝かせた。

見たこともない絵の具が並んでいる。数えられないほどのカラーバリエーションがある。

「うわ……青がいっぱいある」

睦はとりわけ青が好きだった。

「イン…ディゴブルー、ウルトラマリン、プル…プルシアンブルー、アクアブルー、ターコイズブルー、コバルトブルー……」

群青色、珊瑚礁《さんごしょう》の海の色、夏の空の色、ソーダ水の色——睦は一つ一つそろっと摘《つま》んで名前を読み上げては棚に戻すを繰り返した。

インディゴブルーのベストとスカートを着用した女性販売員が、声をかけてくる。

「いらっしゃいませ。なにかお探しですか？」

「乃々山睦です」

「……はい？」

店員は奇妙な顔をし、睦はにっこり笑った。

「乃々山睦です」

繰り返し言う。鞄の中から封筒を取り出すと、『履歴書』と朱色の字で印刷されたそれに彼女は『ああ』という表情を見せた。


「早く来てくれて助かったよ。十一時から急に業者が打ち合わせにくるって言い出してね」

『店長ぉ～』と間延びした声で呼ばれて店の奥から出てきたのは、白髪交じりの髪の男だった。男は早めにやってきた睦に喜んだ。『時間にルーズな人間はダメだね。面接に遅れてきたバイトを雇ったら、案の定遅刻がちでまいってるよ』とも言った。

「うちはあんまり昇給とか見込めないけど、いいの？」

「はい」

「秀陵館《しゅうりょうかん》高等学校工業科……三月に卒業予定なんだね」

「はい」

「本当は明日からでも来れる人が欲しいところなんだ。卒業式が終わったらすぐに仕事に入ってもらえるかい？」

「はい」

来栖は面接でなにかを求められたら『はい』と素直に応じるのが大事だと言っていた。相手が渋い顔をしたら『いいえ』。要は相手をにっこり微笑ませることが重要なんだと教えてくれた。

睦は男の口元を食い入るように見つめる。

親戚にしては、男の面立ちは来栖とどこも似ていなかった。

面接は店の奥の小さな事務所スペースで行われた。幸い来栖の紹介なこともあってか、一般常識テストとやらの紙は出てこなかった。

事務所は店の広さに反して酷く狭い。勧められた灰色の回転椅子は、少し腰を動かすたびにキーコキーコと音を響かせた。

キーコ。睦はその鳴き声が面白くて、椅子を揺らした。キーコキーコ。男の口元がへの字に曲がる。睦は慌てて姿勢を正した。

男の口は元どおりになり、おじさんは椅子の鳴き声が嫌いなんだと判った。

「コバルトブルー」

男の胸元に視線を向け、睦は言う。

「ん？」

「ワイシャツの色、です。た、棚に並べてあった絵の具の色と同じです」

「ああ」

丸い顔の男は優しげな表情を見せる。

「絵の具が好きなのかね。ほう……趣味は絵……」

履歴書の『趣味』の欄に目を落とし、男は頷いた。

「商品に興味があるのはいいことだ。勤労意欲に繋がるからね。君は絵を描くのが好きなのかい？」

「はい、大好きです！」

一際大きな声で応える。男は『よっぽど好きなんだな』と呟いて微笑む。

睦は思い出した。幼稚園のとき、さくら組のユウコ先生が同じように笑ってくれたのを。

睦は嬉しくなった。

もっと、もっと男を喜ばせたかった。

「青色のクレヨンも好きです」

「青色……クレヨン？」

「あと、プリンの蒸したのも。タオルはふかふかなのが好きで、卵焼き。卵焼きは甘いほうがいいです。それと、レイダーマン！　レイダーマン人形とコウタ」

夢中になって好きなものを並べた。

たくさん好きなものが言えたら、オジサンはきっとたくさん笑ってくれる。ユウコ先生みたいに、優しい顔で微笑んでくれる。

「コウタは隣の隣の家の犬で、今年十四歳のおじいさんです。まだ十四歳だけど、おじいさんなんです。それから好きなのは、お母さんとお父さん、隣の家のクルちゃん……」


空の色。青色。夕焼けの色。橙色。

睦の心は重かった。家に帰るのを嫌がる足はなかなか思うように動かせず、睦は駅のホームのベンチに半日も腰を下ろしたままだった。

家に向かう電車が、何本もホームに入ってきては出ていった。たくさんの人がホームにやってきては、電車に詰め込まれて運ばれていった。

建ち並ぶビルの上に横たわった空に、やがて赤い色が差し始める。

早く帰らないとお母さんが心配する。

帰ったらクルちゃんになんて言おう。

オジサンはどうして笑ってくれなかったんだろう。

男は二度と微笑まなかった。睦が一つ言葉を紡ぐごとに、唇はへの字に曲がり、難しい表情を浮かべるばかりになった。

ぐう。お腹が『早く帰れ』と急《せ》きたて始める。睦はようやくベンチから重い腰を上げた。

電車は混雑していた。悴《かじか》んだ手や冷えきった体を、車内の生暖かい空気が包む。体は暖かさを求めていたはずなのに、心地よくはなかった。人いきれに少し気分が悪くなる。

電車に揺られる間も、通い慣れた駅から家に向かう間も、睦はずっと俯いていた。夕陽は栗色の髪を赤く染める。どこまでも睦についてきて、淡い色のコートも今朝アイロンをかけたシャツも、どこか物寂しい色に変えた。

顔を起こしたのは、児童公園の傍を通りかかったときだ。聞き慣れた声。今朝、電話で自分を励ましてくれたのと同じ声は、クルちゃんの声だった。

民家二つ分ほどの広さの小さな公園は、ブランコと砂場しかない。あとは隣の公民館に添うようにしてベンチが二つ並んでいるだけで、声はその方向から聞こえた。

急ぎ足で公民館の裏を覗こうとして、睦は足を止めた。

「ホント？　じゃあ、二次試験が終わったらすぐね！　速攻でよ？」

女の子の声だ。陽だまりみたいに明るい声。来栖の声が聞こえたということは、クルちゃんは会話をしているわけで、誰かと一緒にいるのは当然だった。

当たり前なのに、睦はどきっとした。そろそろと足を近づけて覗くと、二人の横顔が見えた。揃いの制服を着た彼女が、寄り添うようにして並び座っている。

同じ高校の来栖の今のコイビトだ。

「ああ、判ったよ。遊園地ぐらいでそんなに嬉しいもんかな。案外子供なんだな、おまえも……」

彼女は笑っている。幼馴染みも笑う。その寛《くつろ》いだ笑顔に、今日の試験で来栖はたぶんいい結果が出せたのだと、睦は直感的に悟った。

失敗、したのは自分だけ――

クルちゃんに、なんて言おう。

それを考えると、また足がぐずついた。

難しい顔をする来栖を想像すると、話しかける勇気が失《う》せる。

あるいは、睦の頭のどこかに別の理由は存在していたのかもしれない。二人に近づけない理由。自分といるときとは、どことなく違う……幼馴染みの男が纏った空気。

「子供扱いしないでよ」

細い指先が、来栖の制服の肩を滑る。彼女が身を捩《よじ》るのに合わせて、ベンチから伸びた足の上でスカートのプリーツが波打つ。

彼女がなにをしたのか、睦にはよく判らなかった。そのときは……ただ、彼女が来栖の顔に一瞬覆い被《かぶ》さったように見えただけだった。

彼女の微《かす》かな声。密やかな笑い声が、小さな公園に響く。今にも沈もうとしている太陽が、木立ちの葉陰の隙間で反応するように赤く揺らいだ。

来栖の指先が、彼女の髪を梳《す》く。少し猫っ毛の、夕焼けに染まる髪に見入った男は、ゆらりと体を傾け、目蓋《まぶた》を閉じた。

穏やかな仕草で、極自然にそうするように来栖は彼女に口づけた。

短いキスの合間に睦の足は震え始め、指の力は抜け、鞄を落としそうになった。

キス、してる。

クルちゃんが……キスしてる。

睦はキスがなにかを知っていた。テレビで何度も見たから、一度だけだけど父親と母親がそうしてるのを見たから——

でも、どうして今自分の足は震え、この場から逃げ出したくなっているのかは判らなかった。逃げ出したいのに、足が動かない訳も。息が止まってしまって胸が苦しい理由も……呼吸ができないから胸が苦しいのか、胸が締めつけられたから呼吸ができなくなったのか。

チリンと弾けるベルの音が聞こえた。狭い路地に突っ立ったままの睦を避けるように、老人の乗った自転車がふらつきながら通り過ぎていく。

睦は身を引き、そのままスイッチが入ったように駆け出した。元来た道を戻り、遠回りをして家に走って帰った。

「睦！　ちゃんと靴は揃えて脱いでって言ってるでしょ！」

蹴《け》り捨てるように靴を脱ぐ息子に気がつき、母親が台所から顔を出す。

「どこに行ってたの、こんな遅くまで……面接は？　ちゃんと……」

俯いた睦の顔色に、無事に終わらなかったのを母親は察したのだろう。言葉を飲んだ。

「……睦？　ちょっと、睦っ、ゴハンは？　食べないのっ？」

母親に引き止められ、階段を駆け上がる睦は『いらない』と小さく応えた。台所からはカレーの匂いが漂ってきていた。カレーライスにハンバーグ、オムライスにスパゲティ、睦の大好きなメニューだ。

けれど、さっきまで鳴いていたお腹《なか》は少しも鳴こうとしなくなっていた。本当に欲しくなかった。面接のことも、母親が口にしなければ忘れてしまっていたと思う。

「いらないって……また貴文くんちでご馳走《ちそう》になったんじゃないでしょうね？」

無言で首を振り、そのまま階段を上ってすぐの自分の部屋に飛び込んだ。

ドアを固く閉じ、ベッドに転がる。中学に上がったときから使い続けているベッドは、成長した睦の体重に大きく軋《きし》んだ。

うっすらと明るかった部屋も、やがて暗闇《くらやみ》に沈む。部屋が真っ暗になっても、睦はベッドにうつ伏せて転がったままだった。指先も動かさずにいると、もしかしたら自分はこのまま動かない置物になってしまえるんじゃないかと思った。

どうしてそんなことを考えるのか判らない。

夕陽の中で目にした光景が、ずっと頭の裏っかわに映っていた。

ドアをノックする音が響く。

「睦？　寝ちゃったの？」

睦の部屋に鍵はついていない。ドアを開けた母親はそう呼びかけてきて、睦は眠ってしまったことにしようと決めた。

「寝てる」

返事に母親は苦笑する。

「起きてるじゃないの。寝た振りするときは、返事はしちゃダメよ。起きなさい、睦。貴文くんから電話よ」

首を捩《ねじ》り、チラリとドア口に視線を向ける。

「……俺は寝てるから。眠ってる、から」

「なに？　電話に出たくないの？」

「……うん」

母親は溜め息をつく。

「じゃあ、『今寝てる』って言っておくけど……どうしたの？」

睦は応えなかった。自分でも判らないのに、説明できるはずがない。

「就職のことなら、無理しなくていいのよ？　お母さん、前からそう言ってるでしょ？　お父さんもそれでいいって言ってくれてるんだから、睦は元気ならそれでいいの」

睦の両親は優しい。甘い、というのが正しいのかもしれない。母親は『元気なら』という言葉をよく使う。病気よりは健康がいい。捻《ひね》くれるよりは素直がいい。睦はほかの子と同じになろうとしなくていいのだと言う。

「夕飯、食べたくなったら下りてきなさい」

母親はそう言い残してドアを閉め、階下に戻っていった。

静まり返り、再び暗くなった部屋の中に、うっすらと光が差す。窓から差し込んできたのは、隣の家の明かりだった。

二階の来栖の部屋に点った光が、睦の部屋をぼんやりと照らす。睦は蟀谷《こめかみ》を枕に押し当てたまま、窓辺を見つめた。

壁際の机の上には、真新しいカレンダーを貼っている。デパート内の書店で買い求めた、レイダーマンのカレンダー。決めポーズ姿のレイダーマンはいつ見てもかっこいい。

昔は来栖の部屋にもレイダーマンのカレンダーは貼ってあった。それはいつしかスポーツ選手の写真に変わり、車の写真に変わり……そしてとうとう絵も写真もない寂しいカレンダーに変わった。

どうしてだろう？

どうして、クルちゃんの好きなものは変わっていくのだろう。

睦は目を閉じた。また少し、胸が痛くなった。

◇　◇　◇

「いや、そんな謝らないでください。判りました、伝えておきます」

画材店を営む母方の親戚から来栖の家に電話がかかってきたのは、火曜の夜だった。言い淀んだ話の切り出しぶりに、来栖はすぐに内容を察した。

断りの電話だった。

『うちも客商売なんでね、なにかあったら困るし……貴文くん、力になれなくてすまないね』

なにか、とはなんなのか。突っ込みたい気がしたが、叔父の心底すまなそうな口ぶりに言うのは憚《はばか》られた。

『貴文くんの友達だって聞いてたから、期待しすぎたのもあると思うんだけどね』

自分を持ち上げる言葉に、なんともいえない気分になる。信頼されているのは、認められるよう努力してきたからだ。

幼い頃、親戚の大人たちは来栖に冷ややかだった。なかには優しい声をかけてくれる大人もいたが、どことなくよそよそしかった。

来栖が理由を知ったのは中学二年生のときだ。

父親の通夜の夜だった。五十二歳、過労性脳梗塞《のうこうそく》。呆気ない他界に母と自分、妹の文香はもちろんのこと、親戚一同も動揺していた。

そして故人の思い出話を始めた伯母が、うっかり口を滑らせた。

『人のためにありたい、が達行《たつゆき》の口癖だったものね。貴文くんを引き取ったことだって、私は立派だと思ってたのよ』

目元を赤くしながらも毅然《きぜん》と振る舞っていた母親が顔色を変えた。伯母は『もう知っているものと思っていた』と蒼白《そうはく》な顔で謝ったが、一度口にした言葉は取り戻しようもなかった。

来栖はそのときまでなにも知らずにいた。自分が身寄りのない子供の集まる施設で、赤子の半年とはいえ育ったことなど。自分の生活が、父親の『人のためにありたい』という信念で得たものだとは知らなかった。

父親は県議会議員だった。口癖はそのまま、選挙の際のキャッチフレーズにも使われていた。

けれど、後ろ盾は強いとは言い難く、嘘か誠か判らない言葉で人の心を捉《とら》えられるほど、選挙は易しくはない。候補に名乗りを上げたばかりの頃は立て続けに落選し、注ぎ込んだ莫大な選挙費用は泡と消え、周囲の目は相当冷たかったらしい。

血筋も判らぬ子供。そんな自分を引き取ったときにも、周囲の反応は同じだったろう。

父の行いが間違いでなかったと認めさせたい。来栖がそう考えるようになったのは、自然の流れだった。

名の通った高校に入学し、一流の大学を出る。

一流の大学を卒業し、一流の社会人になる。

もうすぐその通過点は無事に越えようとしている。周囲が自分を見る目も変わった。

けれど、なにか大切なものを置き忘れていっている気がする。

睦が友人ではおかしいというのか。期待しすぎたってなんだ——

「伝えなくても、アイツはダメだったことぐらい判ってる」

切り終えても握り締めていた電話をベッドの上に放り出し、来栖は参考書を開いたままの机に頬杖《ほおづえ》をついた。

自分を介さなければ話も通じないと思われたのか。

睦は面接が上手くいかなかったと判っている。

その証拠に、あれから電話をしても、隣に出向いても捕まらない。おとついの電話は『寝てる』と言われ、昨日は玄関先で『風呂に入ってる』と言われた。しばらくたってから電話をすれば、『もう寝てる』。ある意味判りやすい。

朝の登校まで二日連続で先に一人で家を出てしまい、そうまで睦が自分を避ける理由は、面接のことしか思い当たらなかった。

自分に怒られるとでも怯《おび》えているのだろうか。

そういえば最近小言を言ってばかりで、睦の喜びそうなことはなに一つしていない。

来栖は机の上のカレンダーを見上げた。


『酒』という文字が首を捻っている。

斜めに傾いだ店先の置き看板の文字に合わせ、首を傾けていた睦は、パネルに伸ばそうとした手を止めた。

「ああ、いいよほっといて。枠に嵌《は》めてもすぐ外れちまうんだ、その看板。どこもかしこもボロいったらよ～、この店は」

酒屋から出てきたオウちゃんが言った。

「まいど。いつも悪いな。母ちゃんがありがたがってるぜ、おまえでもいい友達がいるってよ。嫌みかっつーの」

角張った顎《あご》でオウちゃんが店内を指すと、店の奥で会釈する彼の母親の姿が見える。ビニール袋に入った日本酒とワンカートンのタバコを受け取りながら、睦も頭を下げた。

「じゃあな、気をつけて帰れよ。親父さんによろしくな！」

送り出され、店を離れる。

睦は時折こうして学校帰りにオウちゃんのお店で買い物をする。最初はおつかいのメモを見せても品を探し出せずにいたオウちゃんも、今ではすぐに選び出してくる。

オウちゃんはこのお店を継ぐと言っている。ジエイギョウというものだ。オウちゃんの家は酒屋さん。酒屋さんはお酒を売っているけれど、タバコと少しのお菓子も売っている。オウちゃんのお店のお酒はいつも埃《ほこり》を被っている。掃除をしないからだと言ったら、オウちゃんは『掃除をしないからじゃない、ディスカウントストアでみんなが買うからだ』と言った。ディスカウントストアというところでみんながお酒を買うと、オウちゃんのお店のお酒は埃を被るらしい。母親にそれを言ったら、時々おつかいを頼まれるようになった。オウちゃんは最初は『余計なことすんな』と何故か怒っていたけれど、最近は普通に売ってくれるようになった。はたきでお店の掃除をしている姿を見るようにもなった。

オウちゃんは酒屋さんになる。

寺田は卒業したらフリーターって仕事につくらしい。牛島は無職。ムショクってどんな仕事なのかと訊いたら、『おまえ、アホだな』と言って笑われた。『仕事をしねぇんだよ。しいて言えば、遊ぶのが仕事だな』と教えてくれた。

遊ぶのが仕事なんて、羨《うらや》ましいと思った。けど、クルちゃんに『俺もムショクがいい』と言ったら、すごい目で睨まれた。

『睦、おまえな、もう少し友達は選べ。変な奴らと付き合うな』

クルちゃんはムショクは嫌いらしい。

ムショクをする人間も嫌いらしい。

『このままだと、おまえも仲間だな』

睦に笑いながらそう告げてきたのは牛島だ。今日の休み時間に言われた。ムショクは面接を受けなくても卒業したら自動的になるのだと知り、睦はショックを受けた。

駅を目指して商店街を歩きながら、建ち並ぶ商店の中を窺う。

ガラスに面した棚に焼きたてパンを並べている女の人、大声でタイムセールの時間がきたことを道行く人に知らせている肉屋のおじさん、店先で重そうなバケツを抱えている花屋のおばさん。みんな遊び以外の仕事をしている。働いている。

睦は花屋の前で立ち止まった。

赤に黄色、白にピンク。色とりどりの花が綺麗だった。覗き込んだガラス壁の隅に『アルバイト募集』の貼り紙がある。

睦が見入ろうとしたそのときだった。

びしゃりと冷たい感触が足元を襲った。見下ろすと青い大きなバケツが転がっていて、地面に水溜まりができている。さっきまでそれを抱えていたおばさんが、おろおろしていた。

「ごめんなさいね、大丈夫!? 服が濡《ぬ》れて……」

確かに制服のズボンの膝下《ひざした》と、コートの裾《すそ》はびしょ濡れだったが、睦は気にしなかった。

「ズボンは洗うから」

「え……？」

「洗うとき、いつも濡らすんだ。だから、平気なんだよ。濡れても」

睦が笑って教えると、おばさんは変な顔を見せたが、やがてホッとした表情を浮かべた。

「ごめんなさいね、本当に」

どうして何度も謝られるのかよく判らない。でも、おばさんが少し笑ったので嬉しくなった。

「うちになにか用？」

「花、綺麗だなって。見てただけです。あ……タダで見てごめんなさい」

購入して帰ってから家で飾って眺めるのも、こうして花屋で見るのも、睦には同じことのような気がした。どこで眺めても花の美しさに変わりはない。

おばさんはまた一瞬変な顔をし、それから笑った。

歩き出した睦は店を離れてから、おばさんに訊けばよかったと思った。

アルバイトって、仕事なんだろうか。

ムショクにはなりたくない。クルちゃんに嫌われる。仕事を見つけられたら、クルちゃんは嫌わないでいてくれる。もっともっと、自分を好きになってくれるかもしれない。

もっと好きになったら――クルちゃんは、自分と付き合ってくれるんだろうか。

付き合えたら、キスもできるのか。

睦は誰ともキスをしたことがない。

あの日以来、来栖に会うのを意識するようになった。いつまでも逃げていられるはずもないのに、この数日は一緒に登校するのを避けて、家を早くに飛び出した。

キスを見てしまったせいか、キスをしていたのが来栖だったからなのか、実のところ睦にはまだよく判らない。

店先の働く人々を落ち着きなくキョロキョロと眺めながら歩いていた睦は、慌てて視線を前に落ち着けた。

余所見《よそみ》をするとすぐふらふらと躾《しつけ》の悪い犬のような歩き方をする睦は、来栖によく真っすぐに歩くよう注意される。ピンクと山吹色、舗道に埋め込まれた敷石の色を見ていると、石に合わせて二つ跳びや三つ跳びで歩きたくなるのだけれど、それもご法度。昔は一緒にそうして歩いたのに、今は駄目だと来栖は叱《しか》りつけてくる。

舗道でスキップしたら、なにがいけないんだろう。

「……あのう」

一見気難しい顔で、敷石の一つを見据えて足を止めた睦は、しばらく進行方向を塞ぐ姿があるのに気がつかなかった。

「あのっ！　秀陵館高校の乃々山さんですよね？」

名前を呼ばれ、睦は少し気《け》だるげな仕草で顔を起こした。実際は気だるいわけでも、なにを憂えていたわけでもなく、ただぼんやりしていただけだった。

見知らぬ女の子だ。近所の女子高、星心《せいしん》女子高等学校の制服を着ていた。睦はなんだか判らないまま応えた。

「……はい。乃々山睦です」

場所はいつも通学に利用している駅の手前だった。ふと彼女の背後を見ると、同じ制服姿の二人の少女が彼女を焚《た》きつけるようになにやら囃《はや》し立てていた。

「えっと……私、星女の二年で永野真実《ながのまみ》っていいます」

彼女はローレイヤーの大きなウエーブのかかった髪を指で弄《もてあそ》びながら言った。

「もしよかったら、私と友達になってもらえません？　その、できれば付き合いたいってことなんですけど？」

◇　◇　◇

「レイダーマンの映画？」

土曜日の朝、母親に起こされてぐずりながら出た玄関口で睦は驚いた。これからどこかに出かけんとする格好で、レザーブルゾンを着込んだ幼馴染みが立っていたからだ。

『暇ならこれから一緒に行こう』と言って、来栖は映画鑑賞券を差し出してきた。

「でも……お、俺、就職ダメだったんだ。だから、さそっ、誘ってもらう理由、ないよ」

薄っぺらなパジャマは寒い。吹き込んでくる風にガチガチと歯を鳴らしながら気まずそうにする睦に、来栖は笑った。

「知ってるよ、んなこと。俺がおまえと行きたいから用意したんだよ。行かないのか？　おまえが行かないなら、誰かほかの奴に……」

「い、行く！　ちょ、ちょっと待って！」

引っ込められようとした映画の券を摑《つか》み取る。二階からいつも着ている膝丈のコートを抱えて戻ってくると、またくすりと笑われた。

「おまえはパジャマにコートで映画に行く気かよ。いいから、ゆっくり着替えてこい。待ってるから」

買ってもらったばかりのカラメル色のニットにベージュのピーコートを羽織り、首には母親手製の白と水色の毛糸のマフラーをぐるぐる巻いて睦は映画館に向かった。

冬休みに合わせて正月に公開した劇場版のレイダーマンは、もうすぐ終映を迎えるところで、上映は一番狭い劇場に変わっていた。

十二時ちょうどの上映開始時間まではまだ間がある。長椅子は同じように次の上映を待つ親子連れが占拠していて、睦は飲食用の小さなカウンターに凭《もた》れた。

劇場のドアからは、時折クライマックスシーンの音声が漏れ聞こえる。手持ち無沙汰《ぶさた》に頬杖をつきその音に耳を澄ませていると、来栖が売店でホットドッグと飲み物を買ってきてくれた。

「朝メシ、食ってないんだろ?」

「あ……うん。ありがとう、お金いくら?」

「いいよ。俺の奢《おご》りだ」

「なんで? 映画のお金もいらないって言うし、なんで?」

睦が払っているのは電車代ぐらいだ。

「なんでもいいだろ。心配するな。金はあるから」

「お金あるの?」

誕生日にはご馳走してくれたり、プレゼントをくれたりするけれど、特別な日でもないかぎり幼馴染みは奢ったりしない。

来栖は無駄遣いをしない。いつも『もらった小遣いは大事にしろ。むやみに親にせびったり、人に買ってもらおうとするのはよくない』と睦にも言っていた。

「あ、クルちゃん、もしかしてクジ当たった?」

「クジって宝くじか?」

「うん。いつも言ってる。牛島くんが。俺は三億円当てるから働かなくていいんだって。そしたら、みんなに好きなもの買ってやるって」

「おまえ……ホント、ろくな友達いないな」

紙カップのブラックコーヒーを飲みながら、来栖は苦笑いする。睦に買ってくれたのは、砂糖とミルクがたっぷり入ったコーヒーだった。味覚の成長しない睦の好みを、来栖はよく知っている。

もうほとんどコーヒーとは呼べない甘い味の飲み物を啜《すす》り、マスタード抜きのホットドッグにかぶりついていた睦は、壁際を見ると歓声を上げた。

「クルちゃん！　見て‼　レイダーマンだよ、クルちゃん‼」

「ああ、レイダーマンだな。見りゃ判る」

返事は素っ気ない。けれど、睦が走り寄り、ダンボールで作られた等身大看板の前で振り返ると、眼鏡のレンズの向こうで来栖の目は細くなった。看板に集まる子供に入り交じってはしゃぐ睦を、子供の親たちは眉を顰《ひそ》めて見ていたが、来栖は笑った。

「睦」

来栖が名を呼ぶ。飲んでいたコーヒーのカップをカウンターに置き、少し照れ臭そうな顔をして、幼馴染みはレイダーマンの決めポーズを両手で形づくった。

「クルちゃん！」

睦は嬉しくてたまらなかった。まるで、子供の頃に戻ったみたいだ。

クルちゃんが優しい。笑ってばかりいる。

こんな来栖を見るのは久しぶりだった。

「睦、ケチャップ落ちるぞ。早く食え」

「うん」

行儀悪く手に持ったままうろうろしていたホットドッグをちょうど食べ終えた頃、劇場のドアが開き、押し流されるようにして映画を観終えた観客が出てきた。

二人は真ん中よりも少し後ろ辺りの席を選んで座った。観客は小学生に満たない子供ばかりで、大人はその引率が多かった。映画が始まる前も始まってからも子供は騒がしく、スクリーンに怪人が現れては悲鳴を上げ、正義の味方レイダーマンが現れては喜びの奇声を上げた。

「これだから子供は嫌いだ」

来栖はぼそりと愚痴を零《こぼ》す。

けれど、睦は気づいていた。後ろの席の子が『見えない』と泣きそうな声で言ったら、来栖は『しょうがないな』と呟いて頭を低くした。

腰を深く落とし、窮屈で不自然な姿勢で見ている男。子供が嫌いだと言いながら、子供に優しい。睦は『変なの』と思いながらもなんだか嬉しかった。睦の後ろは長身の大人で、視界を気にする必要はなかったけれど、来栖に合わせて腰を下げて座り続けた。

映画は面白く、興奮した。睦の目はスクリーンに釘づけだった。テレビのレイダーマンよりもずっと刺激的で、敵の怪人は凶悪。派手な爆破シーンやアクションシーン、凝った特撮が繰り広げられるなか、睦は些細なシーンに驚いて跳び上がった。

肘掛《ひじかけ》に置かれた来栖の手を思わず摑む。手のひらの下で、節ばった指がぴくりと動くのを睦は感じた。

「あ……」

怒られると思った。来栖は昔と違い、手を繋ぎたがったりはしない。またいつかの夏みたいに怒って振り払われる。

「……クルちゃん？」

睦は隣を覗き込んだ。肘掛の上の手と、来栖の顔を交互に確かめた。

慌てて引きかけた手を摑まれ、指先が静かに絡んだ。来栖の長い指は探るように動き、睦の指に絡みついて落ち着く。

「寝てるの？」

来栖は目蓋を閉じていた。『寝てる』の返事はない。だから睦は、クルちゃんは眠っていて寝ぼけているのだと思った。

手を繋いだままスクリーンに視線を戻した睦は、すぐにまた跳び上がりそうになる。恐ろしい形相の怪人が出てきたからじゃない、急に肩が重くなったからだ。

硬い髪がチクチクと首を刺す。眼鏡のフレームがニット越しに肩に食い込む。右肩にぽすりと乗っかってきた重たいもの。それは幼馴染みの頭だった。

蜂谷を肩に預け、睦の首筋に頭を埋《うず》めるようにして来栖は凭れかかってきた。きっと寝不足だ。昨日の夜も、遅くまでクルちゃんの部屋は明かりが点っていた。

暗い館内に光が舞う。正義の味方レイダーマンが発した光線が、強敵を襲う。怪人はよろめき、咆哮《ほうこう》を上げた。一番の見せ場に観客の子供たちは辺り憚らない歓声を上げ、大人たちは耳を塞いだ。

そして——睦はどきどきしていた。

睦はスクリーンに目を向けるのも忘れ、すぐ傍にある幼馴染みの横顔に見入っていた。繋いだままの手のひらが、ほわりと温かかった。

薄闇の中、光と影の舞う見慣れた彫りの深い顔を、映画が終わるまでずっと見つめていた。

「クルちゃん、今日は勉強はしなくてよかったの？」

映画を観終わった後は、二人は軽く食事を取り家路に着いた。通い慣れた住宅街の道をのんびりと並んで歩く。

「たまにはおまえだって遊びに出たいだろ」

「俺じゃなくて、クルちゃん。今年は遊ぶ時間なんかないんだって、言ってた」

睦の顔を見る男は、珍しく口ごもった。どうしてか言いづらそうにする。

「まぁ……二次試験もうすぐだけどな。たぶん落ちたりしないだろ」

「そうなんだ？　そうだね、クルちゃんが落ちるわけないよ」

話すうちに赤と灰色のそれぞれの家の屋根が間近に迫ってきて、睦は視界に入った二軒隣の犬の後ろ姿に声を上げた。

「コウタだ！　どこに行くのかな」

「散歩だろ」

「最近歩きたがらないって、おばちゃん言ってたのに。元気になったのかな……川のほうに行くよ。行ってみようよ、クルちゃん！」

「あ、ああ」

茶色の年老いた雑種犬を連れた二軒隣の主人が河川敷へ続く道を曲がる姿に、来栖の袖《そで》を引っ張る。面倒くさそうな顔の男を連れ、睦は犬のあとを追った。

冬の日は傾くのが早い。色を変え始めた空の下で、二人は河川敷の草むらに腰を下ろし、川縁《かわべり》を歩く犬の姿を見守る。

「コウタ、なんか小さくなったよね」

とぼとぼと歩く犬は、遠目なせいだけでなく一回り小さくなったように見えた。

「コウタが小さくなったんじゃない。俺らが大きくなったんだ」

「そうかな？」

「そうだろ、おまえ自分の身長考えてみろよ」

「身長……ああ、そっか」

少し考えて睦は頷く。子犬だったコウタはあっという間に大きくなり、一時はじゃれつけば睦や来栖の背丈ほどもあったが、あれから十三年。じわじわと成長した二人は、中学高校と急速に背を伸ばし、今は父親も母親も見下ろすようになった。

長い足を投げ出して座っていた睦は、寒さに膝を抱え、マフラーに顔を埋める。

「寒いね」

「冬だからな」

来栖の口数がどことなく少なくなった。きらきらと細かく瞬《またた》く川面《かわも》を見つめていた幼馴染みは、しばらくして思いきるように言った。

「睦、春になったら俺は東京の大学に行くよ」

「東京？　あ、そういえば前もそう言ってたね」

都内の国立大学を受験する話は、何度も聞かされていた。大学に受かったら、クルちゃんは大きな街に出る。知っている。睦には何故来栖が思い詰めた顔で、繰り返し言うのか理解できなかった。

「もう会えなくなる？」

「会えるだろ。休みには帰ってくるし、新幹線乗ったら二時間ちょっとの距離だからな」

「連絡する？」

「ああ、電話するよ」

「なんだ。びっくりした。もう会えなくなるのかと思った」

睦は笑った。歩いて一分の距離が二時間になるのは寂しいけれど、二時間といったら授業二つ分の時間だ。東京には行ったことがないけれど、テレビで当たり前のように毎日映っている街は、睦にはすぐ傍にある場所に思えた。

「おまえ、全然驚かないのな。本当に判ってるのか、東京だぞ？」

来栖のほうが驚いた顔をする。

「たぶん」

「たぶん……か」

苦笑いした男は、睦の頭をくしゃくしゃと撫でた。夕陽に変わった光の下で髪を撫でられ、先週見たキスをふと思い起こした。

もしかしたら、自分にも同じようにクルちゃんはしてくれるんじゃないだろうか。

そんな考えが浮かんだけれど、すぐに手は引っ込められてしまった。がっかりした。睦は腕を組んでしまった来栖の顔をじっと見つめた。

「なんだ？」

「……なんでもない。クルちゃん、次の試験が終わったら、また遊びに連れていってくれる？」

「ああ、いいよ」

「じゃあ、次の休み。試験が終わったらすぐの休み」

二次試験というのは二月の終わりだと聞いていた。すぐに三月になる。春になる前に、もっと一緒に遊びたい。早く、たくさん遊びたい。

来栖は少し考える素振りを見せたのち、『すぐはダメだ』と応えた。

「約束があるんだ。だから、その次な。学校、午前中の自習だけだし、午後でいいならいつでも空くけど……」

睦はおぼろげながら、来栖が公園で彼女と遊園地に行く約束をしていたのを思い出す。

クルちゃんは、あの人と遊園地に行くんだろうか。遊園地に行って、クルちゃんはまた……また、あの人にキスしたりするんだろうか。

「睦、帰るぞ。いつまでもこんなとこにいたら凍えちまう」

来栖が立ち上がり、腰についた枯草を払う。

風を遮っていた体がなくなり、急に寒さが増した。夜気に変わり始めた空気が睦の肌を刺した。

睦には来栖に言わずじまいのことがあった。

月が二月に変わってからの週末、睦は駅前で声をかけてきた隣の女子高の女の子と出かけることになった。

睦は高校に入ってから、何度かコクハクをされた経験がある。いつも他校の生徒だった。クラスの女の子はあまり自分に話しかけたがらないのに、何故か見知らぬ女の子、口をきいたこともない子にはよく声をかけられた。

『俺と付き合いたいんだって』

そう伝えると、来栖は決まって嫌な顔をした。

『断れ』と言う。『顔で寄ってくる女なんか、ろくな女じゃない』と。意味が掴めなかった。けれど、来栖が不機嫌になるから睦はいつもお断りをした。

今回もそうするつもりだった。

けれど、どうしてだろう。来栖が彼女と出かける姿ばかりを想像していたら寂しくなって、誰かに会いたくなった。駅前で再び待っていた彼女と、遊びにいく約束をしてしまった。

「よかった、引っ越ししないんだ。乃々山さんも県外に進学しちゃうんじゃないかって、みんなと言ってたの」

どの辺が『ろくな女じゃない』なんだろう。

カフェの小さなテーブルの向こうの彼女の顔を、睦はまじまじと見つめた。顔が小さくて目が大きくて、なんとかってアイドルに唇の形が似ている。突き刺さりそうに長いマスカラの睫《まつげ》が怖いけれど、オウちゃんたちが可愛いって騒いでいたB組の林さんってコにも似てる。

睦が真っすぐな眼差《まなざ》しを向けていると、彼女の頬に少し赤味が差す。

「行かないから。大学」

そう応えると、不思議そうな顔をした。

「え……？」

「就職するんだ。でも面接に受からないから、就職できないんだ。アルバイトっていう仕事をしようかと思ってるんだけど」

「……受からないの？　進学しないって、乃々山さん、秀陵館の普通科じゃ……」

「違うよ。工業科だよ。工業科にはオウちゃんと牛島くんと寺田くんがいる。それから、井《い》田《だ》くんと松本《まつもと》くんと……」

「ちょ、ちょっと待って。工業科って、あの工業科？」

お世辞にも秀陵館高等学校工業科の評判はよいとはいえなかった。むしろ悪名高かった。設立されて数年、『高校に行けないよりマシ』程度の受験落第組の墓場的存在だった。

彼女は表情を変えた。

「あのって、秀陵館に工業科は一つだよ？」

睦はにこにこと笑った。

着いたばかりのテーブルに、注文したコーヒーが届く。カップの中の黒い飲み物を見ると、睦は添えられたミルクをすべて注ぎ、シュガーポットの砂糖を次々と入れ始める。彼女はその手元を、恐ろしいものでも見るかのような目で見ていた。

彼女とまともに話をするのは、睦はこれが最初だった。駅で待ち合わせをし、すぐに映画館に向かったからだ。彼女に勧められて観たのは、フランス人がいっぱい出てくる映画だった。字幕の文字は読めない漢字が次々と出てきて、外国人のもにゅもにゅとした発音は眠気を誘い、睦の映画鑑賞はほとんど居眠りで終わった。

「むつかしい映画だったね。あ、こないだね、俺ね、クルちゃんと映画に行ったんだよ」

「……クルちゃん？　映画って？」

「レイダーマンだよ！　テレビより面白いんだ、うん。あ、俺ね、レイダーカードいっぱい持ってるんだよ？」

「……か、カード？」

椅子に引っかけた鞄の中をごそごそし始めた睦に、彼女は恐る恐るといった声で尋ねる。睦は喜々として取り出した。専用のカードケースはクルちゃんに昔誕生日にもらって、いつも持ち歩いているものだ。

「これ、これね、俺の一番のお気に入りなんだ。こっちはね、何枚も持ってる。えっと、ほら、同じのいっぱいあるから永野《ながの》さんにあげてもいいよ？　それから、こっちはね……」

ケースから次々とレイダーマンの写真カードを取り出し、テーブルに並べた。

「ちょ、ちょっと……やめて」

並べる傍から、彼女は重ね合わせる。

テーブルはカフェの中央だった。街にできたばかりのカフェは、お洒落《しゃれ》な新スポットとしてタウン情報誌に紹介されていた店だった。休日の店は混雑していた。着飾った二十歳《はたち》前後の男や女の子が、周囲のテーブルを囲んでいる。

「やめてったら！」

ついに大きな声を出した彼女に、睦はきょとんとなった。周りの視線を集め、彼女は俯く。

睦が見つめたときよりも赤い顔をして、泣きそうな声で言った。

「ごめんなさい。私、あなたのこと勘違いしてたみたい」

「かん…ちがい？」

彼女は綺麗なカールを描いた髪の先を、右手で落ち着きなく弄《いじ》る。

「そう……誤解してたの。工業科の三年生だなんて思わなかったし、まさかこんな……」

指先に引っ張られ、髪のカールは無残に伸びた。一方がだらりと下がり、アンバランスになった髪に、睦は首を傾げた。

もう一方も伸ばしてあげようと手を差し伸べ、その手を彼女に激しく振り払われた。

「触らないで！」

彼女はさっきよりもっと泣きそうな顔で、そう叫んだ。


家の奥からは笑い声が聞こえた。

母親の声だった。居間をちらりと覗くと、母親と来栖が小皿を手に談笑していた。

「ああ、睦おかえりなさい。どこに行ってたの？　酒屋の西野くんのところ？　貴文くんがね、文香ちゃんの作ったアップルパイ持ってきてくれたのよ。三時のおやつにちょうどいただいてたところ……睦？　食べないの？」

「ただいま。食べる。手、洗ってくるね！」

睦は笑顔で応えると、居間の入り口に鞄を残し洗面所に向かった。

蛇口を捻れば白い洗面台に勢いよく水が流れる。石鹸《せっけん》を使って、指先も指の股《また》も時間をかけて丁寧に洗った。タオルハンガーは右が手拭《てふ》き用で左が顔。睦は右のタオルで手を拭くと、じっと手のひらを見つめた。しばらく見つめ、それから周囲を見回した。

洗濯機の脇の籠《かご》に、母親がいつも父親のワイシャツの襟や袖を擦《こす》っているブラシがある。

睦は手のひらサイズのそれを握り締めた。

再び蛇口を捻った。

「なにやってんだ、おまえ？　遅いと思ったら」

やがていつまでも戻ってこない睦を気にして、来栖がやってくる。

「ん、あのさ、俺の手、汚いみたいなんだ。いつもの洗い方じゃダメみたい」

「は？　って、ちょっとおまえなにやってんだ！　手、真っ赤だぞ！」

何気ない仕草で戸口に手をかけ、洗面台を覗き込んだ来栖は飛びついてきた。

睦はブラシで手を擦り続けていた。水道の水は冷たかった。けれど、その感覚ももう判らなくなっていた。睦は赤く血の滲《にじ》んだようになった手を、ブラシで懸命に擦る。そうしなければいけないと思ったから。

いけないと、思ったから。

「『触らないで』って、俺の手が汚いからだと思うんだ。だから、もっと洗わなきゃアップルパイ食べれない」

鏡に映る来栖が怪訝《けげん》な顔をした。

「それ、誰がおまえに言ったんだ？」

クルちゃんのシワが今日は極太だ。

久しぶりに来栖が眉間に皺を刻みつけていた。いつもより深く険しく。それは荒れた睦の手に、保湿用のクリームを塗りつけてくれている間にますます顕著になった。

睦は押し込まれた二階の自室で、問われるまま今日の出来事を話した。まるで家に帰ってきた子供が、母親に訊かれて語る口調だった。

「……でね、たぶんバイキンがいっぱいついてるんだよ、俺の手」

終始笑顔で喋《しゃべ》り続けていた睦は、来栖の顔つきに気がつく。

塗り終えたクリームの蓋《ふた》を閉める手つきは荒っぽい。怖い顔をしていた。見たこともないおっかない表情だ。

「クルちゃん、なんか怒ってる?」

ベッドの端に座る睦は、カーペットに腰を下ろした男の顔を上体を傾げて覗き込む。来栖は忌々しげに言い捨てた。

「おまえが怒らないから怒ってんだ。その女にもおまえのバカさ加減にも腹が立つ」

よく判らない。来栖の怒りを誘うものはあまりにも多い。

クルちゃんはよく突然怒り出す。

中学一年のとき、みんなで作文を書いたときもそうだった。

テーマはなんだったか睦は覚えていない。家族で一緒に行ったクラシックコンサートのことを書いていた。順番が回ってきて読み上げていると、『日記じゃねーぞ』と誰かにからかわれた。舌がうまく回らず、『こうきょう曲』と言うつもりで『こうきょうきょきゅ』と言った瞬間、クラス全員がどっと笑った。『バカは言葉も喋れねぇ』、クラスメートの一人がそう言った。さっきからかった生徒だった。

隣の席だった来栖が、その男子生徒に殴りかかった。教室は騒然となり、男子は囃し立て、女子は悲鳴を上げ、担任の女教師は『やめて！』と叫んでおろおろしていた。

先生は、『乃々山くんは今度から読まなくていいから』と言った。来栖はまた怒り出した。『なんで睦だけ読ませないのか』と怒り狂った。

睦には判らなかった。読まなくていいと先生は言ってくれてるのに、どうしてクルちゃんは腹を立ててるのだろう。

来栖はよく怒る。とても怒りっぽい。気が短い。自分にも怒ってばかりだから、きっと先生にも怒ってみたくなったんだろうと思った。

そして、今もまた来栖は不機嫌になっている。

「なんでそんな女と出かけたんだ」

問われて、あっとなった。相談をせずに出かけたのをようやく思い出す。睦は俯いた。塗られたクリームに少しべたつく手の感触が気持ち悪い。責める来栖の視線が痛い。

睦は手を擦り合わせながら応えた。

「俺も……彼女とか欲しい気がして。クルちゃんみたいに、付き合う人いたら楽しいのかなって」

違う。来栖と彼女の楽しそうな姿を見たからだ。キスとか、意識した。気になって仕方がなかった。でも睦に芽生えた気持ちは、女の子に興味を抱く年頃の感情とはどこか違った。

「俺が彼女つくったら、変？」

コイビト、が欲しかったわけじゃない。

「キス……とか、してみたいって思ったから」

キスしたかった。けれど、その相手は本当は彼女じゃない。ほかの女の子でもない。

「……別に、変じゃねぇけど。つくりたいならつくればいい。でも相手ぐらい選べよ。おまえ、キスできれば誰でもいいのか？」

「……よくない」

「だろ？　少し考えて行動しろ。昨日今日会って声かけてくるような女についていくな。ちゃんとよく喋って、おまえが好きになって、相手もおまえを好きになったら……」

睦はそっと顔を上げた。

不貞腐《ふてくさ》れた来栖が言葉を紡ぐ。よく動く唇だ。笑ったり怒ったり、時には難しい言葉を発したり、いろんな表情を見せるずっと目にしてきた幼馴染みの唇——

「俺、本当はクルちゃんとしたいんだ」

睦は呟くように言った。

来栖の唇が動かなくなった。

「俺、クルちゃんが好きだから」

滑らかに動いていた来栖の唇は、半開きになったまま止まる。視線が泳いだ。

「……知ってるって言ってんだろ、んなこと」

「だったら……」

「おまえとは絶対にしない」

強い口調だった。言葉を叩きつけた来栖は、苛々《いらいら》と膝を揺すり出した。

「考えろ、おまえ男だろうが」

「でも、クルちゃんこないだ俺が女でも付き合わないって言った」

拒まれる理由が見つからない。

「なんで？　俺がバカだから？」

「違う」

「俺が就職できないから？」

「違う！」

なにを尋ねても、声を荒らげる。睦は項垂《うなだ》れ、来栖は黙り込んだ。沈黙は少しの間続いた。

来栖は揺すっていた膝を、気まずそうに止める。

「……意味が違うだろうが、おまえの好きは……」

ふっと息をつき、口にした男の言葉を睦は聞いていなかった。必死で頭を悩ませる。どうやったら来栖に受け入れてもらえるのだろう。

「そうだ！　お金払ったらしてくれる？」

欲しいものはお金を払えば買える。好きなものを棚から取ってレジに持っていき、お金を出したらお兄さんやお姉さんや、おじちゃんやおばちゃんが、にっこり笑って袋に入れてくれる。

「……しないって言ってんだろ！　一万だろうが十万だろうが、しないもんはしない」

怖い顔だった。今日の来栖はずっと怖い顔をしていたが、それだけとも違う。

揺れるような眼差し。覗き込んで確認しようとすると、ふいっと顔を伏せて男は立ち上がった。

「十万……ねぇ、クルちゃんそれって十万より……」

一方的に喋る睦を来栖は無視した。

「クルちゃん？」

知らん顔で部屋を出ていった。

バタン。ドアが閉められ、少し間を置いて『あら、帰るの？　貴文くん？』と階下で母親が名残惜しげに引き止める声が聞こえた。続いて、『睦、アップルパイはどうするの！』と母親は階段下からこちらに向かって叫んだ。

睦は返事をせず、棚にぼんやりとした視線を移した。幼稚園から高校と、図画工作や美術で作ってきた数々の粘土細工や木工の置物に並んで、プラスチック人形がこちらを見据えている。

レイダーマンに登場するバケツに似た赤いロボット型の人形は、睦の貯金箱だった。


ボキリと折れたシャープペンシルに来栖は溜め息をついた。

弾け折れた小さな黒い芯がノートの上に転がる。何度ノックしても出てこない新たな芯に、溜め息は苛立ちに変わった。

机の引き出しから替え芯を取り出そうとして、手が止まる。

カーテンの隙間から、隣の家の窓が見えた。

深夜二時。早くに落ちた隣家の部屋の明かりを、何度今までこうして確認しただろう。

ほんの僅《わず》か向こうに睦が眠っている。無邪気な幼馴染みは、よく口をぽかんと半開きにして寝る。赤い舌を覗かせて眠る。

その姿を想像すると、自分の中にあってはならない衝動が湧《わ》き起こるのを来栖はよく知っている。

それに初めて気づいたのは、小学校四年生のときだった。

来栖の父親は正義感が強かったが、母親も我が親ながら心根の優しい人だ。父に感化されてそうなったのか、そういう人だから父に共感し惹《ひ》かれたのかは知らないが、母はいつも隣の家族に気を配っていた。

今考えると、それは睦の母親が成長の緩やかすぎる息子のことで悩んでいたからだと思う。睦や睦の母親のいないところで、よく自分に母は言って聞かせた。

『貴文、お隣の睦ちゃんと仲良くしてあげてね。優しくして、守ってあげてね』

来栖は言われるまま睦と友達になった。睦が好きだったし、世話を焼くのは苦ではなかった。

そして、その日はやってきた。

小学四年生の夏休み、あの日のギラギラした日差しはどの夏の日よりも激しかったと来栖は記憶している。あるいは忘れづらい日だから、そう焼きつけているのかもしれない。

睦と二人、河原で日暮れまで遊んだ。母親に熱射病の注意をされていたのも忘れて水遊びに興じ、帰り際、睦が足や腕が痛いと言って泣き出した。日に焼けて真っ赤になった足は痛痛しかった。睦は『痛い痛い』と喚《わめ》き続け、自宅の風呂場で腕や足にシャワーを浴びせかけてやりながら、来栖は自分の体に湧き起こる奇妙な感覚に気づいた。

最初は太陽の熱が体にこもって離れないせいだと思った。

けれど、太陽と睦の足になんの結びつきもなかった。胸の高鳴り、高揚感、引かない熱。風呂場の小さな窓から聞こえる蟬《せみ》の声が煩かった。半ズボンの裾から滑り込ませそうになった自分の濡れた指先に、睦は『くすぐったい』と言って笑い出し、来栖はそんな睦にシャワーヘッドを投げつけて風呂場をあとにした。

『クルちゃん、ごめんね？　怒らないでよ、ごめん。ごめんね？』

悪くもないのに謝る睦の声が苦しくて、来栖は自分が嫌になった。

二度目は、六年生のときの修学旅行だった。修学旅行の夜の布団の中での会話といえば、ませくれたガキの恋愛話か、怪談と相場は決まっている。

ほかの部屋はどうだったか知らないが、旅館は古びた温泉宿で、来栖の部屋では幽霊話が始まった。情けないことに、誰より話を怖がったのは自分だった。睦は昔からその手の話には鈍いところがある。

『幽霊がいるなら、きっとレイダーマンもいるよね。幽霊が襲ってきたら、レイダーマン来てやっつけてくれるかな。会えるかな？』

ある意味、ポジティブ思考だ。

全員が寝ついても布団を引っ被っていつまでも震えていると、睦が『一緒に寝てあげるよ』と囁《ささや》きかけてきた。布団に忍び込んできた柔らかな物体に抱かれるうちに、あの感覚が襲ってくるのを来栖は感じた。

幽霊のことも忘れて、一人旅館のトイレに走った。いつまでもこもり、泣きそうだった。

実際泣きはしなかったが、幼馴染みに対して覚えるいやらしい衝動が勘違いではないと知り、目の前が真っ暗になった。

来栖には判った。幼馴染みは男で、それも庇護《ひご》されるべき存在で、これは間違った感情であると。そしてたぶん、この先ずっと自分から離れない感情だと気づき、恐ろしかった。

その日から、来栖は自分に嘘をつくようになった。

『貴文、お隣の睦ちゃんと仲良くしてあげてね。優しくして、守ってあげてね』

あの日、元気よく頷いた自分自身と、母親の言葉がなにより重荷になった。

睦へのこの気持ちは、自分に正しさが足りないから湧き起こるのかと考える夜がある。

父や母と違う血が、自分を過ちに導こうとするのか——

来栖は机に身を乗り出し、カーテンの隙間を閉じ合わせた。隣家の窓を視界から締め出す。手が届きそうで届かない距離。もどかしく感じながらもいつも安心していた。決して縮めてはならない距離だ。

それが、睦の他愛ない言葉で揺らぐ。

決して大人にはならない。右も左も判らない、よくも悪くも子供のような男に自分はなにを期待し求めているのだろう。

取り返しのつかない過ちになりかねない欲望。傍にいたなら、いつか禁忌を犯す。睦を傷つける。傷ついていることにも気づけない男を。

自分は身勝手なのかもしれない。自分を見失うのをなにより恐れている。

「……くそっ」

来栖は替え芯を入れたシャープペンシルを激しくノックした。

春が来る。待ち望んだ春が。

大学を選んだのは自分だ。理想の未来、理想の自分になるため、次のステージに進むための場所。

けれど、進学のために睦から離れようとしているのか、睦から離れるために進学の場所を東京へ決めたのか、時折判らなくなる。

本当に春が待ち遠しいのかも判らなかった。


睦はその日を楽しみにしていた。来栖が東京での二次試験を終え、戻ってくる日だ。

隣の家に向かうと、玄関からちょうど妹の文香が出てきたところだった。

「あ、文ちゃん。出かけるの？」

月曜日の夕方だ。卒業間近の三年生とは違い、一年生で通常授業の文香は今帰ってきたばかりのはずだ。可愛らしいワンピースにコートを羽織っている来栖の妹は、なにやら慌ただしく飛び出してきた。

「うん、これからお母さんとバレエ観にいくところなんだ。会社帰りに一緒に行こうって。お兄ちゃんならさっき帰ってきたとこよ」

「知ってる。窓から見えたから……クルちゃんも一緒に行く？」

「お兄ちゃんがバレエ？　まさか！　お金の無駄よ、寝にいくようなもんだもの。あれ、むっちゃんそれ……」

一頻《ひとしき》り笑った文香は、睦が両手で大事そうに持っているものに目を留める。けれど、握り締めた携帯電話の画面を見ると焦った顔をした。

「やば、こんな時間だ。じゃあね！　お兄ちゃんなら部屋にいるから、勝手に上がって！」

「あ、うん。行ってらっしゃい、文ちゃん」

小さなバッグを揺らしながら急ぎ足で去っていく文香を見送り、睦は来栖の家に上がった。家は誰もいないみたいに静かだった。二階に続く階段を上ると、バサバサとなにかを移動している音が微かに聞こえた。

「文香、ガムテープの買い置きどこにあったっけ？」

開け放しのドアから部屋を覗くと、本棚の脇に幼馴染みは背を向けて座り込んでいる。

「文ちゃんなら出かけたよ？」

足音を勘違いした来栖が弾かれたように振り返った。

「睦……」

「お母さんとバレエに行くって。上がっていいって言われたから……クルちゃん、なにやってるの？」

本棚の前に書籍が塔を作っている。開かれた一個の箱と、棚の傍の壁にはいくつものまだ畳んだままのダンボールが立てかけられている。

「ああ、引っ越しの準備をな。今から少しずつでも整理しておこうかと思って」

いつも本がぎっしり詰まっている棚にぽっかり空いた場所があるのは変な感じだった。

「ふーん。試験、どうだった？」

「悪くなかったよ。っていっても、万が一落ちてたら笑えるけどな」

積み重ねた本の塔のてっぺんをぺしりと来栖は叩く。

「クルちゃんは大丈夫だよ。あのね、俺、クルちゃんが帰ってきたら言おうと思ってたことあるんだ」

「言おうと思ってたこと？」

「うん。俺ね、アルバイトって仕事できることになったんだ。お花屋さんなんだ。オウちゃんの酒屋さんの近所の」

「花屋？」

来栖が目を見開き、驚いた顔をする。二次試験のために五日間東京に行っていた来栖には、睦はまだ話していなかった。

「履歴書、書いたよ。面接行ったんだ。そしたら、お花屋のおばちゃんいっぱい笑ってくれた。卒業したらおいでって、言ってくれた」

「アルバイト……そうか。よかったな、バイトだって働けるんだもんな」

少し考え込む仕草のあと、幼馴染みは笑ってくれた。微笑む来栖に、眉の間に皺をつくるんじゃないかと心配していた睦はホッとした。

「クルちゃん、俺、ムショクにならないよ」

「ああ、よく頑張ったな、睦」

「クルちゃん、俺……バカだけど、仕事見つけたよ。俺のこと……もっと好きになってくれる？」

見上げる来栖が訝《いぶか》る。

睦は手の中に温めるようにして持っていたロボット人形を差し出した。

「これで、俺にもキスしてくれる？」

プラスチックの貯金箱に、首を傾げた男の表情は驚愕《きょうがく》に変わった。

昔クリスマスプレゼントとして来栖がくれた貯金箱。中に入っているのは、睦の全財産に等しいお金だった。小学生の頃からお年玉としてもらったお金のすべてだ。

母親は『好きなものに使いなさい』といつも言って渡してくれた。けれど来栖からは『無駄なお金は使うな。いつかどうしても欲しいものができたときに使えばいい』と言われていた。

睦はずっと来栖の言いつけを守ってきた。貯金箱にお金を貯めた。欲しいものはそんなになかった。月のお小遣いが余ったときにはそれもすべて貯金箱に入れた。

初めて『どうしても欲しい』と思ったもの。

それが来栖だった。

「えっと、十万とちょっとあるんだ。クルちゃん、こないだ言ったよね。十万でもダメだって。だから、もっとたくさんだったらいいのかなって。ちゃんと数えたんだよ、お札ばっかじゃないんだけど……」

バケツの形の人形を睦はひっくり返す。裏の蓋を開け、押し込まれた札を取り出していると、立ち上がった男が飛びついてきた。

「そんなもの、出さなくていい！」

すごい剣幕だった。

「でも俺……どうしてもキスしてほしいんだ」

「まだおまえはそんなこと言ってんのか。いいかげんにしろよっ！」

二人の間で貯金箱は揺れた。赤いロボット人形にお金を押し戻そうと来栖は躍起になり、睦はそれに抵抗する。手を振り払おうとした拍子についに貯金箱は落下し、ロボット人形は床に転がって短い小さな手足を揺らした。

「あっ……」

　小銭が開いたままの底から飛び出す。睦は慌てて掻き集めた。

「クルちゃん、もらってよ。ちゃんと十万円以上あるんだよ？　何回も数えたんだ。小銭が嫌だったらお母さんに換えてもらうよ。えっと……五百円玉は二十より多くて、百円は……百円はもっとたくさん……」

　這《は》いつくばった睦は、拾い集めて数え始める。

「……睦、やめろよ」

　弾け飛んだ硬貨を一枚ずつ拾い、来栖の足元に転がった百円玉に手を伸ばしたときだった。

「やめろって言ってんだろ！」

　来栖が鋭い声を上げた。伸ばした腕を摑まれる。無理矢理引き起こそうとする力に腕は軋み、体が悲鳴を上げた。

「痛い、痛いよっ、クルちゃん！」

　叫んでも力は緩まなかった。痛みを訴えても、引っぱり上げるようにして立ち上がらされた睦が、硬貨を数えるのを諦めても……来栖は睦を摑んだままだった。

「……クルちゃん？」

　睦の白いセーターの袖は引きつれたようになっていた。腕に食い込んだ指がぶるっと震えたように感じた。一瞬伏せられた来栖の目が、射貫《いぬ》く眼差しで自分を見る。

怖い目をしている。そう思って引きかけた身を、突然壁に叩きつけられ、押さえ込まれた。

「な、なに？　クルちゃ……」

唇になにかを押しつけられる。

来栖の唇だった。

重なり合った瞬間、睦はようやくキスをしてくれたんだと思った。けれど、すぐに違うのかもしれないと考え直した。

首を捉えられた。起こそうとした頭を、乱暴に壁にぶつけられる。目の裏に星が弾けてチカチカ舞い、深く押し当てられた唇と一緒に激しくぶつかり合った歯は、軋んでガチガチと何度も鳴った。

摑まれた首に来栖の指が食い込む。痛くて、苦しくて、このまま息ができなくなって死んでしまうのかと思った。

これはキスじゃない。来栖が女の子にしていたキスはこんなじゃなかったし、テレビで見たそれとも違っていた。

「ク……ちゃ…っ……」

痛い。苦しい。喉からひゅっと漏れた笛の音のような息も、口の中に舌を捻《ね》じ込まれて封じられた。額が、鼻先が、何度も擦れ合う。二人の顔の間でガチャガチャと眼鏡が音を立て、来栖はうざったそうにそれを外して床に叩きつけた。

頭がぼんやりする。人は息をしないと死んでしまうんだって、昔教えてくれたのはクルちゃんだった。

このまま死ぬなら、睦が最後に見ておきたいと思うのも、クルちゃんだった。

ぎゅっと閉じていた目蓋を開ける。

眼鏡をしていない来栖を見るのは久しぶりだ。

面影は随分変わってしまったけれど、子供の頃自分に『好き』と告げてくれた幼馴染み。

「ど、うして……」

ただ一人、好きだと言ってくれた。

遊んでくれた。手を繋いでくれた。一緒に夏はプールに行って河原でも水遊びして、冬は雪だるまを作った。虫捕り網を持ってトンボを追いかけて、庭でスイカの種を飛ばし合ったりもした。虫を捕るのはクルちゃんのほうが上手かったけど、種は睦のほうが遠くまで飛ばせた。

けれど、それももう一緒にはしてくれない。

一緒にテレビも見て、レイダーマンの話に夢中になったりもしてはくれない。

そして——自分以外の人にキスをする。

来栖は大きくなった。

でも、自分だって大きくなったのに。

「……ク…ルちゃん、どうして？」

「睦……？」

眉の形と眸《ひとみ》の色。顔立ちの少しずつに少年の頃の面差しを残した男が目を見開く。

「どうして俺にキス、してくれないの？」

泣きそうに顔を歪めた睦に、来栖は動きを止めた。

「え……？」

一瞬奇妙な表情を浮かべ、それから憑《つ》きものが落ちたみたいに睦の首を押さえる手から力が抜けていった。

哀《かな》しさのあまり俯いた顔を、その手が掠めるように撫でる。

頬から滑り落ちた指先が、赤く充血した睦の唇に触れ――

「あ……」

睦は小さな声を上げた。

願っていた優しい口づけを、来栖が与えてくれた。

幸福感が、胸に水紋のように緩やかに広がっていく。何度も唇を啄《ついば》まれた。上唇を舐《な》めた来栖の舌が歯列の間に滑り込み、行儀よく並んだ睦の歯の上を滑った。

クルちゃんは、どうして舌を入れるんだろう。

疑問に思いながらも、これもキスの一つの形なのだとおぼろげながら判り始めた。

舌先が触れ合う。口の中を優しく掻き回される。そのどれもに、睦の胸の水紋は次々と増え、波打つ速度を速めた。

息が荒くなっても、今度は苦しくはなかった。

「……んっ……」

何度も誘うように舌を掬われ、睦はそろそろと来栖の唇のあわいに舌を伸ばした。吸いつかれると体が細かく震えた。

膝から力が抜け落ちる。しがみつこうとして、ずるりと足元が滑った。踏んづけたダンボールは、立てかけられていた壁から数枚纏めて雪崩《なだれ》を起こし、足元をあっという間に掬った。

「クルちゃ…っ……」

驚く睦の両腕を来栖は摑んだ。さっき自分を乱暴に引き起こしたのと同じ手とは思えない優しい仕草で、転ぶのを引き止めた体を男は静かに横たえた。

「……睦」

自分を呼ぶ声は、どこか苦しげだった。

覆い被さってきた幼馴染みがまたキスをする。唇に、髪に、首筋に、忙《せわ》しなく何度も角度を変えてキスをする。

「睦」

来栖はまるで自分の名前以外、言葉を忘れたみたいだった。低い声は睦の体を震わせ、その体の上を来栖の手のひらは這った。

「クルちゃ…んっ？」

腰から下に這い伸びた手が、睦のズボンの膨らみを探る。

「な…なに？　なんで触んの？」

来栖は答えてくれなかった。ファスナーを下ろした指が服を掻い潜《くぐ》り、睦に触れてくる。足をバタつかせたら、また口づけを施された。あの震えのくるキスをしながら、来栖は睦の性器に指を絡め、高めるように動かした。

「あ…や、なにっ、なんで…っ？　ねぇ、クルちゃ……」

睦は時折そこが腫《は》れたり、朝起きたら下着が汚れてたりするのを知っていた。母親に訊いたら、困った顔で『もうそんな年頃なのね』と返された。病院に行くと言ったら苦笑いされて、『病気じゃないから行かなくていいの。なにか困ったことがあったらお父さんに訊きなさい』と教えられた。

でもここにお父さんはいない。お父さんは、会社で働いている。クルちゃんもなにも教えてくれない。

未知の感覚が睦の体の中で渦巻いていた。蕩《とろ》けて、ふにゃふにゃになってなくなりそうな感覚。痺《しび》れるような下腹の違和感は不快ではなく、心地よさでしかなかったけれど、睦には恐ろしかった。

「……いやだ。もうっ……も、やめて…っ！」

幼馴染みの体はこんなに大きくて重かっただろうか。押し戻そうとした来栖の胸は、重くて上手くは除《の》けられなかった。腕にほとんど力が入らなかったからかもしれない。

「あっ……んんっ……」

鼻や口から変な声が漏れた。頭がぼうっとなって霞《かす》みがかる。頭上を仰ぐと、来栖がそんな自分を無言で見下ろしていた。どこか哀しいような苦しいような表情だった。乱れ落ちた黒い髪が睦の額を擽《くすぐ》る。

熱を孕《はら》んだ吐息が、唇に吹きかかった。

来栖の指を濡らす瞬間、睦が上げた小さな声は熱い唇に封じられた。

◇◇◇

曇った空の下を、ピンク色のリボンがいくつもいくつも揺れている。

風に揺らめき、人の歩く歩調に合わせ、細く小さく波を描いている。

卒業証書の入った筒に結びつけられたリボンは春色をしていたけれど、三月に入ったばかりの空気はまだ冷たく、肌寒かった。紺色の制服の群れは見慣れていても、もれなく手にしたリボンの色は奇妙な感じがした。

「やっぱ謝恩会、牛島たちも残るってよ」

教室の窓から、体育館から出てくる生徒の群れを眺めていた睦は肩を叩かれ振り返る。

オウちゃんだった。

「メシが出るって知った途端これだもんなぁ。現金な奴らだ。ん？　なに見てんだ、乃々山？」

「ぴんく」

「ピンク？　ああ、普通科の奴らが出てきてんのか」

肩越しに校庭や渡り廊下を見下ろしたオウちゃんは、ケッと吐き捨てるように言う。

卒業式が終わり、先に体育館をあとにしたのは工業科だ。今ぞろぞろと出てきているのは、普通科の生徒だけだった。

睦たちの高校では、体育館に別棟の両科の生徒が集まる機会は少ない。

多すぎる人数だけの問題じゃないのかもしれない。アンバランスな学力の科の間では絶えず揉《も》め事が起こる。学校のイメージを下げる工業科は普通科の生徒からすれば目障りな存在で、コンプレックスを抱えた工業科の生徒にとっては普通科に見下されているように映る。

「相変わらずスカしてるよなぁ、あいつら」

「……いない」

「誰が？　おい、乃々山……おまえ大丈夫か？　なんかぼーっとしてんぞ？」

卒業式まで三年生は休みが続いた。オウちゃんたちに会うのは久しぶりだった。嬉しかったけれど、言葉は片言にしかならなかった。

哀しい気持ちが、絶えず睦の心には住み着いていた。

来栖があの日……先週から会ってくれない。家に行っても顔を見せてくれず、電話をしたら文香に申し訳なさそうに『今出られないって』と断られた。

「乃々山がぼけーっとしてんのはいつもだろ。どうせ卵焼きのことでも考えてんだろ。弁当ねぇから寂しいんじゃねぇのか？」

ひょっこり顔を覗かせた牛島が茶化す。少し傷んだ金色の髪を揺らして笑いかけ、牛島は『げ』と一言発した。

戻ってきたばかりで騒がしい教室が、一瞬水を打ったように静まり返る。それから、前よりもっとざわつき出す。

「……普通科の来栖だ。なにしに来たんだ、アイツ」

囁く誰かの声が聞こえた。金色や赤茶色やほとんど元の髪色を保っていないクラスメートの頭の向こうに、整えられた黒髪と眼鏡の端整な顔が見えた。

凛《りん》とした制服姿の来栖は戸口に立ち、入り口に立つ生徒に話しかけていた。

「クルちゃん……」

声をかけられた生徒は、真っすぐに睦を指さした。

「どうしてわざわざ教室に来たの？」

昇降口に呼び出された睦の問いに対する来栖の返事は、答えになっていなかった。

「謝恩会が始まる前なら話せるかと思ってさ」

「家でいくらでも会えるのに……」

睦のその言葉に返事はなかった。

来栖は手にしていた小さな紙袋を差し出す。首を傾げながら受け取り、中を覗くと赤いロボット人形の貯金箱が入っていた。

「……忘れ物だ」

教室を出てからずっと目を合わせない幼馴染みはそう言い、睦は首を振った。

「忘れてないよ？　クルちゃんにあげたんだよ。キス……してくれたから。ありがとう、クルちゃん。俺ね、すごい嬉しかったよ」

十万とちょっとでキスしてくれた。そう思っていた。願いを叶《かな》え、来栖は欲しいものをくれたのだ。返してもらう理由はなかった。

睦は微笑む。久しぶりに会えて嬉しかった。目線を逸《そ》らし僅かに左に傾いた来栖の顔は、昇降口が薄暗いせいか陰りを帯び、少し疲れた顔に見えた。

「……睦、悪かった」

思いきるように自分を見ると、そう言った。

「なんで謝るの？」

あの日、部屋でもこんな風に言った。

キスのあとの出来事は睦にはなにが起こったのかよく判らなかった。身にもたらされた変化。来栖の手を汚してしまい恥ずかしかった。その手を来栖が舐めて、睦は青くなった。指先や手のひらを濡らした白いものに、なんの躊躇《ためら》いもなく来栖は舌を這わせた。

クルちゃんは勉強のしすぎで頭がおかしくなったんだと思う。

その証拠に睦が必死になって止めると、手のひらを見つめ呆然《ぼうぜん》としていた。そのまま動かなくなった。『ごめん』と呟く微かな声が聞こえた。『大丈夫？』と心配になって何度も声をかけると、背を向けた来栖は『帰ってくれ』と今にも死にそうな暗い震える声で言った。

望みどおりキスも与えてもらった睦に、いつまでも部屋でぐずつく権利はなかった。

今日まで会えなくなるとも知らず、睦はおとなしく家に戻った。

「クルちゃん、俺ね明日からアルバイトなんだ。ほら、こないだ言ってたお花屋さん。俺、頑張るよ。働いたらね、いっぱいお金がもらえるんだ。お年玉じゃないのに、何万円ももらえるんだよ。毎月だよ、すごいよね！　俺ね、いっぱいお金貯めようと思うんだ。そしたら、そしたらまた……」

また、十万円とちょっと貯まったらキスしてくれる？

言おうとしてなかなか言葉が出ない。急に顔がぽかぽかと火照って、言葉の代わりに熱が出たみたいに感じた。

「睦、それは受け取れないよ。おまえの大事な金だ。俺には受け取る理由もない」

押し戻そうとする袋を来栖は拒否した。

「いらないよ。クルちゃんにあげたんだよ。それに、俺……すぐ忘れるし」

ぼんやりしている睦はよく物をなくす。貴重品は身につけろと、修学旅行のときは母親に子供みたいに首から小銭入れを提げさせられたぐらいだ。

「……じゃあ、おばさんに渡しておくよ」

苦笑いして来栖は袋を受け取り、睦は目を瞬かせた。

「なんでお母さんなの？　クルちゃん……もう家で俺に会わない？　学校でしか会わないつもり？」

学校は今日で終わる。家で会えなかったら、もう会えないのと同じだった。

来栖は口を閉ざした。

「どうして？　キスさせたから？　俺のこと……嫌いになった？」

動かない唇を食い入るように見つめる。

「……違うよ」

短く動いた唇は否定はしたけれど、最後まで好きだとは言ってくれなかった。

睦は来栖が普通科の校舎に戻っていっても、昇降口に立ち尽くしたままだった。

どうして嫌われてしまったんだろうと、一人硬直して突っ立ったまま考えた。

なんで嫌われてしまったんだろう。

学校から帰ったら手は必ず洗ってるし、毎日体も洗ってる。髪を洗うのは時々シャンプーが目に染みるから嫌だけど、それでもちゃんと洗ってる。爪も切ってるし、舗道でスキップするのはやめた。カレーをスプーンで掻き混ぜるのも。

それでも友達はあまりできない。みんなすぐに自分の傍を離れていく。

とうとうクルちゃんまで——

クルちゃんの好きなものはどんどん変わっていく。レイダーマンもミルクと砂糖がいっぱいのコーヒーも、クルちゃんは嫌いになった。

だから……きっと、俺のこともう好きじゃなくなったんだ。


「女の子の問い合わせは多かったんだけどね」

バケツを移動する場所を睦に指示しながら、おばさんは言った。

揃いのエンジ色のエプロンを着けたおばさんは、『フラワーいずみ』の店長で泉《いずみ》さん。

「男手が欲しかったのよ。花屋って女の子は憧れるみたいだけど、実際は重労働だから。最近私も腰にきちゃって」

おばさんには中学生の息子と娘が一人ずついる。年子の兄妹だ。旦那さんはいない。三年前に病気で亡くなったそうだ。

睦がいろいろ知ってるのは、仕事をしながらおばさんがあれこれ話してくれるからだ。

睦がアルバイトをするようになって、三週間が過ぎた。三月が終わろうとしていた。

仕事の時間はその日によって違う。仕入れがある日は早朝からおばさんについて花市場に出かけ、普段は店で花を右から左に動かしたり、バケツを左から右に動かしたり。簡単な包装ならできるようにもなった。バランス感覚がいいわね、と褒めてもらえた。

「ああ、それは移動しなくていいのよ」

軒先でバケツに手をかけると、おばさんが止めに入る。

「あ、ごめんなさい」

睦は謝り、おばさんは首を振った。

「いいのよ。今日は仕入れで朝から肉体労働お願いしっぱなしだものね。疲れたんでしょ？顔色悪いわよ」

『昼休みにしましょうか』と言う。十二時を過ぎていた。朝が早かったせいでお腹はすいているはずだった。けれど、あまり食事を取りたい気分にはならない。

「今日……二十九日」

「そうよ？　どうしたの？」

睦のうわ言じみた呟きに、おばさんは訝る。朝から何度も日にちを尋ねては、睦は沈んだ表情をしていた。

奥に引っ込もうとしたところ、花屋には似つかわしくない厳つい顔の男が店先に現れる。

「お、いたいた。乃々山！」

西野酒店の跡継ぎ息子、オウちゃんだった。

同じ商店街で働くのを喜んでくれたオウちゃんは、時折暇を見つけては店にやってくる。たとえ暇はなくてもやってくる。いつかは捜しにきたお父さんに『サボるな』とこっぴどく叱られながら戻っていった。

「こんちは。これ、もらったんで」

和菓子の入ったパックを差し出され、おばさんは『乃々山くんが来るようになってから、いろいろもらえるようになったわね』と言って笑った。

「乃々山、おまえ甘いもん好きだろ」

「あ……うん、けど……」

「どうした？　腹でも痛いのか？」

睦は『違う』と首を振ってから応えた。

「今日、二十九日なんだ」

「……はぁ？」

ぽりぽりと右に曲がった鼻をオウちゃんは掻き、睦は打ち明ける。

「東京に行くんだ。今日、クルちゃん」

「クルちゃん？　ああ、来栖か。なんだ、見送りに行きたいのか？」

「見送りは行けないんだよ。俺とは学校でしか会わないんだって。けど、学校もう行かないから会えなくて……」

昇降口で別れた卒業式の翌日、母親から昼間来栖に預かったと袋を渡された。貯金箱の入ったあの紙袋だった。

妹の文香が家を訪ねてきたのは先週だ。卒業式の前に電話を取りつがなかったのを気に病んでやってきたらしい。

『ケンカしてるの？　頑固なお兄ちゃんでごめんね』と謝る文香から、兄は無事に大学に合格したと知らされた。引っ越しは来週で、一足先に来栖は東京に行くと、そしたらしばらくは戻ってこないと聞かされた。

その一足先、の日が今日だ。

「会わないって、なんだそりゃ。ケンカでもしたのか？」

オウちゃんが憮然《ぶぜん》とした顔で唸《うな》る。

「よく……判んないけど、俺に会いたくないんだって。でも俺、クルちゃんに渡したいものがあるんだ。大学の入学のお祝い。あとで送ろうと思ったんだけど、東京の住所判らないって気がついて……文ちゃんに訊いたら教えてくれるかもしれないけど……訊いたら、クルちゃん怒るかもしれなくて……」

睦はエプロンの前ポケットから、手のひらサイズの紙を取り出した。睦は郵便小包や宅配便の類をよく知らない。郵送で送れる贈り物といったら、ハガキか手紙に添えて封筒に入れられるものしか思いつかなかった。

「なんだ、それ……絵か。なんの絵だ、空か？　おまえ、美術の点だきゃよかったけど……相変わらず前衛的な感性してんな。ヘタウマっつーか」

「あら、桔梗《ききょう》の花じゃないの？　グラデーションの色合いが綺麗だし、よく描けてるわ」

花屋のおばさんは興味津々の顔で睦の肩越しに覗き込み、したり顔で褒める。

真っ青な花だった。

「違うよ。桜だよ」

二人は顔を見合わせ、沈黙した。

「それに、絵じゃない。それ」

「どう見たって絵だろ。しかしおまえ、描くにしたって画用紙以外のもんに描けねぇのかよ。これじゃ子供の落書きみてぇじゃん」

「画用紙……以外？」

「まぁなんでもいいけどさ。飛行機か？　新幹線か？　何時なんだ、来栖が行くのは」

「新幹線で一時過ぎって言ってた」

「来栖に連絡取れねぇのかよ。携帯とか」

「クルちゃん持ってる。けど俺持ってない」

オウちゃんは盛大な溜め息をつく。睦の思い詰めた表情に、弱り果てた声で言った。

「タクシー飛ばせば間に合うかもな。会えるかどうか判んねぇけど。後悔するよりはいいんじゃね？　当分戻ってこないんだろ？」

「大事なお友達なんでしょ？　行ってらっしゃい。今日は朝から働いてもらってるし、店番なら私一人で充分だから」

おばさんも優しい言葉をかけてくれる。二人で後押ししてくれる。けれど、睦は勧めに従おうとはしなかった。

「働かないのはムショクだから。タクシーは贅沢《ぜいたく》だってクルちゃん言ってたし、それに会いにいったら怒る。きっと」

「ムショク？　なにわけ判んねぇこと言ってんだおまえは。変なとこ頑固だよな、バカのくせして……」

つるりと滑り出した言葉に、オウちゃんは『あっ』と口を噤んだ。

「……すまん、つい。とにかく、よく考えろ。怒られなきゃ会わないでもいいのか？」

考えろ。

睦は考えてみた。考えて考えて、そしておばさんの顔を見た。おばさんは頷いてくれた。

「行ってくる」

「おう、行ってこい。待て、財布忘れるな、財布！」

そのまま走り出そうとした睦をオウちゃんは引きとめ、おばさんは財布の入った鞄とコートを取ってきてくれた。


駅までは三十分足らずで着いた。

まだ一時前。来栖の乗る新幹線は出ていないはずだ。

大きな駅だった。滅多に利用した経験のない駅にはたくさんの人がいた。平日で多数歩いているスーツ姿の会社員、昼休み中の制服姿のＯＬ、春休みを満喫中の私服姿の中高生たち。老人もいれば、母親に手を引かれた子供もいる。

大勢の人がいるのに、誰一人知らない人。睦が知っているのは……捜しているのは一人しかいなかった。

駅を当て所《ど》なく走り回っていた睦は、駅員に尋ねることを思いついた。

「クルちゃんはどこにいますか？」

駅員は怪訝な顔をした。

「新幹線はどこにいますか？」

焦る睦の問いは著しく妙だったけれど、新幹線に乗車するならと駅員は一番近い改札口を教えてくれた。

駅に改札口は幾つもある。だから、睦がその姿を見つけられたのは本当は奇跡だった。広い改札口の真ん中で、駅員の言葉を信じて待っていると、コンコースの雑踏からボストンバッグを肩に引っ提げ、浮かない顔で歩いてくる黒いコート姿の幼馴染みが見えた。

声をかける前に目が合った。

「……睦、どうして……」

「文ちゃんが教えてくれたんだ。それから、オウちゃんが行けって、おばさんがコート取ってきてくれて、オウちゃんがタクシー見つけてくれて、おばさんが……」

来栖が目を眇《すが》める。必死になって説明しているうちに、戸惑っていた幼馴染みの表情は変わり、緩い微笑みを浮かべた。

「来てくれてありがとうな、睦。こないだは……ごめんな」

「ううん。あ、えっとなにが『ごめん』なのか判らないんだけど……」

怒られなかった。クルちゃんの眉の間は平らなままだった。それだけで、睦の心は弾んだ。

「あ、あの、渡したいものがあるんだ。大学の入学のお祝いで、送ろうと思ってたんだけど。ちゃんとしたものじゃないんだけど……」

あたふたとコートのポケットからあの紙を取り出す睦を、来栖は穏やかな眼差しで見つめていた。

「睦の描いた絵か。随分小さいな……ありがとうな。部屋に着いたら飾っておくよ」

「違うよ。絵じゃないよ」

受け取った男は首を傾げる。

「券だよ。願いごとが叶う券なんだ」

「え……？」

「幼稚園のとき一緒に作ったよね？　お母さんにはお手伝い券で、お父さんには肩たたき券……クルちゃんには、なにがいいか判らなかったんだけど……」

静かに笑っていた来栖の顔から表情が消えた。

「それ、出してくれたらね、願いごと叶えるよ。なんでもいいんだよ？　なんでも一つだけ、クルちゃんの望み叶えるよ。俺がね、クルちゃんの神様になったげるよ」

睦は得意げに言い、それから『しまった』というようにつけ加えた。

「あ……でも、おくまん長者とかはムリだ。俺でできることだったら……どうしたの、クルちゃん？」

来栖は手のひらの小さな券を見つめ、顔を深く俯かせた。睦には来栖が泣いているように見えた。

「気に入らなかった？　ほかのがよかったかな？　怒った？」

「……いや、ありがとうな。嬉しいよ」

来栖は泣いてはいなかった。眼鏡のレンズの奥の眸は、いつもどおり静かな深い黒い色をしていた。

「バイト、頑張ってるんだな睦。友達もいい奴みたいだし、今まで悪くばっかり言って悪かったよ」

コートの下にエプロンを着けたままだったのに気がつき、うろたえる。

「俺が……いなくても、睦は大丈夫だな」

エプロンを外そうした手を止め、来栖を見た。

どうしてだろう。もう会えないような予感がした。

「じゃあ、そろそろ行かなきゃ。気をつけて帰れよ？　おばさんやおじさんによろしくな」

「クルちゃん！」

改札を潜ろうとする幼馴染みを呼び止める。

「会えるよね？　すぐ会えるよね？　二時間だって言ったよね、休みには帰ってくるって」

来栖は睦の顔を見つめた。

いつも自分を見ていた目で、真っすぐに睦を見つめ返し、そして言った。

「ああ、会えるよ」

「連絡くれる?」

「ああ、電話するよ」

来栖が手を振る。睦も振り返した。幼馴染みの肩に大きな黒いボストンバッグがなければ、それはまるで学校や遊び先から一緒に並んで帰ったあとの家の前での別れと変わりなかった。互いに改札口を離れる。一歩歩くごとに、睦の中に鈍くなにかが広がった。不安の輪がじわじわと大きくなっていく。

来栖は河原で話をしたときと同じ返事をくれた。

会えると、連絡すると——けれど不安は消えてはくれない。

睦は歩き出しながら、何度も振り返った。

別れるときはいつも自分を見送ってくれた来栖は、背を向けたままゆっくりと遠退《とおの》く。俯き加減に歩き去っていく。振り返らない。睦はもしかしたら、自分が背中を向けている間に来栖は振り返ってくれているのかもしれないと思った。

ついに睦は足を止め、その背をじっと見た。

いくら見つめても、来栖は振り返らなかった。

広い背中が遠ざかる。ホームに向かう長い通路を、少しずつ小さくなる。雑踏に紛れる背中は人波に隠れ、時折現れ、チラついた。

長身で突き出した頭と肩だけが、ずっと揺れながら睦の視界に映っていた。

それも、小さくなってしまう。

消える。

いつも隣にいてくれた幼馴染みがいなくなる。それがどういうことなのか、睦には今ようやくはっきりと判った。

その声が聞こえなくなる。その姿が、見られなくなる。もう一緒に笑ってもくれない。励ましても、叱りつけてもくれない――

「……ルちゃん……クルちゃん！」

睦は駆け出した。

追いかけようとした足に痛みが走る。自動改札口の無機質なドアがバタンと閉じて行く手を阻んだ。小さなドアは睦の足を捉え、甲高い警告音を鳴らした。

「クルちゃんっ!! 待って、クルちゃ……」

改札口の脇から駅員が飛んでくる。乗り越えようとした睦の体を制止する。来栖の姿は小さな点に変わってしまっていた。睦には駅員の言っていることが判らなかった。

「入場券ってなに？ わかんな……判んない」

電車に乗るときは切符を買う。乗車券。裏が茶色の券を券売機で買う。来栖が教えてくれたことだ。

「どこで買うの？ どうしたら行けるのっ、クルちゃんのとこ……」

押し留《とど》める腕を振り解《ほど》こうと睦はもがき、視線を戻した通路の先にもう来栖の姿はなかった。

「クルちゃんっ!! クルちゃんっっ!!」

睦は叫んだ。激しい金切り声を上げ、泣いた。

涙は止め処《ど》なく溢《あふ》れた。みんなが自分を見る。睦は声が嗄《か》れるまで叫び続け、やがて視界に映る人々の顔もはっきりと見えなくなった。

「クルちゃんっ……」

睦は泣きじゃくりながら、来栖の名前を何回も何回も呼んだ。振り返って見る人も、中には失笑する人もいた。睦の大人びた顔にも、そのもう大人と変わらない姿にも、泣き喚く姿は変でしかない。

けれど、睦にはどうしてみんなが自分を見るのか判らなかった。

なにも判らない。

「……クル…ちゃ……」

声も出なくなり、その場にしゃがみ込んだ。

いつまでもしゃくりあげて泣く睦を、やがて誰も気に留めなくなる。睦をその場から動かすのを駅員は諦め、通り過ぎる人の足音は蹲《うずくま》る睦を避けるようにして行き過ぎた。

まるで大きな川の流れの中に、取り残された石だった。

手を伸ばしてくれる人はいない。いつも傍にいてくれた優しい人はいなくなった。

睦の頭にはふわふわと来栖との思い出が幻のように映った。

ユウコ先生の顔も見えた。

先生は、仲良く並んだ二人に問いかけた。

『じゃあね、好きなものはなぁに？』

むつみちゃんの、好きなものはなに？

お絵かき、あお色のクレヨン、蒸したプリン、ふかふかのタオル、甘いタマゴ焼き、たんじょうびにもらったレイダーマン人形、二軒どなりの家のコウタ、おかあさん、おとうさん。

——となりの家のクルちゃん。

「……せんせい、俺が好きなのはクルちゃっ…んだよっ」

頭を抱え丸まった睦は、はなを啜りながら呟いた。

「判らないよ。今もクルちゃんなんだ。それが、どうしていけないの？」


それが最後だった。

季節がいくつ巡っても、睦が来栖の姿を見たのはその日が最後だった。

イノセンス～再会～

「『ここでお別れだよ』とニンゲンの子は子ギツネに言いました。『早く走って巣におかえり。二度と人里に下りてくるんじゃないよ、振り返るんじゃないよ』と。山に戻りながら、子ギツネは何度か後ろを見ました。ニンゲンの子は子ギツネが振り返るたび、小枝や小石を投げつけます。『早く行け』と叫び、泣きながら……」

図書館内のこぢんまりとした読書室には、少女の溌剌《はつらつ》とした声が響き渡っていた。

少し毛足の硬いラグマットに寝そべり、傍らに座る青年に絵本を読んで聞かせていた少女は、『あ』と小さく声を上げる。

「ユミちゃん？」

赤いマフラーを巻いた絵本の子ギツネを、少女の小さな肩越しに見つめていた乃々山《ののやま》睦《むつみ》は、首を傾《かし》げた。

「むっちゃん、ごめんね。今日はここまでね。ユミ、ママと約束してたの忘れてた」

「約束？」

少女は膝立《ひざだ》ちでラグの上を這《は》う。壁に沿って室内を囲むように作りつけられた棚に絵本を戻すと、転がった赤いランドセルを手に立ち上がった。

「うん、今日はママ早く帰ってくるんだ。ユミの誕生日だから残業はしないって」

「誕生日なの？　おめでとう！」

睦は少女がランドセルを背負うのを手伝ってやりながら微笑《ほほえ》んだ。

「九歳になったんだよ～？　あれ、そういえば……むっちゃんっていくつなの？」

「俺は……」

睦は少し考え、応《こた》えた。

左手を広げて右手の人差し指を立て、数字の六を形作る。

「六だよ、二十六歳」

にっこり笑って返すと、少女は不思議そうな顔をした。

水色の薄っぺらなカットソーにジーンズ、服装も仕事中の二十六歳とは言い難い睦は、いつもユミに絵本や児童文学小説を読んでもらっている。『子供の扱いが上手ね』『いいお父さんになれるわよ』なんて言ってくれる人もいたけれど、ただ睦はユミに本を読んでもらうのが好きなだけだった。

少女と睦は友達だった。

「ふーん、むっちゃんってママとそんなに年変わらないんだ？　なんか、変なの～。じゃあ、また明日ね！」

ランドセルを背中で躍らせ、勢いよく飛び出していく少女を見送る。小学校の帰りにいつも寄ってくれるユミがいなくなると、読書室は無人になった。昼間は親子連れの多い児童図書館も、六時半を過ぎればめっきり来館客は少なくなる。閉館時間が七時だからだ。

睦がこの小さな私立図書館で働くようになって、二年になる。東京の片隅に越してきて同じく二年。初めて新幹線で降り立ったときには、人の多さや、どこまでも続くビルの連なりに驚かされた街にも、少しずつ馴染《なじ》んでいった。

図書館の仕事にも、住んでいるアパートの傍《そば》を行き交う電車の音にも。

高校を卒業してバイトに就いた花屋は、五年と半年勤めた。いつからか『東京に住みたい』と望むようになった睦に、仕事を紹介してくれたのは、商店街の組合会長もやっている古書店のおじさんだった。

古書店のおじさんを紹介してくれたのは、勤め続けたフラワーいずみの店主のおばさん。

両親には当然反対された。紹介先の私立図書館の館長がアパートも所有していて住み込みも同然なことと、日に一度は必ず連絡するのを条件に渋々了承してくれた。

「あら、ユミちゃんもう帰ったの？」

隣の広い閲覧室から女性職員が顔を覗《のぞ》かせる。

「あ、はい。誕生日だからです。お母さんが早く帰ってくるんだって……」

「まぁ、それはよかったわね。あの子、いつもおばあちゃんと留守番らしくて寂しそうだもの。あ、そうそう、餅田《もちだ》くんが来てるわよ」

「餅田くんが？」

館内履きのサンダルを引っかけて、土足の閲覧室に出ると、カウンター前でぶらぶらしている若い男の姿が見えた。裾《すそ》のぶかぶかした作業着を着ている男は、同じアパートに住んでいて建設労働を生業《なりわい》にしている餅田だ。

「もうすぐ仕事終わんだろ？　メシ、食いにいかないか？」

館内の本に興味を示すこともなく、全身で手持ち無沙汰《ぶさた》を表していた男は、睦が顔を出すとカウンターに凭《もた》れかかっていた身を起こす。

断る理由もない睦は、誘いに頷《うなず》いた。

『メシ』と言われて頭に浮かんだのは焼き鳥だった。


餅田は睦より四つ年下で、今年二十二歳だ。どことなく雰囲気が高校時代のクラスメートのオウちゃんに似ていて、引っ越してきてすぐに睦は打ち解けた。

餅田の鼻はオウちゃんみたいに曲がってない。けれど、どこか通じるところがある。髪は金色と黒色。餅田は金髪だと言い張るが、頭のてっぺんは伸びた分がいつも黒くなっていて、睦には二色にしか見えなかった。

「おい、オヤジ！　チャンネル変えてくれよ、K－1始まってるじゃねえかよ！」

「うるせぇ、ツケでメシ食ってる若造が偉そうに」

焼き鳥屋のカウンター席で、餅田はテレビのチャンネルに不満を零《こぼ》していた。カウンターの向こうで串を炙《あぶ》っている店の大将は、相手にしない。

餅田が睦を外食に誘うのは、アパートのすぐ傍の焼き鳥屋『鳥吉《とりよし》』と決まっている。顔馴染みで代金を後払いにしてくれる店など、ここしかないからだ。

換気がいいとは言い難い狭い店は、むわっとした熱気が漂っていた。九月末の秋の夜。店内より外のほうが遥《はる》かに涼しいぐらいだ。

「しょうがねぇだろ、金ねぇんだから」

「ほう。昨日パチンコ屋でおまえの姿見たって話聞いてるぞ?」

餅田は途端に俯《うつむ》き加減になる。

うっすら煙の漂う天井際。棚の上に鎮座した小さなテレビは、ニュース番組を映し出していた。

「あれまぁ、まぁた、衆議院は解散かねぇ」

ニュースキャスターの声に大将は反応し、餅田はぼそりと呟《つぶや》く。

「……普段政治なんて興味ねぇくせしてよぉ」

「なんか言ったか? ガキは串が焼けるまで菜っ葉でも食ってろ」

「ちっ」

舌を打つ男は仕方なさそうに皿の上のキャベツをつけダレに浸して食べ始める。K—1にも政治にも興味のない……というよりよく判《わか》らない睦は、早くから食べ物に集中していた。

皿にのっかっているのは、メニューにないが特別にいつも出してくれる『卵焼き』だ。

「……おまえ、変わってるよなぁ。卵焼きがそんなに好きかよ?」

「うん。一番好きだ」

「へぇ、俺は焼肉のほうがいいけどなぁ。串ならバラだな、豚バラ！」

ジョッキの生ビールを呷《あお》りながら豚バラを待つ餅田は、睦の行動を物珍しげに見る。

「おまえさ、なんでいっつもそういう食べ方なんだ？　半分食って残すよな？」

睦はきっちり半分を食べ終えたところで、皿の脇に避《よ》け、キャベツを食べ始めた。

「こうすると、最初にも最後にも食べれるんだ。卵焼き。高校ん時の友達が教えてくれた」

卵焼きが出たら最初に半分食べる。間にキャベツや串物、白いご飯、そして最後は卵焼きの残り。間は白ご飯が茶漬けに変わったり、ホイル焼きのじゃがバターが加わったりするけれど、きまって最初と最後は卵焼きだ。

睦は口の中でぱりぱりと鳴るキャベツを草食動物のように咀嚼《そしゃく》しながら、ぽつりと言った。

「……今、どうしてるのかなぁ」

「なんだ？　その高校んときの友達か？」

「オウちゃんは元気にしてるよ。こないだも電話、くれた。そうじゃなくて……クルちゃん」

その名前を呟くたび、睦のぽっかり穴の開いた胸は冷たい風が吹き抜けたようになる。

「まぁたそいつの話かよ」

餅田は面白くなさそうに金色と黒の頭を掻《か》いた。捲《まく》り上げた作業服の袖《そで》から、夏の間に浅黒く焼けた腕が覗く。

「連絡も寄越さねぇ奴だろ？　ひでぇ話だ。んな薄情な幼馴染《おさななじ》み、どうでもいいじゃん。もう忘れとけ。友達ならほかにもいんだろ？」

「……うん。でもどうやったら忘れられるのかな」

友達はいる。高校時代からの友達のオウちゃんもそうだし、隣にいる餅田くんも、図書館に来るユミちゃんだって友達だ。

けれど、忘れられない。

あの日、駅の改札口で別れた幼馴染みを、睦は片時も忘れたことはなかった。

あれから、八年が過ぎた。

長い長い年月が過ぎていった。

睦の中の来栖《くるす》の姿は時を止めたままだ。

『会えるよ』

『電話する』

別れ際にそう言った来栖とは、一度も会っていない。電話はなかった。次の冬、年賀状だけが舞い込んできた。『元気にしてるか？』と一行だけ手書きの文字が添えてあった。

睦は手紙を書いた。来栖からの返事には睦の生活を案じていることや大学の話は書いてあったけれど、手紙に添えた『もう会えないの？』という質問の答えはどこにも書かれていなかった。

睦は訊《き》いてはいけないのだと思った。だから、次からはその話題に触れず、ただ毎日のように手紙を送った。

返事はときどき気まぐれにやってきた。ついに一通も来なくなったのは数年前、来栖が大学を卒業した年だった。

送った手紙も『転居先不明』の判が押され、戻ってきた。睦はなんのことか判らず、しばらくは送り続けた。手紙は数日の間を置いてすべて戻ってくる。ポストに届くようになった不達の手紙に、母親が見かねて『貴文《たかふみ》くんの引っ越し先ならお隣に訊けばいいでしょう？睦が尋ねるのが嫌なら、お母さん訊いてあげるから』と言い出した。

睦はそれを頑《かたく》なに拒んだ。

隣の実家に来栖が何年も一度も戻ってきていないはずはない。戻ってきても声をかけてくれないのは、会いたくないからなんだと思った。

クルちゃんは、自分と会いたくない。だから、電話番号も教えてくれないし、新しい引っ越し先も教えてくれない。探ったりしたら嫌われる。今よりもっと、嫌われる。

引っ越し先を知るのも、手紙を送るのも諦《あきら》めた。

でも、忘れなかった。

どうやったら上手《うま》く忘れられるのだろう。

自分にはできないけれど、みんなは上手に誰かを忘れたりできるんだろうか。行く先も調べられない幼馴染みに睦が会う術《すべ》は、偶然会うことだった。偶然なら、クルちゃんは怒らないで会ってくれるかもしれない。

睦は上京した。もちろん東京に移り住んだからといって、人のたくさんいるこの街で、そう易々と偶然が巡ってくるはずもない。二年と少しの月日はあっという間に流れた。

「へぇ、クリーンなイメージだと思ってたのにねぇ」

テレビのニュースは、解散総選挙の話題から政治家の汚職事件の続報に移っていた。このところ連日報道されている事件だ。

「イメージなんて見かけ倒しに決まってんだろ。ムダムダ、テレビん中で政治家見てなにが判るよ？　いいからさっさとK—1に変えろって……」

大将は残念そうに言い、餅田は箸《はし》の先でブラウン管の中の代議士を指す。

睦はぼうっとした視線をテレビに向けた。どの人がセイジカなんだろうと思った。議員バッジをつけていたら政治家。いつだったか、大将に教わった見分け方だ。

バッジ、菊のバッジ。画面を拭《ぬぐ》うように視線を彷徨《さまよ》わせた睦は、ガタンと薄汚れたクッションの椅子を鳴らして立ち上がった。

「クルちゃんだ！」

思わず叫んでいた。狭い店の隅々まで響く大きな声に背後の座敷の客がびくりとなった。

「へ？　どこだよ？」

「あれ、あれ！　クルちゃんだよ!!」

睦は騒ぐ。指を指したのは、テレビの中だった。代議士の顔写真から映像は変わり、右下にLIVEと入った画面にはどこかのビルの前が映し出されていた。

『選挙区内の事務所前です。枝島《えだじま》代議士が乗っていると思われる車がちょうど入ってまいりました』

レポーターがそう言いながら詰め寄る車の中に、睦が捜し求めていた男の姿はあった。

報道陣を掻き分けるようにして駐車場に入っていく黒塗りの車のハンドルを、黒っぽいスーツを纏《まと》った来栖は握っていた。


「テレビ局のカメラだ！　テレビに映れるかもしんねぇぞ！」

『鳥吉』と店名の入った小さなバンを路地に停めた餅田は、車から降りるとのん気に騒いだ。

「今ニュースやってないよな。くそ、十時のニュースが始まれば確実に映れるのによ～」

睦はついていた。事情を聞いた焼き鳥屋の大将が事務所の場所を調べ、車を貸してくれた。住所だけを頼りに向かい、捜し当てたのは九時半を回った頃だった。

「餅田くん、ありがとう連れてきてくれて」

テレビの背景になって映っていたビルが目の前にある。ビルは住宅街の中に建っていた。雑居ビルの二階が事務所らしいものの、入り口は報道陣がカメラを構えて取り囲んでいてとても近づけない。

「入れないね。まだいるかな、クルちゃん」

「ホントにその来栖って奴だったのか？　八年も会ってねぇんだろ？　見間違いじゃ……」

「あ、誰か出てきた」

ざわりと人垣が騒いだ。二人して伸び上がっていると、ビルのドアが押し開かれるのが見えた。分厚いガラスドアから姿を覗かせた背の高い男は、黒っぽいスーツを着ていた。

睦は『あっ』と小さく声を上げずにはいられなかった。

「お引き取りください、近所迷惑ですよ」

男は臆《おく》した様子もなく人の壁に向かって言い放つ。

「代議士でしたら、もう帰宅しました。僕ももう帰らせていただくところです」

「えっ、でもさっき車で……」

「出入り口は一つじゃありませんので」

暗に裏口から帰ったと仄《ほの》めかされ、記者たちはざわめきで不満を表した。

「贈賄の場に枝島議員もいたというのは本当ですか？　あなた、事務所の方ですよね？　なにかご存知でしょう？　まさかその場に居合わせたってことは……」

引き下がれないとばかりに詰め寄る。男が脇に挟んだブリーフケースが今にも落ちそうに揺れた。

「なにもお話しすることはありませんよ」

「それは語れない部分があるということですか？」

「言葉尻を捉《とら》えるのはやめてもらえますか」

騒がしさは静まる気配もない。けれど睦には車を取り囲む記者たちの質問の声はほとんど聞こえず、受け応える男の冷静な声だけが耳に響いていた。

冴《さ》え冴《ざ》えとした男の声。路地に響く、淀《よど》みのない凛《りん》とした声。

懐かしい声にじっとしていられなくなった。

「クルちゃん！」

手に摑《つか》んでいたナイロンバッグを路面に放り出し、睦は飛び上がった。薄い色のバッグは汚れの目立ちやすいクリーム色で、こないだも壁に擦りつけて後悔したばかりだったのに、頭は手を振ることでいっぱいだった。

「クルちゃんっ、クルちゃん〜っ!!」

睦は飛び跳ねた。緊迫した記者たちの垣根の後ろで、ぴょんぴょんと跳ねては両手を振った。

捜し求めていた顔が目の前にある。

仏頂面で、ムズカシイ顔で記者をあしらっているその顔。眉間《みけん》に皺《しわ》をつくったままの顔を、来栖はこちらに向けた。

「……むつ…睦」

男の唇は震えるように動き、睦の名を紡いだ。

「おまえ、乗れ。乃々山も！」

いつの間にかバンの運転席に戻った餅田が、車を寄せて手招きしていた。


「餅田とはまたえれぇ毛色の違う友達だな」

戻った店で、大将は感心したように零した。

十時を回ればお客も減る。店内は少しだけ換気がよくなっていた。

それでもまだ暑苦しい焼き鳥屋には不似合いなかっちりしたスーツに、磨き抜かれた革靴。一点の曇りもない眼鏡。来栖の纏う空気は店に馴染まず、カウンターのそこだけが異質な雰囲気を醸し出していた。

「上京してるなんて、思いもしなかった。幽霊かと思ったよ」

「ユーレイ？　足、ついてるよ。ほら」

椅子に座った睦は足をぶらぶらさせる。

睦は変わっていなかった。別れた高校時代となんら。八年ものブランクがあるからといって、畏《かしこ》まって見せたりもできず、むしろ興奮のあまり大人気ない行動に出る。

薄っぺらなクッションの木製の椅子が大きく軋《きし》んだところで、ようやく足を揺らすのをやめる。輝く笑顔の睦とは対照的に、来栖はぎこちない表情を浮かべていた。

「あんまり……変わってないからさ、ついに幽霊……幻覚でも見るようになったかと思ったよ」

「ついに？」

「あ、いや……元気にしてたか？」

ビールジョッキからカウンターに滴り落ちる水滴に向かう来栖の眼差《まなざ》し。睦からは気まずそうに目を逸《そ》らしている。

一方的に睦ばかりが来栖を見ていた。

再会してからずっとそうだった。やっと出会えた幼馴染みの顔をまじまじと見つめ続ける。まるで瞬《まばた》きをすれば、消えてしまうとでもいうように。今も、そして車の中でも。

促されるまま餅田がハンドルを握る車に乗り込んだ幼馴染みは、再会の驚きに頭がしばらく回っていないようだった。

『どこに向かってるんだ？』

来栖がそう問いただしたときには、『鳥吉』と横っ腹に屋号の入ったバンは、いるべきところに向かっていた。

『やっと捕まえたもんを逃せるかよ』

餅田はたしかそんな言葉を言ったように思う。

『クルちゃんも一緒に焼き鳥食べる？　三人で食べる？』

のん気な睦に、餅田は『思い出話にまで付き合う義理はねぇ』と言い捨ててさっさと帰っていった。睦は何故《なぜ》だか礼を言わなければならない気がした。

横を見ればクルちゃんが座っている。餅田が座っていた場所で、ビールを飲んでいる。餅田が遠慮したのかしないのか、本当のところは判らないし、睦には『遠慮してくれたのかも』なんて思考すらできなかったけれど、とにかく次に会ったらお礼を言おうと思った。

「うん。元気にしてたよ」

睦は笑顔で頷《うなず》く。

「っていうか、俺さっきも言ったよ？　ほら、図書館で働いてるって。みんなね、優しくしてくれるよ？　新しい友達もできたんだ。餅田くんとユミちゃん。餅田くんは道路に穴を掘るのが仕事で、ユミちゃんは小学校に通ってるんだ。クルちゃんは？　クルちゃんは、新しい友達できた？」

弾《はじ》ける声に、並び座る男はくしゃりと顔を歪《ゆが》める。硬い表情が緩む。まるで、長い夏休みや春休み明けの教室の会話だった。

「友達か……そうだな、それなりにいるよ。本当に変わってないんだな、睦。九百八十円……か。いい買い物してるな」

「きゅうひゃく……？」

うなじから滑り込んできた指にひゃっとなる。Tシャツの襟口《えりぐち》から角を覗かせていたもの、引っ張り出されたのは少しよれたタグだった。

薄い水色のシャツは、近所のスーパーの二階の衣料品コーナーで買ったばかりのものだ。

「いつから大事につけてたんだ？」

「あ……なんか、チクチクすると思った……」

「気づけよ。こんなデカい値札なんだから。しょうがないな、ちょっとじっとしてろ。動くなよ？」

ぐいと襟が伸びるほど後ろに引っ張られる。カチリと鳴る音が耳の傍で聞こえ、一瞬後には細いビニール紐《ひも》の焼き切れたタグを来栖が指に挟んでいた。

ビニールの焼けた微《かす》かな匂いが、鼻腔《びくう》を刺激する。そのまま灰皿を引き寄せ、オイルライターの火を煙草《たばこ》に移す男を、睦は目を輝かせて見た。

「クルちゃん、煙草吸うの？」

白い煙草の先に、赤い灯《ひ》が点《とも》る。

「あ？　ああ」

「……変だ。クルちゃんじゃないみたい」

生返事の男に対し、睦はぼそりと呟いた。幼馴染みの薄い唇の間からゆるゆると吐き出され、天井に渦をつくる炭火の煙と同化していく白い淀《よど》みをぼんやり見つめる。

クルちゃんはいつも言っていた。

『煙草なんて、百害あって一利なしだ。粋《いき》がって吸いたがる未成年も、気休めに吸う大人も愚かだ』と――

ふと隣の男が、よく知る幼馴染みではないような気がした。

声も低くならない。顔立ちも変わらない。背も高くならず、少し気難しそうな顔も同じ。成長しきった高校卒業の頃から、さして変化のない容姿なのに、他人のように違って見えた。

印象が違うのは、整髪料を使って撫《な》でつけられた髪のせいかもしれないし、体を包むダークな色の背広のせいかもしれない。

以前より研ぎ澄まされた顎《あご》のライン。少し陰りのある眼差し。すべてひっくるめ、来栖を変えたのは八年の年月に違いなかった。

二十六歳。誰の目にも大人の男に映る幼馴染みを、睦は不思議がって見つめる。

来栖は先手を打つように、強い声で言った。

「俺は普通だ。おまえが変わらなさすぎなんだよ」

人の顔立ちを変えるのが内面だというのなら、睦の雰囲気がそのままなのは当然かもしれない。なにも変わっていないからだ。好きなもの嫌いなもの、考え方一つ、なにをとっても変わらない。

仕事でスーツを着る必要のない睦は、それらしいものも着ていない。安価で買った服は学生のような格好だし、髪型もほとんど変化がない。猫っ毛は八年たっても猫っ毛のままだ。

——クルちゃんはどうしてくせっ毛が直ったんだろう。

ほぼ直毛になった幼馴染みが、ただただ不思議だった。

「あのさ、クルちゃんは今何やってるの？」

「なにって？」

「えっと、なんだろ。仕事？　そういえば車の運転してた……あっ、もしかして運転手？　クルちゃん、運転手さんになりたいって言ってたよね？」

テレビの中に見つけた来栖は、誰かを乗せた黒い車を運転していた。

「それは幼稚園のときの夢だろ。仕事は運転手じゃない、議員秘書……って判るか？　まぁまだ下っ端だからな、運転も代行するけど」

『ギインヒショ』の言葉に、カウンターの向こうから大将が『そらスゴイね』と相槌《あいづち》を打ちながら新しいジョッキを差し出してきた。睦のソフトドリンクは僅《わず》かしか減っていないが、来栖のビールジョッキはもう空だ。

「ギインヒショ？　なんか難しそうな仕事だね。もしかしてクルちゃん、だから変な色してるの？」

「え……？」

「顔の色、変だ」

来栖はどこか浮かない顔をしていた。顔色が悪い。

今のクルちゃんには顔が変な色なのも普通で、大人には当たり前のことなんだろうか。

それとも、なりたがってたタクシーやバスの運転手さんになれず、ギインヒショというのになってしまったから、クルちゃんは暗い顔をしているのか。

「選挙が始まるんだ。まぁそれはいいんだけどな、いろいろあって……」

「この時期に受託収賄の疑いかけられるとはついてないねぇ。枝島議員とこの秘書なんだろう？　テレビに映ってたよ、大変だ」

大将の挟んだ言葉に、来栖の眉《まゆ》がぴくりと動く。

「テレビに？」

「うん。さっき車の中で言ったよね、テレビで見たって。そこのテレビなんだ。偶然クルちゃんが映って……クルちゃん、ジュタクシュウワイってなに？」

「公務員が不正な金品を受け取ることだ。ただ賄賂《わいろ》をもらうんじゃなくてな、請託を受けてもらうのが……ああ、請託ってのはつまり具体的な配慮を頼まれて……」

睦がぽかんとしているのを見て取ると、来栖はゆっくりとした声で言い直した。

「ようするに汚職事件だ」

睦は少し考えて頷く。

「オショク……お食事券？　なんか美味《おい》しそうなニュースだね」

「美味しい？　おまえ、なんか勘違いして……」

「で、結局おまえさんとこの先生は絡んでるのかい？」

来栖は表情をなくした。苦笑しかけた唇は、大将のその一言に固く引き結ばれる。

『関係ありませんよ』、そう素っ気なく返した唇は二、三度煙草のフィルターとの間を往復し、ビールジョッキに移った。カウンターに戻ったときには、注がれたばかりのビールは半分ほどに減っていた。

「……それで、テレビで見てわざわざ車出してもらってきたのか？」

重い声が睦に尋ねる。左手から立ち上る煙草の煙を目線で追うようにしてテレビを見上げた男は、眉間に薄く皺を刻んでいた。それは昔から来栖が考え込むときの癖みたいなものだ。

睦は怒られるに違いないと思った。

「わ、わざわざじゃないよ。偶然だよ！」

「偶然見かけて、それで無理してあんなところまで来たんだろ？」

「違うよっ。偶然見て、偶然……」

睦は必死だった。捜し求めて行ったのも必死なら、嫌われまいとするのも必死だった。

偶然。それ以上言葉が見つからない。上手な言い訳なんて思いつくはずもなく、おろおろしていると来栖が口を開いた。

「睦、おまえさ……なんで東京に……」

言いかけて、再び口は閉ざされる。

男は何故かそれ以上言葉にしようとはせず、カウンターの向こうに声をかけた。

「焼酎《しょうちゅう》ありますか？　芋がいいな」

またあの七色の夢を見た。

たくさんの色がはっきりと映る現実のような夢。願いごとが叶《かな》う夢。もう何度も見た夢。

目覚めの朝、人より鈍い睦は夢と現実の区別をつけるのに時間がかかる。普段よく見るのは、レイダーマンの夢だった。会ってサインをもらったり、空を一緒に飛んだり。夢だと判っても、その日は一日嬉しい気分で過ごせた。

けれど、あの七色の夢は違う。目覚めてすぐはぼんやりと幸福そうな表情で虚空を見つめる睦も、夢だと判ると布団を引き被《かぶ》った。

布団に包《くる》まってしばらく過ごした。ときには少しだけ泣いた。嬉しい夢なのに、見るのが嫌だった。

それは、もう一度来栖に会える夢だった。

今朝も布団を引き被ってしまおうとした睦は、上手くそれができないことに気がついた。押しても引いても……いや、布団を押してもしょうがないのでひたすら引っ張るだけだったけれど、布団はぴくりとも動かない。

動きを拒んでいるのは、黒い塊だった。寝惚《ねぼ》けたぼんやりした目で見つめた睦は、塊が喋《しゃべ》ってようやくそれがベッドに寄りかかる人の頭なのだと判った。

「昨日は飲みすぎた」

ベッドを背凭れに、カーペットに座った男が言う。

「……ク…ルちゃん？」

昨夜の出来事は夢じゃなかった。

クルちゃんと会った。鳥吉で焼き鳥を食べた。焼き鳥を食べたのは主に自分で、クルちゃんはどちらかといえば飲んでばかりいた。ビール、焼酎、日本酒、そしてまたビール。『どうしてそんなにたくさん飲むのか？』と訊いたら、クルちゃんは少し困り顔で黙り込み、また新たなビールを頼んだ。

クルちゃんは口数が少なかった。たぶん飲んでばかりだから、話せなかったんだと思う。口を開きかけてはお酒を飲むから、どうしたって喋れるはずがない。

『どこかで酔いを覚まして帰ったほうがいいよ』

閉店時間が迫った頃、暖簾《のれん》を下ろしながら大将が勧めた。睦には来栖がそう酔っているようには見えなかったけれど、立ち上がったときの足はたしかに少しおぼつかなかった。

『どこかで』といっても、この辺りの『どこか』は睦の家ぐらいしかない。

部屋に誘った。徒歩一分だからすぐに着く。

『このまま泊まっていけば？』

断られる予感になかなか言い出せなかった。どうしよう、できれば泊まってほしい、まだ一緒にいたい。『どうしよう、どうしよう』と睦が考えあぐねている間に、ベッドに斜めに転がった幼馴染みは寝息を立てていた。呼んでも揺すっても起きず、睦は来栖を脇に寄せてできたスペースに体を滑り込ませて眠った。

布団は一つしかなく、卵焼きのように二つには分けられない。

「睦、起きたんだろう？　泊めてもらったりして悪かった。よ、よくこの環境で寝てられるな、おまえ！」

黒い頭が再び喋る。声を大きくする。

細かにアパート全体を震わせながら、部屋を騒音が突き抜けていった。睦はもうすっかり慣れっこになってしまっているけれど、アパートは電車がすぐ傍を走り、始発が走り出すと同時に騒がしくなる。

のそのそと半身を起こすと、閉じたままのカーテンの隙間に電車が行き交う姿が見えた。

「な、慣れてるし。クルちゃん、仕事は？　今日休み？　黒い車の運転しなくていいの？」

「休みなわけないだろ、金曜だぞ。一度家に帰って着替えて、シャワー浴びる。それから睦、俺の仕事は車の運転じゃなくて……」

来栖がちらりと目を向けたベッドの脇の目覚まし時計は、六時五十分を指していた。時間はまだあるらしい。起こしかけた頭を、来栖はだるそうにベッドに預けかけ、睦はその髪を思わず引っ張った。

「い、痛っ……なにすんだ……」

「跳ねてる」

髪をむんずと一摑みにした睦は呟く。

嬉しくて言った。昨日のYシャツを皺くちゃにして身につけた幼馴染みの黒髪は、見事に寝癖がついて反り返っている。

まるで子供の頃みたいにだ。

「くせっ毛、直ったわけじゃなかったんだ？」

「くせ毛がそう簡単に直るかよ。なに笑ってんだ、睦？」

「クルちゃんの変わってないとこ、あった」

来栖は絶えず変化する。八年の間になにからなにまで、また変わっていた。外見もその雰囲気も。好きなものが変わるように、嫌いなものも変わるのか。あれほど嫌悪していた煙草を吹かすようにもなった。

「おまえは本当になに一つ変わらないな」

来栖がぼんやり見つめる目線の先にはテレビがある。

電車が通り過ぎた部屋には、テレビの音が響いていた。

——クルちゃんがつけたんだろうか。

レイダーマンのビデオだ。睦は今もレイダーマンが大好きで、八年前とも幼稚園のときとも変わらず好きで、部屋にはビデオやグッズがところ狭しと並んでいる。

部屋は実家に住んでいた頃と、家具の配置も同じ。ほとんどなにも変わっていない。

絵を描いていて飛んだ絵の具の染みが、畳にあるかないかぐらいの違いだ。

その部屋を光が舞っている。カーテンを閉じた薄暗い部屋をチカチカと飛び回るテレビの光に、睦は慌てた。慌てて来栖の両目を両手で塞《ふさ》いだ。

「クルちゃん、死ぬよっ！」

「……は？」

「暗い部屋でテレビ見たら死ぬんだよ！」

『いきなりなにすんだよ』と呟き、うざったそうに睦の腕を払い落とそうとした来栖が手を止める。部屋を暗くしてテレビを見れば死ぬ、そう言ったのは八年前のクルちゃんだ。

睦は来栖が嘘だと言っていたのを忘れ、今もその言葉を信じていた。

「…………」

沈黙のあと、来栖がぷっと噴き出す。

「クルちゃん？　なんで笑うの？」

だるそうにベッドに凭れかかっていた体が揺れる。来栖は目を細め、声を立てて笑った。

楽しげな幼馴染みの笑い声を睦が聞いたのは、再会して初めてだった。


「来栖くん、なにか楽しいことでもあったのかね？」

車内に響いた男の声に、来栖は自分がうっすら笑っていたのに気がついた。

ハンドルを握ったまま後部シートを窺《うかが》えば、バックミラー越しに代議士の枝島の疲労に充血した目がこちらを見ていた。

「寝不足ですね。目が赤いです。目薬さしますか？　新しいのが内ポケットに入ってますんで、よかったら使ってください」

開いた助手席の上のブリーフケースを、来栖は後部シートに回す。

議員会館内の事務所へ戻る途中だった。午後から二つ入っていた選挙区内での講演会に出席した帰りだ。街宣活動、駅頭演説、もうじき選挙となればそれらの活動も盛んになる。すでに選挙区との往復は日課になりつつあり、議員当人はもちろん、秘書も落ち着く暇はなかった。

秘書は五名いるが足りているとは言い難い。陳情処理から各種会合の代理出席まで、仕事は山とある。今日のように運転手つきの公用車が使えない日には、車の運転も仕事の一つだ。

「君はいつも用意がいいな。何故笑っていたんだ？」

信号待ちで車が停車した隙を見計らい、目薬をさしながら枝島は再び尋ねてきた。

「大したことじゃありません。先週幼馴染みに偶然会ったもので、それを思い出しただけです」

「ほう、思い出し笑いか。珍しいな、君から仕事以外の話を聞くのも初めてだ……考えてみれば、君はまだ二十六だったね」

男は柔和な印象の目を細めて言った。

二十六歳。もう二十六、まだ二十六、どちらがしっくりくるだろう。

フロントガラスの向こうに、秋の日差しに照らされた永田町の景色が広がり始める。国会議事堂の特徴的な屋根が見えれば、その裏手の議員会館まではすぐだ。

すっかり目に馴染んだ景色。今いる場所。

対するあの部屋は、来栖にとってもう思い出の中にしか存在しないはずの部屋だった。

睦の部屋は、八年前となにも変わらなかった。

同じベッド、同じ棚、そこに並んだオモチャから貼られたポスターまで。もしかするとポスターは変わっているのかもしれないが、写っているのは睦の好きだった……今も好きに違いないレイダーマンだ。

懐かしい匂いがした。八年前――犯した過ちと、そして過ちを繰り返すことへの恐れから、身勝手なやり方で距離を置いた幼馴染みの匂い。

大学在学中は、思い返さない日はほとんどなかった。けれど、卒業して議員事務所に入ってからは、忙殺される日々に睦のことは思い出さない日が増えた。このまま、忘れていくのだろうとすら感じていた。

『ついに幽霊……幻覚でも見るようになったかと思ったよ』

なのに何故、あんな言葉を口走ったのだろう。

まるで、片時も忘れはしなかったみたいに。

もう、あの頃のような感情はない。

大丈夫。俺はもう大丈夫だ。あれから八年の月日がたった。朝目覚めたとき、借りたベッドの上で、息がかかるほどの距離に睦の寝顔を見つけても、八年前のような青臭い劣情はやってこなかった。

ただ、懐かしかっただけだ。変わりない幼馴染みの言葉や、屈託のなさが嬉しかった。それだけ――

来栖はハンドルを切りながら、知らず知らずのうちに溜《た》め息《いき》を零していた。

大丈夫だからと自分に言い聞かせ、なにかを取り戻そうとでもいうのか。

今更、友達に戻れるとでも思っているのか。

「……二十六か。来栖くん、君はまだ若い。今のうちに身の振り方を考えてもいいんだぞ？」

後部シートからは少し疲れたような、男の声が聞こえた。会館の入り口付近には先週と同じ、マスコミの車がちらほらと停まっている。隙あらば捕まえ、何事かを聞き出そうと構えている彼らの姿。自分の溜め息の理由をそれと枝島は思ったに違いない。

「次の選挙は厳しくなるな」

車のシートに深く身を沈め、マスコミの視線をかわす男の声には悲愴感《ひそうかん》が漂っている。官僚出身でもなければ、政治家一家に生まれて地盤を引き継いだのでもないたたき上げ議員。横の繋《つな》がりは弱く、スキャンダルに巻き込まれたとあっては一気に足元は脆《もろ》くなる。

選挙に落ちればただの人。それは仕事を共にする秘書も同じだ。国会議員秘書などという華やかな肩書きは一瞬にして失《う》せ、無職に転落なんてよくある話だ。

「僕は残るつもりです。冤罪《えんざい》なんですから、堂々となさってください」

素早く車を地下駐車場に滑り込ませる。停車しながら応えると、男がミラー越しに微笑んだのが見て取れた。

「若いってのはいいな。あとで後悔するかもしれんが、真っすぐなことができる」

「真っすぐ……ですか？」

「後先考えすぎれば、損得勘定が先に立つ。自分に恥じない行いをするだけのことが難しくなってくる。余計な年はとらないほうがいい。利口になりすぎると、この世界じゃなくとも人間が駄目になるよ」

　男は薄い笑いを添えて言ったが、来栖は笑えなかった。

「……そうですね。気をつけます」

　反応が鈍る。手のひらが汗ばんだ。

　降り立った議員駐車場には、ほとんど車の姿はない。いつもは犇《ひし》めき合っている議員たちの車は、ぽつぽつと数えるほど停まっているだけ。衆議院の解散ムードはこんなところにまで漂っていた。誰もが自分の選挙区に顔を出して地元民に媚《こ》びるのに忙しいのだ。

「すみません。車に忘れ物をしたようなので先に行っていただけますか」

　四階の事務所に戻る途中、エレベーターの前で枝島とは別れた。胸ポケットの内で携帯電話が震えたからだ。相手を確認した来栖は、『あとでかけ直します』とだけ言って電話を一旦《いったん》切った。

「え、ああ……来栖くん」

　エレベーターの中から呼び止められ、振り返る。

「そうだ、今夜はレセプションが中止になって時間が空いただろう？　たまには身内で食事でも行こうかと増田《ますだ》くんと話してたんだが、君も来るかね？」

「……すみません、今夜はちょっと」

来栖は渋る。男の視線が痛かった。議員専用エレベーターの赤絨毯《あかじゅうたん》の上で、代議士はさも残念そうな表情を見せる。

「実家の母が上京してきますんで、食事にでも連れていこうかと」

最低な嘘。我ながら嫌な嘘をついたと思った。

自分が停めたばかりの車に戻った来栖は、車体に凭れ携帯電話を取り出した。

途端に苦い思いが胸に膨らむ。

余計な年なら、とっくにとってしまっている。

がむしゃらな真っすぐさなど、とうになくした。いや、最初から自分にはなかったのかもしれない。忘れ物などしておらず、母親にももう丸一年以上会っていない。今夜上京してくる予定も、当然ない。

紀尾井《きおい》町の料亭で来栖が今夜会う約束をしているのは、ある政治家だった。少し前から懇意にしてもらっている男だ。電話を寄越してきたのは、その秘書だった。

たぶん今夜の約束の確認だろう。

寄らば大樹の陰。解散もスキャンダルもなくとも、来栖は近々事務所を代わるつもりでいた。今の事務所では、政策担当秘書の資格すら宝の持ち腐れだ。

こんなところで躓《つまず》くわけにはいかない。官僚から議員へのコースを目指すのを諦め、秘書の道を選んだのは少しでも早く政治の世界に入りたかったからだ。県会議員だった父親よりも上のステージで仕事をしたかった。

もっと上へ。活躍できる場へ。死んだ父親の名に恥じない自分でなければ意味がない。失業の決まったような議員に、忠誠を誓っている場合じゃない。

来栖は電話をかけようとして手を止めた。

『新しい友達できた？』

何故だか、睦の声を思い出した。

『クルちゃん、友達できた？』

友達。随分、久しぶりに聞く言葉だった。大学時代はそれなりに友人もつくった。けれどそれぞれに就職し、生活を違えれば自然と疎遠になった。昔は睦のほうが友達をつくるのは苦手だったのに、いつの間に自分は友人を持たなくなったのだろう。

苦しい。急に息苦しさを覚える。妙な閉塞《へいそく》感は、地下駐車場だから感じるのか。

築四十年はとうに過ぎているビルだ。来栖はきつく締めたネクタイの結び目に手をかける。左右に揺すりながら古びたビルの天井を見上げ、湿りけを帯びた地下の空気を吸い込んだ。

「そんで、おまえの部屋から仕事に出ていったと？　随分ずうずうしい調子のいい野郎だな、その来栖ってのは」

餅田とコンビニで会ったのは偶然だった。

けれど、必然といえなくもない。睦は日に何度も店に行く。その夜も図書館の仕事帰りにコンビニで夕飯を買ったのだけれど、お茶も必要だったと気がついたのは部屋で弁当を食べ終えてからだった。

効率が悪い。再び向かった店には、漫画雑誌を立ち読みしている餅田の姿があった。

「ずうずう…しいかな？　俺、泊まってほしかった。クルちゃん、友達だから」

アパートまでの五分程度の道のりを並んで帰りながら、睦は返す。

「八年も会ってないような奴、友達か？」

「違うの？　会えなくなったらもう友達じゃないかな？」

睦の無心の問いに、餅田は困惑した顔をする。

睦に気づく余裕はなかった。

「……右が肉まん、左がお茶。右があったかいので、左は冷たい……」

ぶつぶつと呟く。コンビニのレジの傍では、肉まんを売り始めていた。白くて丸くてほかほかの肉まん。見ると買いたくなった。

左手にも右手にもコンビニの袋。茶色の袋が肉まんで、白い袋が冷たいお茶のペットボトル。『分けて入れておきますね』と言って店員は渡してくれ、睦は分けて持つのに真剣だった。

袋を何度も翳《かざ》しては夜道をよたよたと歩く。まだ時間は九時過ぎで、大通りへの抜け道にもなっている細い道には車が頻繁に入ってくる。

「おい、避けろ。危ないって！」

車が来るたび、睦は餅田に服の背を引っ張られた。

「ったく、肉まんが冷えたからってどうってことないだろ。おまえさぁ、いっぺんに二つ以上のこと考えらんねぇの？　つーか、普通に提げて歩け……」

餅田は言葉を飲んだ。ようやく辿《たど》り着いたアパートの前で、二階の通路を見上げた男は小さく舌を打ち、面白くなさそうな声を発した。

「ほらみろ、やっぱ調子がいいじゃねぇかよ」

「左がお茶、右が肉まん。右があったかくて、左が冷たくて、左が肉……あ、あれ？　じゃなくて、右が……わっ！」

睦は聞いていない。アパートの階段に足を進め、あるはずのない壁らしきものに顔を打ちつけたところでやっと顔を上げた。

「なにぶつぶつ言ってんだ、睦？」

行く手を塞いでいるのは、スーツ姿の男だった。

「く、クルちゃん、忘れ物？　なにか忘れ物した？」

急にやってきた来栖を部屋に迎え入れると、捜し回るほどもない広さの六畳一間の部屋をぐるぐると見回す睦に、幼馴染みはバツが悪そうな顔をしてぶっきらぼうに言った。

「……悪かったな、忘れ物もしてないのに来て」

きっちりと撫でつけられた黒髪の横っ側を、来栖は掻き回す。髪が乱れると、スーツを着ていても少しだけ十八の頃の面影が顔を覗かせた。

「って、あの……遊びにきてくれたの？」

睦はおずおずと尋ねた。

もう来てくれないものだと、感じていた。

再会を果たしておきながら、来栖の連絡先……家の住所どころか、電話番号も知らないままだと睦が気がついたのは、翌日の夜になってからだ。

鈍い自分はともかく、クルちゃんには『言い忘れた』も『訊き忘れた』もきっとない。睦にも判った。来栖は忘れたのではなく、あえて教えようとしなかったのだと。

次はまたいつ会えるか判らない。絶望的な気分だった。来栖から訪ねてくれるなんて幸運は、忘れ物でもしない限り起こり得ないはずだった。

「遊びにっていうか……今日は食事会だったんだ。その、まぁついでに寄ったっていうか……」

「ついで……近くだったの？　あ、もしかして食事したのって『鳥吉』？」

「バカ、そんなわけあるかよ。お偉いさん引き連れて焼き鳥屋でビールはないだろ。そりゃあ焼き鳥のほうが俺だってよかったけどな」

目を輝かせた睦に、来栖は表情を緩める。部屋の真ん中のコタツの前に腰を下ろすと、ほとんど惰性のような仕草でスーツの胸ポケットから煙草を探り出した。

「煙草、吸う？」

「あ、いや……」

問われて初めて、来栖は自分が煙草のパッケージを手にしていると気づいた様子だった。

「悪い。つい、癖でな」

「ここで吸ってもいいよ？　灰皿、ある」

「え……？」

「ほらこれ。覚えてる？」

壁際の棚を漁《あさ》る。実家からそっくりそのまま持ち込んだ棚には、やっぱり今も学校の図画工作や美術、ときには趣味で作った置物や、中にはもらい物の人形も押し込まれて並んでいる。

睦はその一つを手に振り返った。

「それって……」

小学校のとき、工作で作った灰皿だ。紙粘土に絵の具とニス塗りのこれ以上はないほど陳腐な作りの灰皿は、いかにも小学生の手作り作品。動物園のカバの池がモデルで、青く塗った灰皿の底からカバが頭を出していた。

「使っていいよ」

睦は無造作に差し出す。

来栖は戸惑った顔をした。

「灰皿、ほかにないのか？」

「俺、タバコ吸わないから」

「……じゃあいいよ、やめておく。これはしまっとけ」

押し戻され、カバの池は棚に戻る羽目になった。

どうしてだろう。誰も使ってくれない。小学生のとき、これをプレゼントした父親も『ありがとう』と笑って喜んではくれても、カバの頭に吸い殻をのせようとはしなかった。

「どうして使わないの？」

「ん？　使えないだろ、フツー。そういうもんは思い出に飾っておけ」

「思い出……そっか」

判ったような判らないような気分のまま、今度は来栖の手元を見た。

「どうしてタバコを吸うようになったの？」

手持ち無沙汰そうに取り出した一本の煙草を、幼馴染みは指で弾いて回している。昔と変わらない、長くて綺麗な指。今はきっと煙草の匂いのする指先。くるりくるり。弾かれた煙草は、スーツの袖口から覗いた白いYシャツの縁《ふち》を掠《かす》めるようにして回っていた。

「……さぁ、どうしてだろうな。体に悪いのは百も承知で吸ってる」

来栖は少し間を置いてから応えた。

「酒もな、飲み始めたのは結局十代のうちだったよ。二十歳《はたち》まで飲む気はなかったっていうか……別に一生飲まなくていいと思ってたのにな。大学んときのサークルでさ、しつこく勧めるから断るのも面倒くさくなって飲んだ。煙草はいつだったかな……ああ、四年くらい前だ。やっぱ付き合いがきっかけだったな」

急に来栖は軽い声を立てて笑った。

「く、クルちゃん？」

「知ってんのに毒吸って、判ってんのに汚いことばかり覚えてさ……まいるよな。なにやってんだろうな、俺」

「えっと……汚い？」

意味が判らない。来栖は睦に向かって話している様子ではなく、独り言のように零して微《かす》かに笑う。

少し酔っているらしい。だるそうにテーブルに片腕を投げ出し、その腕に顔を埋《うず》めた男の首筋は、薄く紅色に染まっていた。

男の指を離れた煙草が、テーブルの上を音もなくころころと転がる。

「クルちゃん、大丈夫？」

自分の部屋で客みたいに正座した睦の顔を、黒い眸《ひとみ》が見上げてきた。

少しずれた眼鏡の向こう側から、自分を見る眼差し。なにか言いたげに唇はまた動いて見えたけれど、言葉は発せられない。

「ど、どうして……」

どうして会ってくれるようになったの？

三つ目の質問は言えなかった。問うのが怖かった。尋ねてしまえば、答えの代わりにクルちゃんは黙ってまた姿をくらましてしまいそうな気がした。

水槽の水の中の金魚のように、ぱくぱくと喘《あえ》ぐだけの睦に来栖は言った。

「睦、そういえば……電話番号、聞いてなかった。教えてくれるか？」

◇　◇　◇

歩くと月はついてくる。

それはいつの夜も、どこにいても誰といても同じだった。母親と父親に両手を繋がれ、ぶら下がるようにして歩いた夜も、遊び疲れるまで遊んで、暗くなった家路をクルちゃんと走って帰った夜も。

そして、一人きりで暮らす街で明かりの点《とも》らない部屋に帰る夜も。

左に右に、上や下に揺れながらついてきた。

ふらふら、ゆらゆら。歩みに合わせて頼りなく揺れる。

十月も終わりに差しかかり、夜の薄着は辛《つら》い。カットソー一枚で寒さに背を丸めて歩く睦が振り返って立ち止まると、月も足踏みして動かなくなった。

「おい、なにやってんだ睦。ぼーっとしてると置いてくぞ」

弁当の入ったコンビニ袋を提げた幼馴染みが、じれったそうに呼ぶ。

今夜は二人で買いに出かけた帰りだ。

再会して一カ月。クルちゃんは何度も部屋を訪ねてくれた。大抵は夜遅く、仕事帰りに『すぐ帰る』と言って現れ、本当に短時間で帰っていった。

ちょっと立ち寄るには遠すぎるアパート。不自然な関係は『理由を言わない』『訊かない』ことで成り立っていた。

会って他愛もない話をする。仕事が早く終わりそうな日には電話がかかってきて、今夜のように一緒に弁当を買いにいく。

議員の付き添いや、代理出席でのパーティにレセプション、少人数なら料亭を使った会合……どんな場所なのかよく判らないけれど、普段の来栖は外食が当たり前らしい。

なのに、何故か睦といるときは部屋で過ごしたがった。十八の頃には興味を失っているように見えたレイダーマンのビデオを、一緒に見たりする。やっぱりつまらなさそうにはしているけれど、『楽しいか?』と問われた睦が頷けば、満足そうに来栖も頷いた。

もう勉強しろなんて言わない。『道端でスキップするな』『食べる前は手を洗え』『歯磨きは三分以上』、どんな小言ももうクルちゃんは口にしない。嬉しいはずなのに、なんとなく落ち着かない気持ちになる。

「クルちゃん、今日泊まってく?」

仕事帰りで今夜もぴしりとしたスーツの背に呼びかけた。

明日は日曜だ。休日出勤さえなければ、再会した夜のように泊まっていくかもしれない。

「餅田くんからゲーム借りたんだ。なんか難しいやつ。でもクルちゃんならできると思うよ?」

まるで小学生の誘い。せいぜい中高……大学生。来栖がなにに興味があるのか睦には判らなかった。

レイダーマンもミルクと砂糖がいっぱいのコーヒーも、クルちゃんはもう好きじゃない。

結局、最後まで好きか嫌いか判らなかった勉強すらクルちゃんはしなくなった。

クルちゃんは、今なにが好きなんだろう。

今も部屋には数字だけが並んだカレンダーを貼っているんだろうか。

「今日は帰るよ、明日約束があるんだ。午後からだけど」

「約束？」

「ああ、食事しにいく」

「ふーん、仕事の人？　俺の知らない人？　どんな人？」

来栖は少し言葉を選ぶように間を置き、それから短く応えた。

「女の人」

綺麗な人、優しい人、年上年下、会社の同僚お友達……そして、恋人。どんな説明もついていないのに、胸の奥のそのまた奥の……どこかもよく判らない場所が、ちくと痛む。予感がしたのかもしれない。睦は斜め前を歩く幼馴染みから視線を外し、暗い夜道の先を見つめた。

「……今付き合ってる人？」

まだ時間は八時ぐらいだったけれど、夜道は二人の影しかなかった。そっと尋ねたつもりの声は、静かな路地にやけに大きく響いて聞こえた。

「そう…なるんだろうな、婚約してる」

「こ…んやく？」

「結婚する約束ってことだ」

「クルちゃん、結婚するの？　その人と？」

道沿いの線路の上を強い風が駆け抜ける。二人の歩く細い道にも風は吹き抜け、睦はぶるっと身を震わした。声が少し震えてしまったのも、きっと薄っぺらな服で寒いせいだ。

なぜならそれ以外に理由が判らない。

「たぶんな」

「好き…なんだ、その人」

「好きか嫌いかなんて判らない。まだ会うのは三度目でよく知らないんだ。向こうも同じ気持ちだろ」

「さ、三度…って三回？」

「夏にな、見合いしたんだ。だからまだ婚約したっていうより、婚約の約束をしてるって感じだな」

睦は首を捻《ひね》った。来栖の言葉が、まるで外国の言葉を聞いているみたいだ。

ちょっとしか会ってなくてもケッコンってできるんだろうか。

高校時代のクラスメート、酒屋のオウチャンは数カ月前に結婚した。『デキチャッタ婚』とかいうのだった。でもお嫁さんになった人と付き合っていたのは、たぶん三年くらいだ。『鼻曲がってんのも俺のチャームポイントだって褒めてくれんだぞ』と、三年の間に何回も何回も話していたからよく覚えている。

「おまえは知らないだろうけど、天崎《あまさき》って代議士が彼女の父親なんだ。代表質問が回ってきたぐらいで右往左往するうちの事務所とは世界が違う。入閣経験もある先生だし……名前ぐらいは知ってるか？」

「……知らない」

国語も数学も、理科も社会科も、クルちゃんは判らないところがあればいつも丁寧に説明してくれた。教科書よりずっと易しい言葉で、何度も根気よく教えてくれた。

こんな風に判らないのは初めてだ。

睦は唇を噛《か》み締め、首を傾げる代わりに小さく唸った。

「クルちゃん、お父さんとケッコンするの？　その女の人の」

「え……？」

「だって、その女の人より、お父さんのことよく知ってるみたい」

そうだ、きっとそうだ。

「ね、そうだよね？　あ、でも男同士はケッコンできないよ。俺、知ってる」

「……バカ言うな、俺が結婚するのは彼女だ」

来栖は渋面を見せ、睦の混乱を断ち切った。

「俺は……」

言いかけて、足を止める。踏み切りの手前だった。古びた遮断機は頼りなく揺れながら降り、近づく電車を知らせる。赤い色灯が右から左へ、左から右へとリズミカルに移動するように点滅した。

「俺は彼女を好きになる。素敵な女性だよ、彼女は」

「でも……クルちゃん、さっきよく知らないって言った」

「これから知ればいい。恋愛感情なんて後からでもついてくる」

「そう…だね。ついてくるよね、うん。高校んときも、クルちゃん、いっぱい好きな人できたもんね。大丈夫だよ」

睦は精一杯明るく返す。ほかにどんな態度を見せればいいのか判らなかった。

カンカンと警鐘は鳴り続ける。なにか言いたげに来栖が顔を向けてきたけれど、走り抜ける列車に言葉は塞がれた。睦の笑顔も吹き抜ける強風に強張《こわば》ってしまう。

風が凪《な》ぐ。元の静かな夜道が戻ってくる。

上昇する遮断機の先を見つめ、来栖は言った。

「睦、明日の食事おまえも来るか？」


どうして睦を誘ったりしたのか。

その答えが判るなら、自分は睦を誘ったりはしなかっただろうし、その問いに正面から向き合えるなら、睦の家をズルズルと訪ね続けたりもしなかったに違いない。

「おまえ、その格好で行くつもりなのか？」

翌日の午後、来栖はアパートまで車で迎えにいった。

「……パジャマじゃないよ、コレ？」

ニットの胸元を引っ張り、玄関先の睦は応える。

「見りゃ判る。前もって言わなくて悪かった。その格好じゃたぶん店に入れないんだよ。ちゃんとした服持ってるか？　スーツじゃなくていいけど、もっとフォーマルな感じの……」

特に『高級』と頭につくような食事の場である必要はない。けれど予約しているのはそんな店だった。最初に彼女を紹介された場所がそういった店だったからだ。

紺と白のボーダー……縞々《しましま》ニットでは場違いな感じは否めない。

睦がふるっと頭を振れば、つい溜め息が零れる。泳がせた視線の先に、スーツに身を包んだ自分の手足が飛び込んできて、貸せばいいのだと思い当たった。

「まだ時間がある。俺のを貸してやるから」

来栖は睦を急《せ》かして家から連れ出した。

「うわ、ぴかぴかだね！」

洗車を済ませてきた車は、アパートの手前で日差しを浴びて輝いていた。睦が感嘆の声を上げ、少し気をよくして自宅までの一時間弱の道程を飛ばした。

車には元々あまり拘《こだわ》りがない。乗っていて恥ずかしくなければいい。とりあえず自分の格を下げかねない車種でなければいい。けれど、睦は興味津々。バックミラーに下がっている御守りにすら興味を示す。

「交通安全の御守りだ。クルちゃんが買ったの？」

「いや、文香《ふみか》が送ってきたものだ。そういやもう一年近くになるな」

初めて乗った遊園地のアトラクションのように、きょろきょろと車内を見回したり、窓に貼りついたり、『わくわく』という文字を顔から発しているような睦に、ただの移動手段と思っていた運転が楽しいことのように思えてきた。

自宅マンションに到着し、駐車場に車を入れる。

睦は背の高いマンションを仰ぎ、指を指した。日陰になった少し空気の冷たいエントランスで、温《ぬる》い風に猫っ毛がふわふわ揺れる。

「一、二、三、四、五、六……十一、十二……」

「十八階建てだ」

「ここ……クルちゃんの家？」

「ああ」

通勤の都合で二年前に移り住んだ家だ。

十二階のフロアでエレベーターを降り、部屋に招き入れる。睦は奇妙な表情を浮かべた。

黒、白、灰色。目に映る主だった色は三色の部屋。モノトーンの家具で統一した空間は、来栖にとっては目を瞑《つむ》っていても歩けるほど見飽きた部屋だけれど、睦はどうにも落ち着かないらしい。借りてきた猫みたいに部屋の真ん中でじっとしていたかと思うと、うろうろと匂いを嗅《か》いで回る犬みたいに徘徊《はいかい》し始める。

「広いね」

「あ？　ああ」

来栖は生返事だった。クローゼットから適当なスーツを選《え》り出して振り返ると、壁のカレンダーを仰ぐ横顔が見えた。

あまり機能的とはいえないカレンダーは、インテリア性を重視したステンレス製だ。毎月自分で数字を差し替える必要があるのだが、日付を合わせていたのは最初のうちだけ。この手のカレンダーの宿命だろう。もう触れてもおらず、月は何カ月前で止まっているか判らないような有り様だ。

帰って寝るだけの部屋のカレンダーが狂っていたところで特に困りもしない。システム手帳も、携帯もパソコンも、確認手段はいくらでもある。

「睦、これを着てみろ」

ソファにスーツを投げ出すと、睦は胡乱《うろん》な顔を向けてきた。

「ここ、クルちゃんの部屋？」

繰り返されて訝《いぶか》る。

「なに言ってんだ？　俺の家に決まってんだろ。賃貸だけどな」

「机は？　勉強机……部屋にあったの。引っ越しのときに持っていったんじゃなかったの？」

ああ、となった。昔のものはもうほとんど手元に残っていない。

「大学卒業したときに捨てたよ。勉強机なんてあってももう邪魔なだけだからな」

「ふーん、そうなんだ。そうだよね……クルちゃん、もう勉強しなくていいんだもんね」

納得したわりには冴《さ》えない顔の睦に、上着の袖を通させる。とりあえずニットの上に着せてみた時点で、サイズが合わないと丸判りだった。

袖丈も長いが、肩の位置に至ってはまったく合わない。薄くて華奢《きゃしゃ》な睦の肩は、来栖のスーツの中で泳いでいる。

「おっきいね」

のん気に笑う幼馴染みを再び急かし、家を後にする。彼女との約束は六時。まだ時間はあるが、これ以上悩むのも面倒だ。

スーツぐらい買ってしまえばいい。

乱暴な思考は、分刻みのスケジュールに追われ、経費より時間を重視する秘書の仕事で身についたものだった。

家にほど近い、時折来栖も服を買うセレクトショップに連れていった。人気ブランドから比較的安価な服まで揃《そろ》う店だ。

もちろん買うのは安価なほう。とりあえず店に入れて食事をできればいい。量販店の吊《つ》るしの三点いくらみたいな服だって、本来ならいい。

そう思っていた。

「まぁ、スーツを着ないだなんてもったいない。ほらほら、よくお似合いですよ。ね、どうです？」

店員が幼馴染みを着せ替え人形にして、同意を求めてくるまでは。

少し困った縋《すが》りつくような目で自分のほうを振り返ってきた睦は、意外にスーツが似合っていた。色が白いからどんな色でもしっくりくる。痩《や》せているからシングルボタンしか似合わないが、昨今の若い女性に受けそうな美青年ぶりだ。

「クルちゃん、変じゃない〜？」

口を開けば子供だけれど。

調子づいた店員に次から次へと服を着せられ、オロオロしている睦を見ていると、知らずに顔が緩む。退屈するだろうと決め込み、店内の白い椅子に腰をかけた来栖は、時間を持て余したりはせず、睦から目が離せないでいた。

子供に服を買ってやる親の気持ちはこんなものだろうか。

睦の喜ぶ顔が、ただ見たかった。

ヘリンボーン柄のツイードの茶系スーツと、合わせて選んだパープル系のシャツにネクタイを身につけた鏡の睦に、店員が『これにしましょう』と呼びかける。『でも、さっきのもよく似合ってらしたわね』と迷う素振りを見せる。

「どっちもください。両方僕が払います」

気がついたときには、財布からカードを抜き出していた。

女性店員は『まぁ』という驚いた顔を見せたあと、嬉しげに微笑んだ。

「お支払いは何回になさいますか？」

「なんで？　クルちゃん、二つもいらないよ。それにゼロがいっぱいついてるよ」

焦った顔の睦を無視し、店員に『一回で』と告げてカードを渡した。

「遠慮しなくていい」

値札の数字を心配しているらしい幼馴染みに笑いかける。

「結構、似合うもんだな」

そう言って背後から肩越しに覗いた鏡に、来栖はギクリとなった。何気なく見やった鏡に映った自分の顔が、子供に服を買う親の表情などとは違って見えたからだ。

親、兄弟、友達。睦を見て笑んだ顔は、そのどれとも違う気がした。

遥か昔に封じ込めた感情が、頭を過《よぎ》る。

『高校んときも、クルちゃん、いっぱい好きな人できたもんね』

昨夜の睦の言葉に、来栖は苦笑を禁じえなかった。

好きだと呼べた相手は、一人しかいない。誰と付き合おうとも心は冷めていた。

自分がどんなに不誠実な男だったか、年を経るごとに判ってきた。いくら誠実な振りして女性と付き合っても、心が伴わない。睦と離れて暮らすうち、恋がどんなものだったかも忘れ、自分は本当は恋愛不適合者じゃないかとすら感じるようになった。

誰かと付き合うのはやめ、恋をするのは諦めた。だから、逆に将来のために結婚を手段にするのにも抵抗を感じなかった。

――目の前の肩に顔を埋めたなら、今もこの上ない幸福を得られるだろうか。

変わらない柔らかそうな栗色の髪。自分よりも小さく狭い肩。落とした視線の先にあるのに、来栖は一度だけ頭を預けた記憶がある。

一緒に観にいった映画館で気が緩み、つい眠りに落ちたときだ。

『クルちゃん、寝てるの？』

声をかけられ目を覚ましたけれど、返事はしなかった。

睦の肩は心地よかった。セクシャルな衝動とは違う。あの後もその前も、誰にも覚えなかった、幼馴染みにだけに感じた幸福感。

あれは恋をしていたからだろうか。

今も睦の肩に頭を預けて眠ったなら、自分は同じ気持ちになれそうな気がした。

車が信号や渋滞の列に速度を緩めるたび、睦は膝の上の袋を落としそうになった。洋服屋のお姉さんが渡してくれた紙袋。着ていた服に、靴に……それから、いつ袖を通すかも判らない新品の服が収まった紙袋は数個に分かれている。膝の上で滑る袋を抱き、睦はなんだか浮かない気分になっていた。

値札にはたくさんのゼロが並んでいた。近所のスーパーの衣料品コーナーじゃ見たこともない数だ。

『むやみに人に奢《おご》ってもらうのはよくない』

昔、そう言ったのはクルちゃんだった。

『小遣いは大事にしろ。無駄遣いはするな』

そう教えてくれたのも。

改まった場に合うものかはともかく、睦だって新しい服を持っていないわけじゃない。実家にいた頃は母親に勧められて買っていたし、こっちで暮らし始めてからも何枚か購入した。けれど、処分した服はほとんどない。捨てる理由がなかった。捨てるものは、いらないもの。破れてもいない服を『いらないもの』とは思えなかった。

全部——すべて、いらないものだったんだろうか。クルちゃんにとっては。見知らぬ人の部屋としか思えなかった来栖のマンションを思い返すと、体の奥の胃だか胸だかの辺りがどんよりする。

綺麗な部屋。白と黒と灰色のぴかぴかの部屋。そこに来栖が毎日向かっていた机はなかった。中学のときも高校のときも、ずっと隣の家の二階の部屋にあったあの机。

クルちゃんが毎晩遅くまで受験とかいう勉強をしてた机——なくなったのは机だけじゃなかった。夏はテーブル、冬はコタツにと変わって睦が勉強を教えてもらっていた座卓も、本棚も、覚えているものはなに一つなかった。

馴染みのない部屋は、酷《ひど》く居心地が悪かった。

「……ねぇ、いいの？ 俺、本当についていってもいいの？」

睦は来栖を見る。ハンドルに軽く添えられた手。フロントガラスを見据える男の右手の先からは、たなびく紫煙が開かれた窓の隙間から外へと流れ出している。

煙は走る車のボディを撫で、排ガスに満たされた車道の空気に溶け込んでいった。

「よくなきゃ誘わないだろ。彼女にも電話で話しておいたから、大丈夫だ」

「でも、服。俺が行かなかったら、買わなくてもよかった……」

「なんだ、まだ金のこと気にしてるのか？ それくらい気にするな、誘ったのは俺なんだからな」

来栖が笑う。

睦は笑おうとして、上手く笑えなかった。

「それくらい……かな」

来栖がハンドルを大きく切ると、セダンのボンネットは右折しながら暮れかけた日差しを反射した。十一月の頭、秋も深まれば夕暮れは足早でやってくるようになる。

「なんだよ、俺が金に困ってるようにでも見えるのか？」

「ううん」

「だったら気にする必要ないだろ。どうしても会わせたいんだよ、彼女に」

「なんで？」

「なんでって、おまえは俺の……」

カーブの反動で、膝上の紙袋がまた滑る。荷物を抱く睦の手には力がこもり、歯切れの悪くなった男は、どこか遠い前方へ眼差しを向ける。

「睦は幼馴染みで、友達だからな」

トモダチ。その言葉は八年の空白を埋め、元の関係に戻れた証《あかし》。

けれど、睦は嬉しい気持ちにはなれなかった。

「お友達を紹介してくれるって聞いて楽しみにしていました」

来栖に連れられて辿り着いたのは、名の通ったホテルの最上階に収まったレストランだった。

先に着いていた来栖の婚約者……結婚予定の女性と顔を合わせる。

ほっそりと華奢な上に背も低く、小さな印象の彼女だった。

「電話でお話しした友人です。偶然こっちで再会して会うようになったので」

「乃々山睦です」

着慣れないスーツは少し肩の辺りが気持ち悪い。ぺこりと頭だけを下げた。睦がにっこり笑えば、彼女も朗らかな笑みを返してくる。

「天崎志織《しおり》です。貴文さんのお友達に会えるなんて嬉しい」

同い年と聞いていたけれど、ベビーフェイスの彼女はいくつか年下に見える。暖かな店内で上着を脱いだ彼女は、ノースリーブのワンピースだった。小花柄の地模様の黒いワンピースはシックで、彼女を品よくも見せていた。

来栖に促されるまま自己紹介し合い、席に着く。

けれど、睦がちゃんとしていられたのはそのあたりまでだった。

「実家がお隣で、幼稚園から？　まぁ。じゃあ幼馴染みね。高校まで一緒だったんですか？」

「ええ、一応。クラスは違ったけど、だいたい一緒に通学してましたね」

食前酒を片手に料理の注文を済ませれば、あとは歓談が始まる。同じ年齢のはずなのに、丁寧な言葉で話す二人が睦には不思議だった。

彼女は睦にも目線と微笑みを向けてくる。睦は喋り始めた。

「クルちゃんは普通科だけど、俺は工業科だったんだよ。工業科にはオウちゃんと牛島《うしじま》くんと寺田《てらだ》くんがいた。それから、井田《いだ》くんと松本《まつもと》くんと……」

「工業科？　オウちゃんって……、それはみなさん乃々山さんのお友達？」

「うん。オウちゃんは今は酒屋さんなんだ。寺田くんはフリーターって仕事で、今は判らないけどどこないだまではピザ屋さんだった」

彼女の細い眉がぴくと動いた。

「酒屋さんとフリーター……」

「うん。あ、牛島くんには卒業してから会ってないんだ。だからよく知らないんだけど、ムショってとこに引っ越したんだって。オウちゃんが電話で言ってた。コンビニ強盗やったんだって……」

「睦」

急にきつい声で来栖が名を呼んだ。

「ご、強盗……」

食前酒のワイングラスを傾けたまま、彼女は高校の美術室にあった石膏像《せっこう》のように動かなくなっていた。三人の囲んだ丸いテーブルを、ぎこちない空気が包み込む。

どこまでもマイペースなのは睦だけだった。

「料理、きた」

レモン色のクロスのテーブルに、前菜の皿が並ぶ。

オマール海老の冷製……なんとか仕立て、なんとか風。給仕の男が丁寧に説明を添えていたが、睦は半分も理解していなかった。配膳《はいぜん》を終えて下がろうとした男に声をかける。

「これ、余ってます」

指さしたのは、フルセッティングされたカトラリーだ。

「睦、それは次の料理に使うんだ」

どれから使えばいいのか忘れた。あるいは最初から知らないという客はいても、『余ってる』と言い出す人間はいないだろう。

「次の料理？　じゃあ、こっちは？」

「次の次の料理だ」

「でもさ、ナイフとフォークは一つでいいよ。いっぱい使ったらいっぱい洗わなきゃいけないよ？　お店の人、大変だね」

「そういう決まりなんだよ」

「ふーん、そうなんだ。ねぇ、クルちゃん、次の料理に卵焼き出る？」

ずっと一言も発せず、瞬きすら忘れたようになって睦の言動を見ていた彼女が口を開いた。

「卵焼きが好きなの？」

唇には、先ほどまでと同じ微笑が戻っていた。

まるで幼稚園のときのユウコ先生みたいな口調で彼女は言い、優しく笑った。

睦は嬉しくなって応えた。

「うん。あと、蒸したプリンも好き。それと、タオルのふかふかしたのとレイダーマン……」

「レイダーマン？」

「知らない？　すごくカッコいいんだよ！　あ、俺ね、カード持ってるんだけど見る？　いっぱいあるんだよ」

「こんなとこでやめろ、睦。カードならあとで見てやるから」

鞄を取り出してごそごそし始めれば、来栖に止められる。まだディナータイムに入ったばかりの六時過ぎとはいえ、周囲のテーブルにほかの客がいないわけではなかったし、そもそも特撮ヒーローのカードをテーブルに並べていいような店じゃない。

「どうして止めるんです？　せっかく私に見せようとしてくれてるのに。私、見てみたいな。乃々山くんの好きなものなんでしょ？　持ち歩いてるってことは宝物かしら」

彼女は睦のほうに身を乗り出した。

来栖が驚いた顔をする。クルちゃんはどうしてびっくりしてるんだろうと睦は思った。ただカードを見たいと言ってくれただけだ。

そういえば、こんな風にカードを見たがる女の人、いなかったかもしれない。

「ケースは昔クルちゃんがくれたやつなんだ」

クリーム色のナイロンバッグの底から、プラケースに入ったカードを取り出す。

「あ……」

伸びてきた白い手に、睦はふと思い出した。

いつだったか、そう……あれは高校生のときだ。卒業間際に告白され、一度だけ一緒に遊びに出かけた女の子がいた。

子守唄以上に眠気を誘う映画を観たあと、喫茶店に入った。それまでにこにこと笑ってくれていた女の子が、突然泣きそうな顔になったのはその店だ。レイダーマンのカードを見せようとしたときだった。髪を直してあげようとしたら、『触らないで』と激しく突っ撥《ぱ》ねられた。びっくりした。きっと手が汚れていたのだ。

あのとき睦は、来栖に止められるまでいつまでも手を洗い続けた。

「どうしたの、乃々山くん？　見せて」

ピンク色のマニキュアが塗られた、まるで作り物のように美しい爪《つめ》の指が、睦の手からケースごとカードを取り上げる。

どうして、急にあの子のことを思い出したんだろう。白く柔らかそうな手。キレイすぎるほど磨き上げられた桜色の爪に、一瞬重なって見えた。

少しも似ていない。あの子のように長くもなく脱色も施されていない髪。顔立ちも、前髪を横に流した髪の持つ雰囲気も、全部違うのに。

「それは？」

膝の上で開いたバッグの口から飛び出しているものに、彼女は目を留める。大学ノートより一回り小さいサイズで、綴《と》じ紐をしっかりと結んだそれは、いつも持ち歩いているスケッチブックだった。

「彼は絵を描くんです」

来栖が応える。睦はぼうっと彼女を見ているだけの自分に気がついた。

「それも、見せて」

白い手がまた伸びてきて、するっと今度はスケッチブックをバッグから抜き取る。『いいよ』と頷いたときには、彼女はもう紐を解《ほど》いて開いていた。

ただの鉛筆描きもあれば、色を塗ったものもある。道端の風景を切り取ったものもあれば、空想のものも。好きなものはなんでも描いた。卵焼きでもタオルでも。実家の二軒隣の犬のコウタは、五年前までは一番の写生対象だった。今は時々想像だけで描く。五年前の寒い冬の朝、コウタは天国に旅立ってしまったからだ。

気が向いてもなんでも描いた。ときには道路の隅に捨てられたゴミでも。

「……上手いわ」

スケッチブックを捲《めく》っていた彼女が、自然と零れるような声で言う。

「やっぱりね」

なにがやっぱりなのだろう。判らなかった。

「睦の絵、色が変じゃないですか？」

そう口を挟んだのは来栖だ。赤いものは赤く、黄色いものは黄色く塗らないのはおかしいと、昔からいつも幼馴染みはぼやいていた。

「雰囲気があっていいと思います」

「そういうものかな。俺には絵のよし悪しは判りません。駄目なんですよね、昔から美術は苦手で。先生の娘なだけありますね、志織さんは」

「父のアレは道楽みたいなものです。私だって詳しくはないし」

会話の内容についていけない。食事の手すら止まったまま、睦は二人の顔を眺めるだけになる。

「彼女のお父さんの天崎先生は、文化振興系の議員連盟も主宰してるんだよ」

「れんめい？」

説明されても、よく理解できなかった。

「だから、あれはお遊びみたいな会ですって。連盟がきっかけで知り合った業界の人も、父にはいるにはいるみたいですけど……」

スケッチブックを返してくれた彼女は、フォークとナイフを手に戻し、ふとこちらを見た。

物言わずしばらく睦を眺め、それから唐突に提言した。

「紹介しましょうか？」

「え……？」

「画家の友達はいませんけど、絵本のイラストレーターを探してる編集者の知り合いならいるんです。小さな出版社だけど、興味ないです？」

「睦の絵、使い物になるんですか？」

上擦った声で来栖が返した。

「それは紹介してみないと判らないけど……乃々山くんはどう？」

『どう？』と問われても、なんと返事をすればいいのか判らない。

「どうって……なにが？」

「しっかりしろよ、睦。運がよければ、おまえの絵が仕事になるかもしれないって話だ。すごいことだぞ、これは！」

「そうなの？」

睦にはぴんとこなかった。

「絵、描くの好きなんだろ？」

「うん」

「好きなだけ描きたいだろ？」

「うん」

「絵を描くのが仕事になったら嬉しいだろ？」

「う…うん？」

今一つ判らない。『絵を描くこと』は『好きなこと』であって、『お金をもらうこと』じゃない。絵を描いてお金をもらう状況が、睦には想像しにくかった。

ただ、来栖が喜んでいるのだけはよく判った。いつも眉間に皺を寄せ、八年たって再会してもやっぱり仏頂面の多い幼馴染みが、声がひっくり返るほど興奮している。

「いいチャンスがもらえそうだな、睦」

「……うん」

睦はこくりと頷いた。クルちゃんの嬉しげな顔を見れば、自分まで嬉しくなったからだ。

「貴文さんに、こんなお友達がいるなんて意外でした」

ふふっと彼女は笑った。白い手が、テーブルの端に積んだカードを思い出したように取る。ろくに見ないままのカードを、彼女はプラケースに戻した。無理に押し込まれて湾曲するカードに、睦は『あっ』と声を上げそうになったけれど、クルちゃんが笑っているからどうにか声を飲んだ。

眉の間に皺をつくる来栖を、睦はなるべく見たくはなかった。


「むっちゃ〜ん、まだ終わんないの〜？」

すっかり表も暗くなり、閉館時間も近づいた六時半頃だった。午後からずっとかかりっきりで蔵書の整理を続けていた睦は、呼ばれて顔を上げる。

一応部外者立ち入り禁止になっている書庫に顔を覗かせたのは、読書室で本を読んでいるはずのユミだった。一緒に遊んだり本を読んだりできず、退屈してやってきたんだと思いきや、ユミは書庫に響き渡る大声で告げた。

「お客さんだよ！」

お客さん。小学生のユミも、毎日本も読まずに館長の奥さんと喋って帰るだけの裏のアパートのおばあちゃんも、ここではお客さんだ。

特定の……睦にだけ会いにきた人を示していると知ったのは、ユミに手を引かれて閲覧室に入ってからだった。

カウンターの傍に人影がある。振り返ったほっそりした肢体は、睦を見ると『こんにちは』と唇を動かした。

「こ、こんにちは。乃々山睦です」

薄いピンクのオフショルダーのセーターに、白いスカート。同じく真っ白な薄手のコートを羽織った志織は、見ていたカウンターのものに目線を戻した。

「これ、あなたが描いたの？」

貸し出しカウンターに貼られた、『きげん内に返してね』のふきだしつきのイラストだ。館内にはいくつか睦の描いたイラストが貼ってある。ほとんどはただの注意事項のポスターだったけれど、館長が気に入ってくれて額に入れてもらえたものもあった。

「やっぱり」

まだ『そうだ』とも言っていないのに、彼女は呟く。なにがまた『やっぱり』なのか。どうしても思い当たらず、宙を仰いで首を捻った睦に、志織は続けた。

「あなたみたいな人って、ほら、なにか一つの分野には秀でた能力を持ってたりするっていうでしょ？」

「俺、みたいな人……？」

褒められているのか、貶《けな》されているのか。

志織の口元は、微笑を湛《たた》えていた。

小学校のとき、中学校のとき、『馬鹿だ、馬鹿だ』とからかってくるクラスメートは、みんな揃って冷ややかな表情をしていた。優しい笑みは褒めてくれる人のもの。なのにこんな風に、優しい笑みにもかかわらずどちらか判らないのは初めてだ。

睦は躊躇《ちゅうちょ》しながらもお礼を返した。

「えっと、ありがとう」

彼女は数度目を瞬《しばた》かせ、ぐるりと周囲を見渡し応えた。

「どういたしまして。変わった図書館ね、大人向けの本はまったく置いてないの？　幼稚園みたい」

児童図書館と銘打っているだけあって、蔵書の対象年齢は低い。館内には近所の幼稚園や小学校の子供たちの描いたクレヨン画も多数貼ってあった。

「今日は話があって来たの。こないだの絵の仕事を紹介する件なんだけど」

図書館で働いていると睦が話していたのを思い出し、彼女は捜し当ててきたのだと言った。あれから二週間がたつ。来栖は二回ほど部屋を訪ねてきたけれど、ひどく忙しくなったらしくこの一週間は来ていない。

志織がここへ来るとは聞いていなかった。

「知人に連絡したら、とりあえずどんな絵か見たいって、あのスケッチブック貸してくれる？　それから、もっとちゃんと彩色した絵があればそれも貸してほしいの」

アパートは図書館のすぐ裏だ。仕事ももうすぐ終わると告げると、彼女は待つと言って図書館を出ていった。どこに行くのか判らなくて、気になって表を覗くと、運転手の乗った立派な車が停まっていた。

やがて閉館時間がやってくる。いつもどおりの手順でほかの二人の職員と片づけを済ませて表に出ると、彼女は待ちかねたように車の後部座席から降りてきた。

案内したアパートの部屋で、睦は押し入れからスケッチブックやボードの絵を引っ張り出した。

画用紙はやめて、もっといい紙に描けと言ってくれたのはオウちゃんだった。発色のいい紙を教えてくれたのは画材店の女の人。昔、面接に行った画材店にたくさんのキレイな絵の具が並んでいたのを思い出し、睦はクレヨン以外も積極的に使うようになった。

インディゴブルー、ウルトラマリン、プルシアンブルー、アクアブルー——たくさんの青が、使える色に加わった。

「じゃあ、これを借りていくわね」

絵の中から、彼女は無造作にいくつかを選び取る。

「あの、どうしてクルちゃんと一緒に来なかったの？　俺の家、クルちゃんなら知ってたのに」

きっと彼女は気がつかなかったのだろうと睦は思いつつ尋ねた。

志織は勧めたコタツに足を入れようとはせず、小さな部屋の薄っぺらなカーペットの上に膝立ちしていた。早く立ち上がってしまいたそうな姿勢のまま、睦を見る。

「条件があるの」

「……じょう、けん？」

「そう、あなたに仕事を紹介する条件」

受け取ったスケッチブックやらを一旦床に下ろすと、志織は腰を落ち着けた。睦はなんとなくその向かいに正座し、彼女の言葉を待つ。

「もうすぐ選挙になるのは知ってる？」

「せ、せんきょ？　あ、ああ……うん、選挙ね」

「父の選挙運動をあなたにも手伝ってほしいの」

「俺が、手伝うの？　選挙を？」

「手伝うっていっても、街頭演説のときに来てくれればいいだけよ。あなたに重要なことを頼んだりしないわ。ただね、あなたみたいな人も父を応援してるってアピールしたいの。数分喋ってくれればいいから」

「喋るってなにを？」

「だから、『選挙で応援してます』ってことをよ。心配しないで、原稿は私が用意するし、ほんのちょっとしたスピーチよ。貴文くんを喜ばせたいでしょ？」

「俺が志織さんのお父さんを応援したら、クルちゃんが喜ぶの？」

変な気がする。でも、言われてみれば確かに喜びそうな気もする。

彼女のお父さんは偉いのだと、すごいんだと、来栖はなんだか一生懸命に語っていた。どうすごいのか少しも判らなかったけど、クルちゃんは志織さんのお父さんが大好きみたいだ。

「すごく喜ぶんじゃないかな。貴文くん、父にはトップ当選する先生でいてほしいのよ。だって彼、私と結婚して将来的には父の地盤を引き継ぎたいはずなんだから」

「よく判らないけど……いいよ。じゃあ俺、手伝う！」

「ホント？　よかった。それからね、あなたにもう一つお願い事があるの」

彼女ははらりと頬《ほお》にかかった前髪を、細い指で掻き上げながら言葉にした。

「それから、できればおうちに帰ってほしいの。判る？　あなたの実家のことよ？」

なにを言い出されたのか、すぐに理解できなかった。

志織は笑顔を絶やさず、睦は表情を変えることすら忘れた。

「へ……？」

「すぐにとは言わないけど、できれば春ぐらいまでに帰ってほしいの。イラストのお仕事って収入は安定しないし、親元で生活したほうがなにかといいでしょ？」

「えっと、お金はあるから。今の仕事で家賃ちゃんと払ってる」

「ダメよ、二足の草鞋《わらじ》なんてあなたには無理。仕事には責任が生じるのよ」

「わ、ワラジ？」

履物が仕事にどう関係あるのだろう。悩む睦に、彼女は少し苛々《いらいら》したように早口になった。

「趣味で絵を描くのとは違うの。ちゃんと集中できる環境が必要なのよ」

「あの、俺……仕事にならなくてもいい。お金、もらわなくてもいい」

睦は絵が描ければよかった。お金をもらうことなんて考えもしなかった。単にお金に換わる可能性があると知らなかっただけだけれど、今のままで満足していた。図書館の仕事は楽しい。ユミも毎日来てくれるし、帰りにはアパートの餅田くんが鳥吉に誘ってくれることもある。

クルちゃんと再会できた。また昔のように会ってくれるようにもなった。残してきたお父さんとお母さんのことは気になるけれど、今すぐに戻る気にはなれない。

「貴文くん、あんなに喜んでたのに？」

志織の言葉に、上機嫌だった男を思い出す。

仕事にできなかったら、がっかりするだろうか。

眉の間を皺だらけにした、いつものクルちゃんに戻ってしまうだろうか。

「でも……図書館の仕事があるし。辞めたら困る」

「ほかの人も困るの？　困るのは乃々山くんだけだったりしない？　あの図書館、のんびりしてて人手が足りないようには見えなかったけど」

自分が辞めたら……働くのをやめても、誰も困らないかもしれない。一生懸命働いているつもりでも、ほかの職員の半分も役に立っていない自分を知っている。上手くできるのは、ユミちゃんやほかの子供たちと接することぐらいだ。もともと、無理に紹介してもらった仕事だった。

志織が溜め息をつく。

「正直言うと、あなたが傍にいたら貴文くんもいつか困るんじゃないかと思ってるの」

「え……？」

「今はいいのよ。でも将来はどうかなって」

「ど…どうして？　どうして、俺がいたら迷惑かかるの？」

彼女は睦の問いに、薄い肩を少し竦《すく》めた。

「判らない？　そうね……判らないから『あなた』は『あなた』なのよね。考えてみて、自分と彼が違うとは感じない？　子供の頃は一緒だったかもしれないけど……」

こないだとは微妙に違うローズ色の爪をした指が、白いスカートの膝をとんとんと叩いている。

「もうね、子供じゃないのよ？」

その言葉はカレンダーを連想させた。

数字だけの寂しいカレンダーを。幼馴染みのスーツ姿を、物憂い顔を、いつも指に挟まれるようになった紫煙を立ち昇らせる煙草を。

「貴文くんって、もっとドライな人かと思ってたんだけど……立ち回り上手そうで、涼しい顔してるくせに結構野心家だし。あなたへの友情はなんなのかしら、彼の良心？」

志織は女性らしい華奢な腕時計に目を向けると、不意に立ち上がった。

「大変。急がなきゃ、遅れてる。それじゃあ、これ借りていくわね。私のお願いも考えておいてね」

「あ……う、うん」

彼女の後を追う。玄関まで見送る睦に、志織は背を向けたまま言った。

「今夜は貴文くんと約束なの。月末の選挙の公示がきたらお互い忙しくなるし、その前に会おうって話になって。クラシックコンサートよ。マーラーの交響曲、判る？」

細身のロングブーツのジッパーを上げながら、訊いてもいないことまで語る。

「交響きょきゅ？」

聞き返すつもりが、舌が縺《もつ》れて変な発音になった。

彼女は振り返ると少し笑った。

中学の教室で、作文を読み上げたときと同じ。ぷっと噴き出した彼女の顔は、あの日のクラスメートたちと変わらなかった。

来栖がアパートに来ず、電話もない日が続いた。

続いたといっても、志織が訪ねてきてからたったの一週間、最後に遊びに寄ってくれた日から数えても二週間。社会人でしかも議員秘書、選挙戦が目前に迫った衆議院議員の秘書なのだから、そうそう顔を出せなくなって当然だ。

けれど、睦は再会する前よりも物足りなく感じていた。

会えないのは仕事が忙しいから。知っている。

同時に、もしかしたら今夜もあの人と約束なのかもしれないとも考える。

寂しい。八年もの間会えなかった頃のほうがずっと寂しかったはずなのに、ときどき会える今のほうがずっと寂しいだなんて変だ。朝起きて、アパートの傍を走る電車の音を聞いて家を出て、図書館で働いて、また電車の音が大きく聞こえるアパートに戻ってくる。当たり前だった日々の繰り返しが、味気なくてつまらない。

その日、仕事を終え、コンビニでお弁当を買って部屋に戻ってくると、玄関に一枚の葉書が落ちていた。

ドアのポストの受け口は壊れていて、始終開けっ放しだ。

危うくスニーカーで踏みつけそうになって拾い上げた葉書は、写真入りだった。

「オウちゃんからだ！」

睦は歓声を上げた。

オウちゃんの直立不動といった感じの大きな体は、白い蝶ネクタイのタキシード姿で写っていた。隣には、睦も何度か会ったことのあるお嫁さんの姿。白いドレスに包まれ、幸せそうに微笑む彼女の脇には、『私たち結婚しました』の文字が並んでいる。

いつの間に結婚式を挙げたんだろう。

睦は葉書を手に部屋に上がった。レンジで温めたお弁当を食べながら、テレビを見る。

コタツの上に置いた葉書をちらと横目に見た睦は、箸を止めて呟いた。

「クルちゃんもタキシードとかいうの着るのかなぁ」

自然と零れた言葉だった。

きっとカッコいいんだろうなと思う。クルちゃんはハンサムだし、背も高いから普段のスーツだってよく似合う。黒、白、グレー。どんな色のタキシードを着るんだろう。

あの人と結婚式をするときは、自分も呼んでくれるのかな。

そう思った途端、口の中でもごもごと咀嚼していたご飯が喉《のど》に詰まったようになった。

なんだか急に苦しくなる。泣いてしまうかもしれないと思った。たぶんクルちゃんのそんな姿を見たら、あの駅で別れたときみたいになって、泣いてしまう。

クルちゃんと結婚できるのも、恋人にしてもらえるのも自分じゃない。

八年前のキス、それが睦の持っているすべてだった。胸が高鳴り、頬が熱を持ち、嬉しいのに泣きたいような……もどかしくて甘い、そんな思い出は来栖が与えてくれた一度のキスしか睦にはなかった。

クルちゃんは……あれからたくさん恋人をつくっただろうか。キスもたくさん、いっぱい、数が判らないぐらいしたのかもしれない。

あの人とも、もうしたかもしれない。

睦は箸を置いた。

食事は完全に喉を通らなくなった。このままテレビを見る気にもなれず、携帯電話を取り出す。

久しぶりにオウちゃんの家に電話をした。

最初はお嫁さんが出た。『電話よ、央《ひろし》くん！』と呼びつける声が聞こえる。そういえばオウちゃんの名前は、本当はヒロシだ。

『おう、乃々山。どうした？　久しぶりだな、元気にしてっか？』

「うん、元気だよ。葉書ありがとう。今日ね、届いた。お嫁さんキレイだね」

声を聞くとほっとする。オウちゃんは写真は結婚式のものではなく、衣装だけを借りて撮ってもらったのだと言った。

『やっぱりこういうのは記念にな。俺はなくてもいいけど、カミサンが可哀相《かわいそう》だし。金貯まったら式も挙げたいとは思ってるよ。これが、なかなか貯まんねぇんだけどさ』

幸せそうな雰囲気が、耳に押しつけた小さな電話の向こうから伝わってくる。

二十分ほど他愛ない雑談をした。

電話を切る間際、いつものようにオウちゃんは『いつ帰ってくるんだ？　戻ってこいよ。東京なんかに住んでたって仕方ないだろ』と心配そうに言った。来栖との偶然の再会を伝えても、やっぱりオウちゃんは『帰ってこい』を忘れなかった。

『東京も来栖もおまえにゃ合わねぇよ』

最後にオウちゃんが言ったのは、そんな言葉だった。


半分残した弁当は冷蔵庫にしまい込み、お風呂に入ったりスケッチブックに落書きをしてみたり、その後はいつもどおりに過ごした。

洗った髪からぽたぽたと垂れる雫《しずく》に、スケッチブックの紙が濡《ぬ》れて皺をつくる。慌ててティッシュで拭っていると、玄関ドアをノックする音が聞こえた。

十時を回った頃だった。

「すぐ帰るから」

現れた来栖はお決まりの文句を吐く。コンビニの袋から、ほかほかの肉まんを出して睦にくれた。

もう一つの袋には缶ビールが入っているらしい。温かいものと冷たいもの。一緒に買っても、なにも考えずに袋を提げていられるクルちゃんはやっぱりすごいと思う。

「風呂入ったのか？　頭、ちゃんと乾かせよ。風邪ひくぞ」

「今乾かそうと思ってたとこだよ」

注意され、大人しく狭い洗面所の小さな洗面台に向かう。小言を言われたのに、ドライヤーで頭を乾かす間、睦の頬は緩んだ。

来てくれて嬉しい。

早く部屋に戻りたい。髪は半乾きで済ませてコタツに戻ると、来栖は缶ビールを開けて早速飲んでいた。

スーツのネクタイを緩めながら、睦がコタツの上に残していた葉書を手に取る。

「これ、おまえが高校んとき友達だった奴か？」

「うん、オウちゃんだよ。今年結婚したんだ。さっき電話で話した。元気そうだったよ」

「ふーん。そういえば俺、高校のときの友達なんてもう連絡とってないなぁ」

葉書をだるそうに指で弄《もてあそ》びながら頬杖《ほおづえ》をつく来栖は、耳がうっすら赤く、もう少し酔っているみたいだ。どこかで飲んだ帰りかもしれない。

「クルちゃん、家にはしてるの？　電話、してる？」

尋ねながら、もらった肉まんにかぶりつく。

なくなったはずの食欲は、幼馴染みの顔を見た途端戻ってきた。

「連絡か……最近してないな。仕送りはちゃんとしてるけど」

「しおくり？」

「給料の一部を実家に送ることだよ。もっと上乗せして送りたいんだけど……」

「クルちゃんのお母さん、お金いるかな。さっきオウちゃんに電話したら、『お金貯まらない』って言ってたけど、なんかね、楽しそうだった。だからね、お金はそんなにいらないよ、きっと。お母さん、電話のほうがいると思う」

来栖は気まずそうにビールを飲む。

「判ってるよ、それくらい」

ぼそりと応え、テレビに目を向ける。

「なに見てたんだ、睦？」

「見てないなにも。点《つ》けてただけだよ。絵描いてたから」

「そうか」

『チャンネル変えていいよ』と添えても、来栖がリモコンに手を伸ばす気配はなかった。

ただぼんやりと二人してテレビを見つめた。

言葉もない時間は息苦しさを感じてもおかしくないのに、穏やかで心地いい。

睦を現実に引き戻したのは、ごろんと仰向けに転がって天井を仰いだ来栖が口にした女性の話だった。

「そういや、志織さんが睦に会いにいったんだって？　絵を借りたって話してたよ」

「あ、うん……」

「紹介するって言ってたの、本当みたいだな」

「……う、うん」

睦の反応は鈍る。目に見えて嬉しそうに話し始めた男に、なにも返せなくなる。

「どうせ口先だけだろうと思ってた。彼女、もっと冷たい人かと思ってたよ。根っからのお嬢さん育ちだし、自分で動いてまで人になにか与えるようなタイプじゃないだろうって」

少し部屋が寒いのか、コタツの掛け布団を胸のほうに手繰《たぐ》り寄せながら言う。

——クルちゃんはあの人が気に入ったみたいだ。

睦はあの人が判らなかった。睦の周りには、今まで自分を『バカだ』と罵《ののし》る人間と、『バカだ』とは決して言わない人間と、やっぱり『バカだ』と口にする人がいた。一番目と三番目は似てるけど、なにかがちょっとだけ違う。オウちゃんや餅田くんは二番目で、家族以外で三番目なのは今まで来栖だけだった。

そして彼女は、そのどれとも違った。『バカだ』なんて決して言わないけれど、だからといってオウちゃんたちと一緒ではない。

あの人の言ったこと、本当だろうか。

傍にいたら、いつかクルちゃんに迷惑がかかるって——

「あ、あのさ、クルちゃん……」

なにから切り出そう。訊くのは怖い。

もしも『そうだ』と言われたら。クルちゃんにも、『帰れ』と言われてしまったら。

迷いながらそっとかけた声に、返事はなかった。ふと見ると、缶ビールを握り締めて転がったまま、来栖は寝息を立てていた。疲労にアルコールが加わって熟睡してしまったらしい。

「寝ちゃったの、クルちゃん？」

もちろん反応はない。

来栖は一旦寝入ってしまうと、死んだように眠る。気持ちよさげな姿を見て無理に起こす気にはなれない。

缶だけは手から抜き取ろうとして、睦は思わず笑った。固く握りしめた手は、しっかりと放さない。まるで赤ちゃんの仕草みたいだ。

しばらく来栖の顔を見つめた。飽きもせず見つめ、それからおもむろにスケッチブックの新しいページを捲る。睦は来栖の顔を描いてみた。

顔。クルちゃんの顔。ほかの人とどこが違うのだろう。上手く言えないけれど、どこもほかの人と一緒じゃない。

じっと見ていると触りたくて堪《たま》らなくなった。鼻筋や頬骨の高さや、唇の形を指先で感じてみたいと思った。キスも……本当はまだしてみたい。また触れてもらえたらと願う。

でも、そんなことを言えば、きっとクルちゃんはまたいなくなってしまう。怒って、きっともう来てくれなくなるだろう。

睦は鉛筆を放り出し、同じように転がってみた。コタツのコーナーを挟んで隣に座っているから、身を寄せればすぐ近くに幼馴染みの顔がくる。

丸まるようにして頭を寄せた。だらりと伸びた男の腕の中に頭をそっと押し込むと、来栖に抱かれているような気がした。胸元に鼻先を近づけると懐かしい匂いがして、安心できた。けれど、何故か哀《かな》しかった。

好き。クルちゃんが好き。八年間会えなくとも、膨れるばかりで萎《しぼ》むことを知らなかった想い。

来栖を慕い、睦は焦がれてきた。

今も、八年前のあの日も。気持ちに変わりはない。もどかしいほど伝わらない想い。睦に足りないのはたった一つの、小さなことだった。

ただ、恋という呼び名を知らなかった。

それだけだった。

坊主といわず犬も走る師走。衆議院戦も加わった十二月は、例年以上に慌ただしさと賑《にぎ》わしさを感じる師走だった。

十一月末に公示があり、十二月の第二日曜が投票日に決まった。選挙運動というものの苛《か》烈《れつ》さを表すように、ぱったり来栖はまた姿を現さなくなった。

代わりに再び志織が睦を訪ねてきた。

例の『選挙のお手伝い』とかいうものへの誘いだった。

図書館の休みは休館日の日曜しかない。一日だけの約束になった。選挙運動期間は十二日しかなく、その間に日曜は一度きりだ。

当日の朝早く、彼女の使いの男が車で迎えにきた。選挙区内だという馴染みのない街まで引っ張り出され、街頭演説とはてっきりご近所の駅でやるものと思っていた睦は驚く。選挙区が地方のものに比べればずっとずっと近いことなど知るはずもなかった。

遊説先の駅は、大きめだけれどどこにでもあるロータリーのある駅だ。志織は『天崎進《すすむ》』と名の入ったたすき掛けの父親の隣で、道行く有権者に手を振っていた。

「お父さん、ススムって名前なんだね。あ、志織さん、名札間違えてるよ？　その名札、お父さんのだよ」

志織が腕につけた運動員の証の腕章に、睦は首を傾げる。見回すと、選挙カーを囲む人たちはみんなお父さんの名前の札をつけていて不思議だった。

「これは候補者名よ。名札じゃないの。本当にあなたって……」

言いかけて彼女は『それどころじゃない』と呟く。押し込まれた白い選挙カーの中で、睦は応援メッセージだといって紙を渡された。むつかしい漢字はない。けれど、ちゃんと読めるとも思えず、声に出して練習を始めようとした。

間違えたら大変だ。ちゃんと読めなかったら、きっとお手伝いにならない。

そう考えた睦に、志織は『練習は必要ない』と言った。

「うまく喋ろうとしなくていいの。普通の人に見えちゃったら意味がないでしょ。服だってスーツじゃなくてよかったのに」

「普通の人……俺、普通の人じゃないの?」

「失敗を恐れなくていいってことよ」

彼女に背中を押され、車から降りる。ワゴン車を改造して看板をのせただけのような車とは違い、白い船を思わせる立派な選挙カーだった。車のルーフ部には壇があり、人が上がるための手摺《てすり》もついている。

車の上では、志織の父親がマイクを手に熱弁を振るっていた。駅前の舗道を行き交う人々は、大抵は興味もなさげに通り過ぎていたけれど、中には手を振る人もいる。

選挙カーの裏手に睦は佇《たたず》んだ。志織の字の並んだレポート用紙を握り締めていると、段取りを確認すると言って出ていった彼女と誰かの話す声を聞いた。

よく知った声、一瞬で誰かは判った。

「今日はこの辺りで正午に天崎先生の遊説があると聞いていたのを思い出しまして」

「ま…まさか来てもらえるとは思いませんでした。枝島先生のほうは大丈夫なんですか？」

「大丈夫じゃないかな。厳しいですよ。午前中は僕も選挙隊にいたんですけど……」

来栖の声が途切れる。

「クルちゃん！」

喜び勇んで車の裏から飛び出した睦に、男の顔は驚愕《きょうがく》に変わり、志織は目を泳がせた。

スーツの腕に、『枝島宣久《のぶひさ》』と名前の入った腕章を来栖はつけていた。物珍しさに睦は覗き込む。外し忘れていたのか、来栖は慌てて腕章に手を伸ばしかけ、それどころではないというように引っ込めた。

「睦、こんなところでなにをやってるんだ？」

「あ、えっと……志織さんに手伝ってほしいって頼まれて……」

「手伝う？　おまえが？」

「うん。俺みたいな人も、志織さんのお父さんを応援してるって、あ…アピールしたいんだって」

睦は笑った。クルちゃんは喜んでくれるに違いないと思った。

にこにこ笑う睦とは対照的に、幼馴染みの額には深く険しい皺が刻まれ始める。

睦の手にした紙を、男は有無を言わさず奪った。薄い唇を引き結び、内容に目を通す。顔を上げた来栖の目には明らかな憤りの光が宿っていた。

「帰るんだ、睦」

「どうして？　まだ終わってな……い、痛っ！」

スーツの腕を摑まれ、引っ張られる。来栖の指が食い込み、乱暴に捻《ねじ》るように引っ張られ、痛みが走った。

スーツは来栖が買ってくれたものだった。少しでもちゃんとしたほうがいいと考え、睦なりに頭を悩ませて着込んできたのだ。

怒られる理由が判らない。

来栖が怒っている相手は自分だけではないらしい。

「痛い、痛いってば、クルちゃん！」

睦の悲鳴は無視された。引き摺られながら、睦は来栖が志織を睨《にら》むのを目にした。

「貴文さん……！」

白い紙が舞った。ぐしゃりと握り潰《つぶ》したレポート用紙を、男は志織の足元に叩きつけた。

戦慄《わなな》いた唇でなにかを言いかけ、下唇を嚙み締める。

彼女は紙くずに変わったスピーチ原稿に手を伸ばしかけ、ふっと息を吐いた。拾うのをやめ、パンツスーツの腕を軽く組む。

一歩も引かずに来栖を見上げ、そして言った。

「なにを怒ってるの？　善人ぶらないで」

細い指先が、来栖の腕の『枝島宣久』と名の入った腕章を示した。

「あなたのやってきたことと同じよ。あなただって人を利用して、平気で裏切ってしまえる人じゃない」

来栖の苛立ちの理由は判らないままだった。

何故彼女に怒ったのかも、何故今ハンドルを握り締める指が時折細かく震え、その横顔が怒りだけでなく苦しげに歪んでいるのかも。

「……なんで帰るの？　まだ俺、喋ってないよ。なんにも手伝えてないよ」

睦を助手席に乗せた車は、駅からどんどん遠ざかっていく。

「あれはおまえが書いたんじゃないだろ、睦」

「変なこと書いてなかったと思うよ。志織さんが用意してくれたんだし……なんで読んだらダメなの。クルちゃん、中学んときは作文は読まなきゃいけないって言ったよね。読まなくていいって言ってくれたセンセイのこと、怒ったよね？」

睦は覚えていた。あのとき来栖が怒った理由も、判らなかった。内容が小学生の日記並みだと言い、舌を縺れさせた睦を笑ったクラスメートを、来栖は殴りつけた。『今度から、乃々山くんは読まなくていい』と言った先生をも叱《しか》りつけた。

「応援スピーチは作文じゃないだろ。それに、あれは……先生が平等じゃないと思ったからだ」

「じゃあ今日はどうして止めるの？　俺がまた笑われるかもしれないから？」

「……違う。あれがなに一つおまえの言葉じゃないからだ」

来栖が出したのは押し殺した低い声だった。

「選挙に興味があるなら、家の近所の公民館か学校の投票所にでも行けよ。おまえも有権者なんだから」

「ゆうけん……」

「判らないならこんなことするな！」

がくんと体が前にのめった。信号は赤だった。怒鳴った男が慌てて踏んだブレーキに、睦の体も、バックミラーにぶらさがった交通安全の御守りもがくがく揺れる。

睦が顔を強張らせれば、眼鏡の向こうで黒い眸は揺らぐ。

「俺はただ……おまえには俺と同じにはなってほしくないんだよ」

「な…んで？　俺だって本当は……よく判らないけど、みんなと一緒になりたい。クルちゃんと同じになりたい。そしたら……」

ずっと傍にいてくれる？　好きになってくれる？

どうして来栖が自分をちゃんと見てくれないのか判った気がした。好きになってくれないのかも。八年前も来栖は自分と違っていたけれど、今はもっと違う。遠い存在になってしまっていた。

仕事や家だけじゃない。来栖は決して一所《ひとところ》に留《とど》まらない。変わっていける。なのに自分の時は、いつまでも手を繋いで遊んだあの頃のままだ。

「同じにはなれないよ。俺みたいな人間には、睦はならない」

自分自身を嘲《あざけ》るような苦い笑いを来栖は見せた。

頭が悪いから、駄目な人間だから、そんな意味で来栖が言ったわけではないのはなんとなく判る。けれど、ショックには違いなかった。

乗り継ぎなしの一本の電車で帰れる駅まで、来栖は送ってくれた。『仕事があるから、家まで送ってやれなくてごめんな』と謝られ、睦は首を振った。来栖はなにも悪くない。怒れるとも知らず、喜んでもらえるとばかり勘違いした自分のせいだった。

家までは迷わず辿り着けた。アパートの階段を上る睦の足は重かった。壁の薄い部屋では階下や両隣の住人の気配を感じ取れるのだけど、日曜のアパートはみんな出払っているのか無音で静かだ。十数分間隔で行き交う電車だけが、突然の轟音《ごうおん》を立て、そして走り去っていった。

睦はベッドの上に膝を抱えて蹲《うずくま》り、どうやったら変われるのだろうと思った。

考えても、いくら考えても判らない。うつろな顔を向けた壁には、いつから使っているのかも判らない古い棚があった。

睦は立ち上がった。置物の一つを手に取る。歪《いびつ》で用途の判らないお椀のような形の粘土細工は、子供の頃作ったものだ。学校で作ったもの、人にもらったお土産人形、睦はなんでも捨てずに取っていた。

壊れていなかったから。捨てる理由が見つからなかったから——

睦は粘土細工を床に叩きつけた。

カーペットの上だったけれど、古びたそれは簡単に二つに割れた。

「……変わらないと」

瀬戸物の犬の人形を手に取った。たしか子供のとき、犬が好きだと言ったらおばあちゃんが誕生日にくれた置物だ。写真立て、貯金箱、ぬいぐるみ、睦は次々と床に叩きつけた。割れないものはコタツの天板に投げつけた。

「変わらないと」

呟きながら灰皿も手にした。小学校で作ったカバの池の灰皿。父の日にお父さんにあげたけれど、結局誰も灰を落とさなかった灰皿は、コタツの角にぶちあたって粉々に砕け散った。

変わらないと。

変わってしまわなきゃ、同じになれない。

狂ったように物を壊して回る睦は、部屋を見渡し窓際の壁にも手を伸ばした。レイダーマンが睦を見ていた。大好きなレイダーマンのカレンダーを引き裂きながら、睦はとうとう我慢できずにしゃくりあげた。

哀しいのは、破ってしまったのがレイダーマンだからじゃない。

『睦、物は大切にしろ』

十八のとき、来栖が教えてくれたこと。

「クルちゃん、クルちゃ……」

あの頃の来栖も、睦にとっては来栖だ。

大切な言葉で、約束だった。

変われない。どうしても、クルちゃんみたいに上手く変化できない。

机や本棚がいらないものになったように、クルちゃんにとって自分も本当はいらないものなんだろうか。

とっくにいらないものだったんだろうか。

今朝まで部屋を飾っていたもの、空気のように馴染んでいたものがゴミとなって散乱する部屋の中で、睦はへたりと腰を落とし、蹲った。

電車が何本も行き過ぎる。窓から差し込む光が夕陽に変わり始めた頃、睦はのろのろと顔を上げ、上着のポケットから携帯電話を取り出した。

◇　◇　◇

投票日の翌日の議員会館は一種異様な空気だ。

国会は閉会中、前職者は当落で天国と地獄に振り分けられ、悲喜こもごも……なのだが、実際は悲哀感のほうが館内では色濃く映る。

「やっぱり、棚を整理したのがまずかったかねぇ」

デスクチェアを軽く揺らし、独り言のように零したのは枝島だった。

敗戦の理由は、直前に巻き込まれた汚職事件がすべてだ。苦戦を強いられ予想していたとはいえ、昨夜の選挙事務所はまるで通夜だった。

昨日が通夜なら、今日は葬式だ。落選組は会館内の事務所を追われ、すぐに出ていかなくてはならず、泣きっ面に蜂。今まで自由に使用し、荷物で溢《あふ》れた部屋の片づけに追われる。

「棚？　ああ、そういえば増田さんが書棚の整理をしてましたね」

国会議員の間にはさまざまなジンクスがある。

投票日前に部屋を片づければ落選する、というのもその一つだ。

ダンボール箱に書類を詰めながら、来栖は元代議士に変わってしまった男のほうを振り返り見た。議員室内にいるのは自分と男だけだ。増田たちは続き間の秘書室の自分の机を片づけている。

「来栖くん、身受け先は決まってるそうだね」

議員室、秘書室といっても古びた会館内の手狭な部屋だ。圧迫感すら感じる室内で言われ、苦しくなる。誰から聞いたのだろう。

「よかったよ。将来ある若者を潰したんじゃ、俺も夢見が悪くなるからね」

男の表情に嫌みを言っている様子はない。余計に罪悪感を感じた。

天崎のところへ行くかは判らない。志織を怒らせ、たぶん父親の天崎も立腹させた。遊説の場でのあんな揉《も》め事は、顔に泥を塗ったも同じだ。

このまま後ろ盾をなくしても構わない気がした。志織の言葉は耳に痛かった。枝島は尊敬できる上司であり、政治家だったのに、自分はこそこそと裏切る行為をしていたのだ。

「来栖くん、悪いけどこれも片づけてもらえるかな。捨てるわけにもいかないから、どこかもらってくれる事務所があれば……」

枝島が入り口の観葉植物を指さす。

大きなベンジャミンだった。葉の色が悪く、今にも枯れそうだが、たしかに捨てるには忍びない。どこか隣近所の事務所がもらってくれやしないかと、来栖はベンジャミンの鉢を両手に抱えて廊下に出た。

腕の中の鉢からは、懐かしい匂いがする。

「……土の匂いだ」

鼻先を近づければ、それは記憶を揺り起こした。睦と一緒に転げまわった土手が、脳裏に浮かんだ。

とうに天国に旅立ってしまったらしい近所の犬のコウタも連れて走り回った、あの思い出の河原。帰りたくとも帰れない場所。たとえあの土地に戻り住んでも、もう二度と土手に転がったりはしない。

睦は町に帰ればどうするのだろう。

もしも二軒隣の家が新しい犬を飼っていたなら、子犬と一緒に転げ回るのかもしれない。

どうして、自分は前に進むごとに窮屈になっていくのだろう。失われるものばかり。それが大人のただの感傷だというのなら、何故この手には大切にしたかったものがなに一つ残ってはいないのか。

すべていつの間にか失っていた。

捨て去ったのが、自分だとも知らずに。

行く先すらももう見失った。

父親は誰かを救うためなら、すべてを抛《なげう》ってしまえるような人間だった。たとえ誰も認めてくれなくとも笑われようとも、来栖はそう信じている。

自分を救って育ててくれた父は優しくて強いヒーローだ。だから自分も同じになりたいと願った。凡庸な人間にはなりたくなかった。

その結果、自分は一体なにになろうとしているのだろう。頭をキリキリ回し、心を刻み捨ててまでなろうとしているのは――自分のために誰かを踏みつけ、犠牲にするような人間だ。

ただ、父のようになりたかった。

子供の頃、睦と一緒に大好きだったレイダーマンのように、誰かのヒーローでいたかった。

それだけなのに――

来栖は観葉植物を引き取ってくれそうな事務所のドアをノックしかけ、手を止めた。すぐにも枯れ落ちてしまいそうなベンジャミンを見つめた。

昨夜の夜、睦から連絡があった。

選挙が終わったら、顔を見てゆっくり話したいと思っていたのだが、電話をもらうほうが先になってしまった。選挙戦のさなかも私用の電話をする余裕などなかったけれど、昨夜も事務所が通夜状態でまともに話せなかった。

忙しいと伝えると、すぐ済むから聞いてほしいと睦に言われた。

普段どおりの明るい声に安堵《あんど》したのも束《つか》の間、次の言葉は『実家に帰ることにした』という内容だった。

来栖は声が出なかった。

いや、咄嗟《とっさ》に浮かんだ言葉ならある。けれど、告げるにはあまりにも身勝手で、許されもしなければ、言ったところでどうにもなるはずのない願いだった。

『じゃあ、引っ越しの日決まったら連絡するね』

言葉をなくし、狼狽《ろうばい》して黙り込んでしまった自分に、睦は少し寂しそうに言った。


引っ越しの日は、クリスマス前の水曜日だった。実家に帰ると決めてから三週間。越してくるときは一つなにかを決めるのも大変だったのに、戻るとなればなにもかもが呆気《あっけ》なく決まった。

両親は、『帰ろうと思う』と言った睦の電話に赤飯でも炊きそうなぐらいに喜んだ。図書館の仕事は、近所の主婦がパートタイマーでの就業を希望してきて、思ったよりも早く辞めることになった。

一番悲しんでくれたのはユミだ。鳥吉で開いてもらった送別会に、ユミは母親と一緒に来てくれた。アパートの餅田も来てくれて、餞別《せんべつ》だと言ってパチンコの景品でもらって大事にしていたサングラスをくれた。

荷物は単身者向けの引っ越しサービスでも充分すぎるほどで、早朝実家に送り出した。

手荷物もほとんどないまま駅に向かう。

新幹線に乗るためだ。二時間ちょっと、学校の授業なら授業二つ分の乗車時間。お盆やお正月の帰省で何度も往復したからとはいえ、新幹線の乗り方を覚えられたのは睦にはすごい進歩だ。

駅のコンコースの電光時計は午後一時十二分を示していた。餅田も図書館の職員たちも仕事の時間で、ユミは今頃苦手な体育の授業だろう。水曜日はいつも、『今日は体育だった』と少し尖《とが》らせた口をして言う。

見送る人もない。睦は一人だった。大事な新幹線のチケットの入ったショルダーバッグをしっかりと抱きしめ、改札口に向かう。電光掲示板を見上げて確認していると、息の上がった男の声が聞こえた。

「睦！」

信じられない思いで、男を見る。

「クルちゃん……な、なんで？」

「なんでじゃないだろ、引っ越し日が決まったら電話くれるって話じゃなかったのか？」

駆け寄ってきた男は、見たこともないようなぼさぼさな頭をしていた。こんな酷い寝癖の頭は、小学校の頃にも見た記憶がない。襟元が少し伸びたようなセーターにジーンズ、慌てて出てしまったという感じの薄着の来栖を、睦は驚いて見上げた。

「で、電話したよ？」

「さっきだろうが！　しかもすぐ切ったろ。決まったら電話ってのは、せめて前日じゃないのか？　携帯はどうしたんだ？　さっきから何回もかけたんだぞ？」

「外の電話でかけたんだ。コンビニのとこにあった灰色の電話……十円入れたんだけど足りなくて、ちょっとしか話せなくて……」

「公衆電話？　携帯は？」

「えっと、一緒に送った。引っ越しの荷物と」

額を押さえ、来栖は頭を抱える仕草をした。

「ま……いいや、会えたし」

「クルちゃん、見送りに来てくれたんだ。仕事は？　もう忙しくないの？」

クルちゃんは今は忙しいから、帰るまでに会えなくても仕方がないと思っていた。会えないほうが迷わなくていいとも睦は思った。来栖に会えば、また傍にいたくなるに決まっている。忘れようと決めた。その決心が鈍りそうで怖かった。

やっぱり、来栖の顔を見ればこんなにも嬉しい。舞い上がる気持ちは、こんなにも苦しい。

「選挙なら終わっただろうが。ヒマにしてるよ」

「でも今日、平日だよ？」

毎日欠かさずスーツを着ていた来栖が、だらしない格好をしているのが不思議だった。

「仕事は……当分の間なしだ。無職になったんだよ。議員秘書ってのは代議士の先生が落選したら即無職になっちまうものなんだ」

「よく判んないけど……でもクルちゃん、志織さんのお父さんのとこで仕事するんじゃなかったの？」

来栖は微かに笑うと、緩く頭を振った。眼鏡のレンズ越しの黒い目は穏やかな光を放っている。なんだか幼馴染みの表情が、普段と違い安らいで見えた。

「それはやめたんだ。再選するまで枝島代議士についていくことにした。あ……枝島元代議士か。汚職はデマだからさ、そのうちきっと疑いも晴れる。次の選挙まで俺はボランティアと当面の仕事探しでもするよ」

落ち着いた声だった。言い終えた来栖はまた微笑み、睦もつられてにっこり笑った。

「クルちゃんならなにをしても大丈夫だよ。頑張ってね、クルちゃん。俺、なんにもできないけど、応援してる。いつもね、クルちゃんのこと応援してるよ？　その、やっぱりなんにもできないんだけど……」

繰り返すと、視界が暗くなった。来栖の手のひらが、頭上に伸びてきた。

一回り自分より大きく、男にしては指の綺麗な手。嬉しいとき、悲しいとき、なんでもないときも、よくくしゃりと髪を掻き撫ぜてくれた手の感触を思い出す。

撫でてくれるのかと思った手のひらは、迷うように揺れて引っ込む。

「睦、あれからさ……いろいろ一人で考えてた。おまえの引っ越しの話を聞いてから、考えずにはいられなかった。睦、俺はさ……、俺は……」

何事かを言いかけ、来栖が口を噤《つぐ》む。何度も唇を開きかけては閉じるを繰り返す幼馴染みの表情が、辛そうなのを見かね、殊更明るく睦は振る舞った。

「引っ越しね、お母さんに電話したら喜んでた」

「え……？」

「決めた日に電話したら、すごく嬉しがってくれたんだ。俺ね、帰ったら新しい仕事探して、お母さんとお父さんが喜んでくれること、もっとしたいと思うんだ」

「……そっか。そうだな。親孝行はできるうちにしないといけないよな」

来栖の顔が曇った気がした。

自分は悪いことでも言ったのか。気になったけれど、ふと見上げた改札の電光掲示板の時計は、間もなく新幹線の発車時刻になろうとしていた。

発車まで十分も残されていない。

「クルちゃん、俺もう行かなきゃ」

「あ……ああ、そうだな」

「見送りに来てくれてありがとう。その……元気でね？」

突き出された男の右手が、睦のコートの袖の辺りを掠めた。彷徨《さまよ》った手は、次の瞬間には胸元でひらひらと振られていた。

「……ん、おまえもな。元気で頑張れよ、睦」

ばいばい。あの日のように、来栖は手を振った。睦も。まるでほんのちょっとの別れ……すぐ会える、明日会える、学校帰りの別れのように手を振る。

八年前と、なにもかもが似ていた。違うのは、去るのは睦で、見送るのが来栖なことだけだ。

改札を潜《くぐ》った睦はホームに上がる階段へ向かいながら、決して振り返らないと誓った。歩き去る来栖の背中を目にすれば、あの日のようにきっとまた泣いてしまう。

振り返らない。絶対に。一歩ずつ自分に言い聞かせ、ホームを目指す。意思に反し、どんどん足は重くなる。足も心もずるずると引き摺るようだった。

睦はついに立ち止まった。階段の手前で棒っ切れみたいに突っ立っていると、自分の名を呼ぶ来栖の声が微かに届いた。

「睦！」

空耳かと思った。

「睦っ‼」

二度目の声に振り返った。来栖は別れた瞬間のまま、一歩も動かず改札口に立っていた。

じっとこちらを見つめている男の姿が、視界の真ん中に幻のように映る。

「睦、行…くなっ！　戻ってこい！」

叫んだ姿が不意に小さくなる。自動改札機の前に駆け寄った男は、突然蹲るようにして体を丸めた。

「……クルちゃんっ！」

崩れ落ちた幼馴染みの元へ、睦はただ必死になって駆け寄った。男は改札機に縋りつくようにして、屈《かが》んでいた。

改札を通る人が迷惑そうに来栖を見る。戻る方法が判らず、右に左に徘徊したのち、睦は一番端の自動改札でない場所から外へと戻った。

「……クルちゃん？」

呼びかけに男の背中が揺れる。

「やっぱり……俺はおまえがいないと駄目だ」

少し掠れた幼馴染みの低い声は、呆然《ぼうぜん》と突っ立った睦の耳に静かに届いた。

「……酷い男だって判ってる。おまえを捨てた。八年前……おまえが泣くのを判ってて置き去りにした。邪魔だって思ってたのかもしれない。おまえがいたら俺はダメになるって……」

「クル…ちゃん？」

くぐもる声で、来栖が告白する。

「勝手な男だって判ってる。でも睦、おまえがいないと俺は駄目なんだ。やっと、それが判った。俺は……おまえがいないと、どんどん醜い人間になっていく……俺から離れないでくれ。ずっと俺の……」

改札機に縋りついたままの指は、細かに震えていた。広い背中も、あり得ないほど跳ね返った襟足のくせ毛も。深く俯き頭を垂れた男に手を伸ばしかけ、睦はぴくりと肩を揺らした。

「俺の傍にいてくれ、睦」

来栖はもう一度、はっきりとそう言葉にした。

震える指がジーンズのポケットの辺りを探る。なにかを取り出そうとし、来栖の尻ポケットからは財布が一緒くたになって落ちた。拾い上げようとした睦に向かって、男は手を突き出した。

バランスを崩し、床に膝と両手をついた男の握り込んだ左の拳には、色褪《いろあ》せた紙の端が覗いていた。

見覚えのある、青い色。

「俺の我《わ》が儘《まま》を……願いを聞いてくれ」

来栖が握り締めているのは、あの日睦が渡した券だった。大好きな幼馴染みを喜ばせたくて、画用紙で作った願いごとを叶える券。

『それ、出してくれたらね、願いごと叶えるよ』

あの日、来栖に睦は言った。

願いごとを——願いを叶えるよ。

クルちゃん、この券を出してくれたらね、なんでも一つだけクルちゃんの望みを叶えるよ。

どんなことでも、一つだけ叶えてあげるから。

俺が、クルちゃんの神様になってあげる。

◇　◇　◇

睦が東京に留まり、半月と少しが過ぎた。

荷物は実家に送り、アパートも引き払ってしまった。住む場所をなくした睦は、とりあえず来栖のマンションで暮らし始めた。

引き止めた来栖が嫌な顔をするはずもなく、睦を叱ったのは実家の母親だった。

帰ると言った日に戻らず、よく知った相手とはいえ、友達の家に転がり込むようにして暮らし始めた息子に安心できるはずがない。理由を問いただされ、嘘のつけない睦は『クルちゃんが変だから』と言った。『貴文くんは病気なの？』母親は的外れな心配をしていた。

母親に謝りたい気持ちになったけれど、来栖が変になったのは事実だ。

これからどうしよう。クルちゃんの願いは叶えたい。

嬉しかった。嘘のようだけれど、睦は今、来栖の傍にいる。

未だ勝手の判らない部屋。部屋のチャイムが鳴り響いたのは、ぼんやり過ごしていた午後だ。インターホンの受話器を取ると、睦は電話と同じ対応をしてしまった。

「もしもし？」

しばらく沈黙してから女性の声が返ってきた。

『……乃々山くんね？』

志織だった。

来栖は不在だ。明けた新しい年もそろそろ落ち着き始めた時期、年始に挨拶できなかった知人のところに行くと、来栖は午前中に出ていった。

もうすぐ帰ってくるかもしれない。

迎え入れれば、睦を見るなり玄関口で彼女は言った。

「私のせいなの？」

「え……？」

「それ、本当に素なの？　惚《とぼ》けてるならやめて。私が言ったからあなたはアパートを引き払ったのかって訊いてるのよ」

「か…関係ない。違うよ、たぶん」

「たぶんって、どっちなの？」

睦は考えた。決めたのは自分だ。彼女の言葉は頭の隅っこにあったかもしれない。

でも、選んだのは自分――

「……そうね。私が頼んだからアパートを引き払ったなら、こんなところにはいないはずよね」

志織は気が短いらしい。睦が考え込んでいる間に、結論づける。

「あなたのアパートに行ったの。引っ越したって聞いて驚いた。貴文さんに渡しておこうと思ってここに来たんだけど……」

部屋に上がり、彼女は肩に提げたモノグラム柄の大きな革バッグを下ろすと、ローテーブルにスケッチブックを積み始めた。

「返しておくから」

「あ……」

睦は貸したことすらきれいさっぱり忘れていた。返却されるのは、彼女の知り合いとかいう出版社の人が気に入らなかったからだろうか。

「私のこと、我が儘な意地悪女だって思ってる？」

もう用はないとばかり踵《きびす》を返して玄関に戻りかけ、志織は足を止めると唐突に言った。

「……わ、判らない」

睦は素直に応えた。『意地悪なんかじゃない』と無難な返事をするのは簡単なはずなのに、睦にはそれが思いつかなかった。

「そうね、私がどんななかなんて判らないわよね。あなたに出会ったのは、こないだだもの。それとも……あなたはそういうことは考えないの？」

「考えても……どうせ判らないから。俺、みんなみたいに頭よくない」

「……頭なんてよくったって、判らないことはいっぱいあるわよ。私はね、昔はよく我が儘だって言われる子だった。学校はずっと幼稚園から私立。お嬢様学校っていうの？　女の子ってね、たくさん集まると怖いのよ。他人の悪いところにはすごく鼻が利いてね。私は我儘なんだって。我が儘で高慢、政治家の娘だってのを鼻にかけてて可愛くないんだって。当たってたから嫌になったものよ」

話しながら志織は、玄関への出入り口に置かれた観葉植物の葉に、弄ぶようにして触れた。葉色の悪いベンジャミンは、来栖がどこからかもらってきて育てているものだ。

「嫌な女じゃ生きていけないって判った。人に嫌われて得することなんて一つもないもの。でもね……私はあれから我が儘じゃなくなったわけじゃない。それを隠すのが上手くなっただけ」

笑いながらも、志織は哀しげな顔を見せる。

「私は昔も嫌な女だったけど、今はもっとヤな女になったわ。哀しいことにね」

どうして彼女がこんな話をするのか。それが理解できないのも、自分が鈍いからなのか。

答えを焦り、まごついていると志織はベンジャミンの葉先を軽く弾いて言った。

「羨《うらや》ましいのかもね、あなたみたいな人が。最初っから無欲に生まれついてるんだもの」

「彼女に会ってきたよ」

来栖がそう言ったのは、睦が来栖のマンションで志織に会ってから、十日ほどがたった日だった。

二人のケッコンの約束の約束……婚約の予定は、十二月の時点で解消されたも同然になっていたらしい。たった一つのトラブルで崩れてしまった関係。そもそもどうしてクルちゃんは志織さんとお付き合いしていたのか——要《かなめ》の部分が最後まで睦には理解できなかった。

うやむやにするのは嫌だ。直接会って、謝りたいこともある。そう言い残して、来栖は彼女に会いに出かけた。

あの人とどんな話をしたのか、睦は訊かない。どうせ訊いたって、全部は判りっこない。ただ、戻ってきた来栖の顔を見た睦は、たぶんクルちゃんはちゃんと話ができたんだろうと思った。

「わざわざ降りてくるなよ、睦」

車が駐車場に戻ってくるのを窓から目にし、飛び出すように十二階の部屋からエレベーターで降りた。エントランスで鉢合わせた来栖は、照れたような困ったような表情をしていた。

「あ……なんか嬉しくなったから。それと、用事もあるんだ。郵便局にこれ持っていこうと思って」

尻尾を振る犬のように幼馴染みを見上げ、睦は茶色の封筒を翳す。

「宛名、ちゃんと書けてるかな?」

「ああ、大丈夫だろ」

表と裏を来栖が確かめる。送り出そうとしているのは、出版社へのイラストのラフ画だった。イラストとかラフ画とか、その名や内容を意識して絵を描いた経験なんてなかったから、ちゃんと『ラフ画』というものに仕上がっているか自信がない。けれど、『一生懸命』と呼べる状態では描いたつもりだった。

志織は一つも条件を守っていない睦に、結局出版社を紹介し、世話してくれた。志織にもう一度会いたいのは、来栖より睦のほうだったかもしれない。会って、お礼が言いたい。

本当は優しい人なんだと思う。嫌な人間だと自分で志織は言っていたけれど、それはたぶん間違っている。

「歩くか」

来栖は車のキーをジャケットのポケットにしまい込み、二人は郵便局までの道程を歩いた。片道十五分程度、話しながら歩くにはちょうどいい距離だった。

最寄りの郵便局は、こぢんまりとしていた。窓口の締め切りに三十分の余裕を残し、四時半には出し終えて郵便局をあとにした。

「気に入ってくれるといいなぁ」

「そうだな。正直、俺には芸術がよく判らないからなんとも言えないな」

正直な来栖の反応に、睦は少し笑う。クルちゃんは昔っから絵が苦手だ。幼稚園のときにも『お父さんの顔を描いて』と言われて車を描くぐらいだった。それも四角い箱にしか見えない絵だ。

行きよりも二人はゆっくりと並んで歩いた。

帰りを急ぐ必要もない。二人で暮らし始めてからの時間は、いつもゆったりとまるで長い夏休みのように過ぎていた。

けれど、来栖はもうすぐ働きに出るだろうし、いつまでもこのままいられる可能性は低い。

やがてくる変化を、寂しく思う。睦は欲張りになってきている自分を感じた。

志織は自分を『無欲』だと言った。でも睦にも欲はある。欲しいものが具体的に言えず、漠然としか思い描けない場合が多いだけだ。

「夕焼け、キレイだね」

「ん？　ああ、日が少し長くなったな」

暖かなオレンジ色が、街に下りていた。背の高いビルも、ビルに埋没した小さな家々も。道路も舗道も、二人の姿も包み込む。前方に長く延びた影の中では、二人は手を繋いでいるように見えた。

現実には、触れそうで触れずに歩みに揺れる互いの右手と左手。

——触ってくれたらいいのに。

昔のように髪をくしゃくしゃと撫でてほしい。

子供の頃みたいに手を繋いで帰りたい。

髪に触れ、指を絡め、あのときみたいなキスもしてくれたらいいのに。それから、あのときみたいにぎゅって抱きしめて——

芽生えた欲に、心臓がどくっと鳴った。

傍にいられるだけで嬉しい。一緒にいてほしいって言ってくれた。毎日傍にクルちゃんの顔があって、楽しくて、どうしてそれだけじゃ足りないんだろう。

クルちゃんが、自分を——好きになってくれたらいいのに。

傍にいてほしいと言った来栖の言葉の、当たり前の意味が睦には読めなかった。来栖に好かれたいという想いは、今も胸を切なく締めつける。

「マフラーの編み目みたいな空だね、クルちゃん」

「編み目？　雲だろ、ただの」

まるで季節外れのひつじ雲。空には長く広大な雲の連なりが浮かんでいた。一面の橙色《だいだいいろ》を見上げ、睦は首に巻いたマフラーを外すと空と重ね見る。

「ほら、そっくりだよ」

「危ないだろ、ちゃんと前見て歩け……」

顔に被ってフラフラと歩く睦を叱りつける来栖は、マフラーをしげしげと見つめてくる。

白と水色の、細かに色の交ざったマフラーだ。

「睦、このマフラー……昔、おばさんが編んでくれたって言ってたやつか？」

「うん」

中学のときに母親が編んでくれた。もう十年も前のマフラーだけど、酷く傷んでもいないのでやっぱり捨てられなくて使ってしまう。

少し近道をしようと、小さな公園の中を過ったときだった。

顔に半分引っかけたままのマフラーを取り上げられ、睦はてっきり『もういいかげん捨てろ』とでも言われるのかと思った。

「そっか……大切にしてるんだな」

来栖は笑った。首に巻き直してくれた。

それから、目を眇《すが》めたかと思うと、ぼうっと見上げた睦の顔をしばらく見つめた。

夕暮れの時の風景が視界から消えた。

唇に、忘れたくなくとも忘れかけていた来栖の唇の感触を感じた。それは掠めるように優しく触れ、離れていく。驚きに立ち尽くしていると、もう一度。

目蓋《まぶた》を落とした来栖の睫《まつげ》が長かった。眼鏡のレンズに夕陽が映って見えた。二度目の口づけは少し長く、唇を啄《ついば》むように吸って離れていき、睦は薄く開いてしまった唇が震えるのを感じた。

「ど……ど、どう…したの？　クルちゃん、俺、今お金持ってない」

昔、キスしてもらうために貯金箱を開けた。

十万円払ったらしてくれると思ったから。

「お金？」

来栖は訝る顔で首を振った。

「したかったから、したんだ。ごめん、嫌だったか……」

来栖の言葉が途切れ、目が驚きに見開かれる。

「クルちゃんから……キスしてもらえるなんて、絶対ないって思ってた」

睦は泣いていた。涙はぼろぼろどころか滝のように流れ、顔があっという間にぐちゃぐちゃになってしまった。嬉しくて鼻水まで垂れてきた。

無造作にコートの袖で顔を拭《ふ》こうとした睦を来栖が止める。幼馴染みは、慌てたようにジャケットのポケットからハンカチを取り出した。アイロンが利いているのは、睦が昨夜かけたからだ。

「クルちゃん、好き。大…好き」

顔を子供みたいに拭われながら、泣き笑う。あとからあとから続く涙を拭き取り続けていた男の手の動きが、言葉に止まった。

「睦……」

注がれる視線にはなを啜《すす》る。泣き顔が伝染したかのように、急に来栖の整った顔がくしゃ

りと歪んだ。

「……おまえ本気なのか？　俺を本気で……」

男は息をつき、頭を振った。

「おまえ、バカだよ、睦」

「クル…ちゃん？」

「俺がどんな男か判ってんのか？　友達としてもサイテーだ。一方的におまえを切って捨てた男だぞ？」

「捨…てたの？」

湿ったハンカチを握り締め、来栖は傍のベンチに腰を下ろした。

「気紛れに手紙の返事書いたり、自分がおまえのこと忘れきれないときだけ連絡寄越すような男だ」

「嬉しかったよ。クルちゃんから手紙くるの」

「……バカ。判れよ、考えろ！　俺がどんなに悪い奴か、嫌な男か！　八年も放っとかれて、なんで好きだなんて言えるんだよ。今更……調子のいいこと言われて喜んだりするな」

座り込んだベンチで、両足の間の地面を見つめる男を、睦は突っ立ったまま見下ろした。

「だって……嬉しいから。考えても判んないよ。みんな嬉しくないの？　待ってる人から手紙がきて、嬉しくないの？」

「俺を憎めよ」

「どうやって憎んだらいいのか判らないよ。だって俺、クルちゃんが好きだから。ねぇ、傍にいてもいいんだよね？」

「約束なんて……守るな。もう帰れよ、オフクロさんだってきっと寂しがってる。俺の願いなんて叶わなくていいんだ。罰が当たったほうがいい……」

ポケットから煙草の箱を取り落とし、ライターを取り出した男は火を点けようとして失敗した。指から唇に移した煙草を取り落とし、新しい煙草を抜き出そうとしてさらに箱ごと落とした。

「クルちゃんは、ジュンスイなんだね」

どうしてだろう。自分を汚いと必死で認めさせようとする来栖を、睦は純粋だと感じた。もっとキレイでなきゃならないと信じている男を。

睦の言葉に、来栖は黙り込んだ。

隣に腰を下ろしたベンチは少し冷たかったけれど、ずっと並んで座ってるうちにそれも感じなくなった。

睦は来栖の存在を近くに感じた。

隣にいる。遠くでも高い場所でもない。

クルちゃんが子供にかえってしまったのか、自分が大人になれたのか。

「不思議だね。あれから八年もたったんだね。俺、数学も国語もできないけど、大人だよ。

変だよね、クルちゃん」

なにか話そうとして言った睦に、『うん』と声にもならない様子で来栖は頷いた。

「そうだ、昨日ね、お母さんと電話で話したよ」

実家の母親から、かかってきた電話を思い出す。こっちで次の仕事が決まるかもしれないと伝えたら、『またしばらく住むつもりなの？』と諦めたような声で母親は言った。

「お母さんがね、とにかく一度帰ってきなさいって言うんだ。クルちゃんも一緒に帰ろうよ。待ってるよ？　クルちゃんのお母さんも、きっと待ってるよ」

ただ『うん』と応えて、来栖は頷くだけだった。何度も何度も頷いて、拾い上げた煙草の箱を握り締めたまま。新しい一本を取り出そうともせず、来栖は俯いてしきりに目をこすっていた。

きっと少し強い風が駆け抜けて、砂埃《すなぼこり》を巻き上げたせいだ。ふと手を伸ばして触れてみた来栖の背中が震えていたから、睦はそっと抱きしめてみた。

寒さに震えているんだと思ったから、クルちゃんが温かくなるまでそうしていようと決めた。

冬の向日葵

キンと冷えた空気が、底のない空めがけどこまでも続いていた。

ふうっとついた息が、白い水蒸気となって輪郭を得、形を得た先から空へと溶け込み消えていく。

晴れているのにどこか物寂しい。冬の空は、いつもそんな色をしている。

もう三月、暦の上では春の今もそれは変わりなく、空は果てなき高みから地上を見下ろしていた。

遠く色の薄い空を、来栖貴文《くるすたかふみ》は仰いだ。

「クルちゃん、どうしたの？　結ばないの？」

木の枝に指をかけたまま、いつの間にか動きを止めていた自分に気がつく。首を傾《かし》げる幼《おさな》馴染《なじ》みの声が意識を揺さぶり、来栖を我に返らせた。

「ああ、結ぶよ。この辺でいいだろ」

「俺も結ぶ。隣に結んでいい？」

「バカ。おまえのは結ばなくてもいいんだよ、大吉だったろ？」

「そうなの？」

「引いたことあるだろ？　持って帰っていいんだ。御守り代わりに財布にでも入れておけ」

判《わか》ったような判らないような顔で幼馴染みは頷《うなず》く。肩から斜めにかけたショルダーバッグからもたもたと財布を取り出す睦《むつみ》を横目に、来栖は畳んだ御神籤《おみくじ》を植樹に結びつけ始めた。

末吉。引いて嬉しいはずもない、凶の一歩手前の御神籤だった。

「クルちゃん、かえっこしようか？」

気を利かせたつもりの睦に言われ、来栖は少し苦笑いして辞退する。

神社に行こうと言い出したのは、どちらだったのか。睦だったと思うが、来栖もその気になっていたので『久しぶりに行ってみたい』ぐらいの言葉は口にしたかもしれない。

実家へと向かう新幹線の中で、初詣《はつもうで》の話になった。高校時代は……高校と言わず中学の頃も、ほぼ毎年正月は二人でこの神社へと出かけていた。

三月にもなって今更初詣というわけじゃないけれど、久しぶりに戻った地元で参拝するのも悪くない気がした。

帰省するのは本当にいつ以来になるだろう。思い返すのも難しいほど来栖には昔だった。睦と戻るのはこれが初めてだ。

『一緒に帰ろう』と一月に言われ、結局戻れたのは今日。三月の初めだ。バタバタと一月の終わりに新しい仕事先の決まった来栖は、まだ自由のきかない職場でこれでも無理を言って休みをもぎ取った。

「クルちゃん、ないね。鳥しかないよ。ユミちゃん、ウサギが好きなのに」

時期外れで人影もない境内を出ると、睦は一目散に売店に向かっていた。財布をしっかりと握りしめ、なにを買いにいったのかと思いきや、その顔は弱り果てていた。

「ないって……そりゃ、ないだろ。今年は酉《とり》年なんだから。兎《うさぎ》なんかずっと先だ」

「あ……そっか。困ったなぁ、鳥でいいかな。お土産、ないよりいいよね」

神社参拝に土産……どこか妙な気がするが、選ぶ睦は真剣な表情だ。

直接会ったことはないが、ユミというのは睦の友達らしい。勤めていた図書館の常連客だったとか。小学四年生、九歳の友達だ。下手すれば甥《おい》や姪《めい》の年齢であってもおかしくない子供を、友達だと言うのは可笑《おか》しなものだが、睦は本当に対等な付き合いをしているのだろう。

「絵のお金が入ったから、なにかあげるよってユミちゃんに言ったんだ」

――土産だのプレゼントだのを買って寄越すところは、睦のほうが大人らしいか。

天崎《あまさき》代議士の娘、志織《しおり》が紹介してくれたのがきっかけで、睦は絵の仕事を受けることになった。児童書のカバーイラストだ。次の仕事の依頼までもらった。正直、幼い頃から絵心は皆無の来栖には、睦の絵のどの辺りに商業的価値が見出されたのか判らなかった。

抽象的すぎる。来栖にとっては、やはり幼馴染みの絵は『なんとなくいいような気もするけれど、なにを描いてるのかさっぱり判らない』、そんな理解に苦しむ絵でしかない。

けれど、嬉しかった。幼馴染みの才能が、自分のことのように誇らしく思える。与えられた仕事を楽しんでいる睦の姿を見るのは、ホッと胸を撫《な》で下ろす瞬間でもあった。

自分はいつも、睦を振り回してばかりだ。自分の都合で縁を絶ち、自分の罪悪感を埋めるために手紙を書いた。結果的にそれは睦を東京へと呼び寄せ、そしてまた今度は地元へ帰ろうとする睦を身勝手に引きとめた。

来栖は2LDKの部屋の一つを整理し、睦に与えた。寝所兼仕事場になった部屋で、睦は気持ちの向かうまま絵を描いてる。始終開けっ放しのドアからは、床に蹲《うずくま》って楽しそうに絵を描いている睦の姿が見え、来栖を安心させた。

再会をきっかけに手にした仕事だ。自分の我儘《わがまま》が、ただ意味もなく幼馴染みを振り回してばかりではないのはせめてもの救いだった。

けれど一方で……睦を東京に引きとめているのは、やはり自分なのだとも思い知る。都会でなくとも、絵は描き続けられる。親元で好きな仕事をする。睦にとってはそれが本当は最善の暮らしのような気がした。

「買ってきたよ！　鳥だけど、いいかな。いいかな？」

「ああ、いいんじゃないのか。結構可愛いじゃないか」

睦が売店で買ったのは、干支《えと》の根付がついたキーホルダーだった。丸っこい小さな鳥は鶏のようだが、神社の御守りグッズとは思えないファンシーなできだ。

満足そうに睦がバッグにしまうのを待ち、歩き出した。こうして並んで歩いていると、否応なしに高校時代のことを思う。一緒に過ごした日々はどんなだっただろうか。いつの間にか、会話の内容もよく思い出せないほどの、古い記憶に変わっていた。

隣で睦の体が歩みに合わせて揺れる。二十七歳にもなってダッフルコートが着こなせてしまう男はそういないだろう。決して童顔というわけでもないのに違和感のない幼馴染みは、不思議な雰囲気を持っていた。

病は気から……じゃないが、着こなしも気の持ちようなのかもしれない。たぶん当人がなんの抵抗もなく袖《そで》を通しているから浮いて見えないのだろう。

「睦」

「……なにクルちゃん？」

少し先を歩き始めていた睦がこちらを振り向く。ふわり、ひらり。襟足《えりあし》のところで無造作に束ねられた栗色の髪が、愛玩犬《あいがんけん》の小さなしっぽのように揺れた。

「髪、伸びてきたな。切らないのか？」

伸びてきた襟足の髪を、睦は近頃結ぶようになった。随分長くなったのだと感じる。

「切るよ。東京に戻る前に、島村《しまむら》のおじさんのところで切ってもらう」

「そうか」

『島村のおじさんのところ』とは、近所のスーパーの隣にある床屋だ。来栖も子供の頃はよくそこで散髪してもらっていた。睦と隣同士、並んだ椅子で切ってもらうなんてこともしばしばだった。

「クルちゃん、お参り終わったね。うちに寄って帰らない？　お母さん、久しぶりにクルちゃんに会いたいって言ってた」

「うーん、悪いが今日は無理だ。夕方から客が来るんだ」

来栖は腕時計で時刻を確認しながら応《こた》える。

午後四時、昼過ぎからのんびりと向かった参拝には、思ったよりも時間を費やしていた。

「お客さん？」

「ああ、文香《ふみか》の客だ」

妹の文香の来客なのに、何故《なぜ》来栖が急いで帰らなければならないのか。睦は不思議そうな顔をしている。

「そっか。お母さん、夕飯も一緒にどうかなって言ってたんだけど……うん、判った。しょうがないね」

日はオレンジ色に変わり始めていた。目指す出口の鳥居は逆光を浴びて影のように聳《そび》えている。境内の外では、堀をつくる池の水面《みなも》が、傾く日差しを鱗《うろこ》のようにキラキラと反射していた。水中から現れ、実際に鱗を煌《きら》めかせている鯉の姿もそこにはあった。

「クルちゃん、コイだよ、コイ！」

穏やかな景色に来栖は目を細める。景色の中心には、池を覗《のぞ》き込む幼馴染みの姿。色素の薄いその眸《ひとみ》もまた、輝く水面に眩《まぶ》しそうに細められていた。

「ああ、大きいのがいっぱいいるな」

返事をし、少し迷ってからまた口を開く。睦の母はどうして自分に会いたがっているのだろう。懐かしんで昔のように……ならいいが、なにか話があったんじゃないだろうか。

「……なぁ睦、おばさん、なにか言ってたか？」

つい声が重くなってしまった。幼馴染みは池を見つめたままのんびりとした反応だ。池の縁《へり》に立つ人影に気がついた鯉たちが、ゆったりと群れをなして集まってきている。

「ん？　だから夕飯、一緒に食べてほしいって」

「いや、夕食の話じゃなくてほかになにか……」

「なにかって？　えーっと、あ……『カットされすぎてたわね』って」

「カット？」

「昨日、みんなで映画観たんだ。テレビでやってたやつ。それで『編集』とかいうのしすぎてたってお母さんが……あれ、言ったのお父さんだったかな。前にビデオを借りて観たやつだって言って……あ、俺はもう東京に住んでたから、ビデオは一緒に観てないんだけど……」

「睦、あのな……そういう『話』じゃなくてさ。おまえの今後のこととか、その……俺との同居のこととか……」

返事がない。聞いているのか、いないのか。

視線の先を辿《たど》ると、睦の目線は池の傍らの立て看板に向かっていた。注意書きとともに書かれた言葉を熱心に目線で追った幼馴染みは、池の水面で口をぱくつかせている鯉と看板を何度も交互に見やる。

苦笑するしかなかった。話を戻すタイミングを逃した来栖は、再び元の面映《おもはゆ》いような表情を浮かべる。

「買いにいこうか、睦」

声をかければ、待ち侘《わ》びていたかのように顔を上げてくる。

「え、いいの!? クルちゃん、時間は……」

「まだ少しぐらいある。やってみたいんだろ?」

無意識に手を伸ばし、来栖が髪をくしゃりと一撫でると、幼馴染みの唇は笑みを形づくった。指に触れた髪は冷えていたが、手首を掠《かす》めた額は睦の体温でじんわり温かかった。

看板には『鯉のえさは売店で売っています』と書かれていた。


「お兄ちゃんに文句は言わせないから」

氷のなくなったアイスペールを手に来栖が台所に向かうと、包丁を手になにやらツマミを用意している文香と鉢合わせた。

一言も発しないうちから言われ、来栖は眉《まゆ》を顰《ひそ》める。

「なんだよ? 随分だな、文香」

「だって当たり前でしょ。今頃やっと会ってさ。家に寄りつきもしなかった人に、今更とやかく言う権利があるわけないじゃない」

「とやかく言うつもりはないよ。よさそうな奴じゃないか」

よさそう、そう口にした途端に文香の表情が緩む。膨れ気味だった頰は幾分照れたように染まり、口元にはにかんだ笑みが浮かんだ。

「ホント？　本当にそう思う？」

「むしろ、おまえでいいのかって訊《き》きたくなるよ」

冗談で返せば、文香の口元は少しへの字に戻った。

居間には母親と、そして文香が連れてきた男がいる。

妹の恋人。電話では何度も話に聞いていたが、実際に会うのは初めてだった。短大卒業後に入社した会社で同期だという男は、文香より一つ年上で……つまり自分と同じ年だった。

声を裏返らせながら敬語で挨拶してくる男に、最初は戸惑った。

某国立大学卒、仕事は国会議員秘書。堅苦しそうな経歴ばかりが伝わっていたらしく、男は妙に自分に対して身構えていた。けれど、それも初めのうちだけ。夕食のあとに母親の用意したウイスキーを飲むうち、男と来栖は打ち解けてきた。

真正直そうな男だ。際立ってハンサムなわけでも、話し上手でもなかったけれど……休日に夫婦で買い物に出かけたり、子供と遊んでやったりしている姿がふと想像できてしまえるような男だ。

素直に好感を覚えた。

交際五年。充分な付き合いを経て、妹と男は六月にゴールインする。来栖に反対する理由はなかった。

「ジューンブライドか。おまえって案外形に拘《こだわ》る奴だったんだな」

「なによ？　たまたま六月になっただけだもん。ちゃんと来てね？　仕事が忙しいは通用しないんだからね？　だいたい式は目前だってのに、お兄ちゃんが今日初めて会うなんて遅すぎるにもほどがあるんだから。当日初顔合わせするつもりだったんじゃないでしょうね？」

大学時代、そして就職後と、なにかと忙しさを理由に帰省を避けてばかりいたせいで、信用度は限りなく低くなっている。

交際中も家を何度も訪ね、母親にもオープンな付き合いを見せていたという妹の恋人のほうが、自分よりもずっとこの家に馴染んで見えた。

「バカ、そんなわけないだろ。結婚式だってな、楽しみにさせてもらってる。よかったな、文香。いい男が捕まって」

「なによもう〜、それじゃまるで私が結婚してもらうみたいじゃない。貸して、氷入れにきたんでしょ？」

アイスペールを来栖の手から乱暴に奪うと、文香は冷蔵庫に向かう。

「ああ、少しでいいから。入れすぎるとまた溶けちまうし」

長い髪を無造作にバレッタで束ねた文香の横顔を見る。会うたびに妹が美しく変わって見えるのは、滅多に会わないせいだろうか。『綺麗になった』なんて口が裂けても言わないが、いつからか来栖は密《ひそ》かに感じていた。

「ツマミにチーズ切ってくれてたのか。この辺のスーパーじゃ売ってないだろ、こういうチーズ。彼氏が来ると違うもんだな」

「そんなこと言うなら、お兄ちゃんは食べなくていいから」

照れ隠しに憎まれ口を叩くと、それ相応に応酬される。

アイスペールを手に、居間に逃げ戻った。母親と男の元で、再びウイスキーを飲み始める。

男が帰ったのは十一時頃だ。母と来栖は玄関で見送り、文香は門のところまでと言って男とともに表へ出ていった。

来栖は二階に上がった。アルコールのせいで体が重く、少し横になりたかった。

物の少ないがらんとした二階の部屋は、かつての自室だ。引っ越しの際に残していったベッドが、そのまま自分が帰省した際の寝床になっている。

スプリングのへたった古いベッドに、来栖はごろりと横になった。

部屋に染み渡った冬の寒さが肌を刺す。エアコンをつけるのも億劫《おっくう》で、毛布だけを引き被《かぶ》ってそのまま目蓋《まぶた》を閉じる。

声が聞こえた。門扉のところで話をしている妹と男の微《かす》かな声が、静かな部屋まで響いてくる。散々一緒にいたのに別れがたいのか、来栖は目を閉じたままふっと笑った。二人だけで話したいこともあるのだろう。

しばらくして声は急に聞こえなくなった。

――こんな遅い時間に駅まで送るつもりじゃないだろうな。

焦りは玄関ドアの開閉音に杞憂《きゆう》に終わる。母親と文香の話し声が、階下から聞こえ始めた。

さざなみのような二人の声を耳に目を開く。少し眠るつもりが、睡魔はすぐ傍《そば》にいながらも降りてはこない。顔面を覆った腕を外すと、明かりを落としたままの部屋に差し入る月光が、来栖の顔をも照らし出した。

ぼんやりと部屋の空間を見つめる。

のそりと起き上がり、以前は勉強机のあった壁際の場所に立ってみた。

いつも、ここから見ていた。勉強の合間のふとした瞬間に、ときには物思いに耽《ふけ》りながら、気がつけば目を向けていた。

窓の向こうの幼馴染みの部屋に。

窓辺に歩み寄り、来栖は表を見た。人も部屋も時の流れに任せて変わっているのに、窓から見える景色は怖いほどなにも変わらない。明かりの消えた部屋は、垣根と塀を挟んだだけの至近距離に見える。

なにより大切にしていた。そしてなにより怖かった、幼馴染みの存在。どうして睦なのだろう。どうして自分は睦を欲しがるのだろう。そんなことは何度も何度も、うんざりするほど考えた。

数式や英文問題がいくら解けても、その答えだけは判らなかった。

睦の純真さが、心を惹《ひ》きつけてやまないのだろうか。けれど、それだけが答えではない気がした。

八年かけて判ったのは、自分の気持ちに変化のないこと。

傍にいてほしい。その姿の見える距離、声の届く距離に。同時に——今も遠く離れてしまいたいと考える夜がある。

長い月日の間に、やっと打ち消したはずの欲求が頭を過《よぎ》る夜。

睦を抱きたいのかといえば、そうだろうと思う。好きだから。好きだから抱きたいと、シンプルに感じる瞬間がある。

睦は自分を好きだと言う。

睦が、誰より自分を慕っていると知っている。ずっと、ずっと忘れてしまうほどの昔から。けれど、それが恋と呼べるほどの感情なのだと知らされてなお、迷いは消えない。

からり。来栖は窓を開けた。

真っ暗な窓が、すぐ向こうに見える。睦はもう眠っているのだろう。

尖《とが》った冷気に肌が痛む。窓枠に手をかけると、サッシの凍りつくような冷たさが指先に伝わってきた。

肩の辺りに布団の感触がまだ残っていた。

伸びた髪は襟足のところで綺麗に反り返っていたし、声もすっきりとしない起き抜けの鼻声のままだった。

けれど睦は、すっかり目覚めていた素振りで言った。寝惚《ねぼ》けた半目を擦《こす》りながらも、『じゃあ、行こっか』と幼馴染みの男に向かって笑いかけた。

「急がなくていいって言ってるだろ」

玄関に立つ来栖が呆《あき》れた顔を見せる。睦はもうスニーカーに片足を突っ込んでいた。今日にも『島村のおじさんのところ』こと『床屋』で切る予定だった髪を、黒ゴムで無造作に束ねながら、もう一方の足も突っ込む。

肌寒い冬の日の午前中。つい十分ほど前まで布団を引き被っていたのが嘘のようだ。幼馴染みの来訪に、睦はすぐさま飛び起きた。

『レイダーマンを観にいかないか？』

街のデパートの屋上でアクションショーがあるのだと来栖は言った。

二つ返事の睦はがくがくと首を振って頷き、一目散に部屋に駆け戻って着替えを済ませた。焦るあまりセーターが後ろ前になったが気にしない。コートを羽織ればほとんど見えず、どうせデザインだって後ろも前も大差ないローゲージ編みのセーターだ。とりあえず問題はなかった。

「急に出かけてよかったのか？　せっかく実家に帰ってんのに、昨日も今日も出かけさせてまずかったよな……」

駅に向かう途中、家にいた睦の両親を気にかけて来栖が言う。

「ん、大丈夫だと思う。夜は家にいるから。明日も明後日《あさって》も、俺は家にいるし。クルちゃんは？　クルちゃんは、もう明日帰るんだよね？」

「あ、ああ、火曜から仕事だ。仕事っていっても、パーティに出るだけなんだけどな」

「パーティ？」

「議員が出られないから、代理出席が必要なんだ。ほかの人もそれぞれ忙しいし。だいぶ慣れたっていってもまだ事務所に入って二カ月だからな、休みはそんなに取れないよ」

「ふーん」

クルちゃんの仕事は変わっていると睦は思う。

あるときは車の運転、またあるときは街頭でチラシ配り、事務職のサラリーマンのように机につきっぱなしの日もあるかと思えば、こうしてパーティに出るのが仕事だとも言う。

ヘンな仕事だ。でも、クルちゃんが満足ならそれでよかった。

選挙が終わり、職ナシになったと言っていた幼馴染みが仕事に復帰したのは一月の終わり。前職の代議士の紹介で、現職衆議院議員の私設秘書になったのだと来栖は言った。でも、落選はしたものの、世話になった代議士が立候補すればまた手伝いたいとも。

仕事は忙しそうだけれど、嫌な顔はしない。変な顔色になったりしないし、眉間《みけん》に皺《しわ》を寄せてばかりでもない。

子供の頃あんなになりたがっていた車の運転手さんではなく、やっぱりギインヒショというやつだけれど、クルちゃんが楽しければそれでいい。

段違いになってしまっていたコートのボタンを直しながら、睦は隣を歩く幼馴染みの横顔をちらりと窺《うかが》う。少しばかりくたびれてもまだ捨てきれずにいる母親手製のマフラーを巻きつけながら、ふとこんな日が過去にもあったような気がした。

休日の朝早くにクルちゃんがやってきた。『レイダーマンを観にいこう』と誘ってくれた。寒い日だった。寒くて自分は玄関先で震えていた。慌てたせいで服のおかしな自分に、クルちゃんはたしか『急がなくていい。待ってるから』と言ってくれた。

あれはいつのことだろう。そんなやりとりは子供の頃から何度もあった気もするし、その日が特別だったような気もする。

「睦？」

歩調の落ちた睦を来栖が訝《いぶか》る。睦は首を振った。『なんでもない』と言って、再び弾むように歩き始めた。

街のデパートには正午過ぎに辿り着いた。下層の階の休日の混雑とは対照的に、屋上は落ち着いていた。屋上というから吹き曝《さら》しの外かと思いきや、室内遊技場の片隅だ。ステージ前は、最前列で構えてはりきる親子連れもいたが、大半の親は買い物疲れを癒すために子供とベンチに並び座っているようだった。

ショーは一時から始まった。レイダーマンが走る。怪人が叫ぶ。観客の中では子供たちだけが元気だった。喝采《かっさい》と呼ぶにはマナーも秩序もないけれど、熱演に応えて歓喜の声を上げた。

「なんか、昔と変わりすぎてないか？　目が青いぞ、いつから外国人のレイダーマンになったんだ？」

色もデザインも変わりすぎたコスチュームに、来栖がぽつりとぼやく。

「これね、今テレビでやってるやつだよ。二十二代目なんだ。目が青いのは生まれたときに青い石……ガンセキとかいうのを吸収したからで……」

知る限りのことを伝えようと、懸命になる睦に来栖が笑う。

「レイダーマンのことになるとよく覚えてるんだな、睦。説明は後で聞くよ。見なくていいのか、レイダーマン？」

少しからかうような口調で言われ、あっとなる。

不思議だ。あれほど好きなレイダーマンなのに、クルちゃんのほうがずっと気になる。クルちゃんの姿なら、今は毎日のように見ているというのに。

一緒にいる。同じ家で眠り、同じ家で目覚める。睦は夜は十一時には布団に入る習慣で、来栖の帰りがそれ以降になる日も少なくはなかったけれど、大抵起き出して出迎える。一目も見ない日は滅多になかった。

けれど、ふとした瞬間来栖が遠く感じるときがある。

それはほんのちょっとした瞬間。深夜に目が覚め……居間でテレビを見る来栖の元に近づいたときとか、風呂上がりに濡《ぬ》れた頭もそのままに隣に並び座ろうとするときだとか。

ソファの隣に腰を下ろそうとすれば、すっとなにかを思い出したように立ち去られてしまうことがある。

『寝るときはテレビは消してくれよ』

『ちゃんと頭乾かせ、背中まで濡れてるぞ』

何気ない言葉をかけて部屋を出ていく男の表情は普通だった。眉間に皺はなく、笑みすら浮かんでいた。

好きだから傍にいたいと思う。ほんの少しの距離を遠く感じる。

クルちゃんはそうじゃないんだろうか。それとも、好きじゃないからそうは思わないんだ

く。

まるで定員一名の乗り物みたいだ。自分が近づけば、するりと部屋から来栖は抜け出ていく。

擦れ違いの理由が少しも判らない。

ろうか。


こんな風に間近に座って顔を見るのは、久しぶりの気がした。

心臓がどくどく音を立てる。スーツを着て髪をびしっと整えている来栖もカッコイイと思うけれど、普段着の幼馴染みが睦は好きだ。寝起きの妙な癖のついた頭を見るのもなんだか嬉しい。

睦はショーを観る傍ら、幼馴染みの顔ばかり窺っていた。途中からは来栖の顔を見る合間にショーを観ているんじゃないかというぐらい、隣ばかり気にする。

そんな自分に気がついているのかいないのか、男は黙ってショーを観ていた。面白そうでもないけれど、退屈している風でもない。

ショーが終わると、ステージ上では握手会が始まった。ぞろぞろと子供たちが列をつくる。

駆け寄りたい気持ちを抑えて睦がもじもじしていると、来栖が背中を押すように言った。

「握手してこいよ」

喜び勇んで列の最後尾に並んだ。引率の大人たちも一緒になって並んでいたから、特に目立って浮くこともなかった。

順番がやってくる。握手をしてもらう瞬間、睦は来栖のほうを見返し、手を振った。

ひらり。幼馴染みは軽く手を振って寄越す。それから少し周囲を見回し、ベンチに腰かけたまま、黒いブルゾンに包まれた腕で睦のよく知るポーズを取ってみせた。レイダーマンのポーズ。ほんの一瞬だったけれど、睦が気がつくには充分だった。

遠目だったから、来栖が笑ったかは判らない。嬉しさに睦の顔には自然と笑みが浮かび、そして急に小さな震えがきた。

なんだろう。家を出るときにも感じた奇妙な感覚が、体を巡る。

既視感なんて言葉も、デジャブなんて外来語も睦は思い当たらなかったけれど、感じたのは確かにそう呼ばれるものだった。

前にもこんなことがあった。

あれはそう、ずっと昔。ずっとずっと昔の記憶。でも忘れようのない、高校最後の冬の思い出――

長い別れの前、来栖と最後に出かけた日の記憶は睦の胸に『不安』という形で姿を現した。

来栖が睦の口数が少なくなっていると気がついたのは、ショーが終わり、昼食について声をかけたあたりからだった。

『昼飯、なにか食いたいものあるか？』

『……クルちゃんが食べたいのでいい』

『どれにする？』

『……クルちゃんと同じのでいい』

店を決めるのもメニューを選ぶのもこんな調子。すっかり自己主張をしなくなった睦は、表情までも失っていた。いつもクルクルとよく動く眸は、ぼんやりと虚空を見つめたまま。口を開く前には、長々とした『無言』の前置きまでつく。

睦がこういう顔をするときは、大抵なにか考え込んでいるときだ。

カフェで注文したランチプレートは、会話もなく平らげられていった。

観終えたばかりのレイダーマンショーの話を振ってみてもあまり乗ってこない。ほとんど上の空。唯一睦が激しく反応したのは、勘定を済ませようとしたときだった。

『払うよクルちゃん！　自分で払うから！』

まだ奢《おご》るとも言っていないのに、伝票に触れた途端に睦は叫んだ。

たしかに奢るつもりでいた。こんなに察しのいい幼馴染みは珍しい。伝票を握りしめた睦は、頑《かたく》なに自分で支払うと言って聞かなかった。

その理由が判ったのは、駅から家までの帰り道だ。

話の弾まない食事はあっという間に終わり、どこに立ち寄るでもなく家路につく。まだ日も暮れるには早い時間で、来栖はさり気なく遠回りして帰るのを勧めた。

急に元気をなくした訳が聞きたかった。

けれど、睦は重い口を開くどころか、ますます強張《こわば》った顔をして俯《うつむ》き歩く。

「睦、どうした？」

コートの袖の端を握るようにして拳《こぶし》をつくり、両手をだらりと下げた幼馴染みがとうとう足まで止めてしまったのは、川沿いの道に差しかかったときだった。

「おい、睦？」

振り返り、顔を覗き込む、首を捻《ひね》って覗かねば見えないほど、睦は深く俯いてしまっていた。

「……クルちゃん、もしかして嫌いになった？」

やっと返ってきたのは、そんな言葉だ。

「は……？」

「俺のこと、嫌いになった？」

二度目はもっとはっきりと口にした。

「嫌いって……なに…言ってるんだ、おまえ」

「だって、クルちゃん変だ。クルちゃん……優しい」

優しい。そう言った睦の拳は小さく震えていた。

「レイダーマン観て、クルちゃん笑った。優しくて、お腹空《なかす》いてたらご飯買ってくれて、お金いらないって……」

断片的で要領を得ない。

ぽつりぽつり。思いつくままに言葉に変えているようで、睦自身ちゃんと把握しているのか怪しい。ただ判るのは、拳を震わすのは冬の寒空のせいなんかではないこと。

一つ口にするたび、睦は震えていた。

とにかく落ち着かせようと河原に下りる階段に腰を下ろし、来栖は思い出した。

すぐそこだ。すぐ傍の土手の草むらにあの日並び座った。場所もちゃんと覚えている。

あの日、自分は睦に言ったのだ。東京に行くと。『また会える』と約束し、そしてその約束は守れなかった。

「クルちゃん……会えなくなるのは嫌だ。優しくなくていい。会えなくなるの、嫌だから」

繰り返す睦の言葉が痛い。

感じ取られていた。あの頃と同じ迷いを未だ残したままの自分を、ずるさや疚《やま》しさを空々しい優しさでひた隠しにし、今にも逃げ出しそうな自分を——

「……会えなくなんかならないよ。ただ、俺は……」

抱えた膝《ひざ》の間を見下ろしていた睦が、こちらを仰ぐ。

「ただ?」

「おまえは、本当はやっぱりここに戻るべきじゃないかと思うだけだ」

「……なんで？」

「おまえの仕事はこの町でもできるだろ？　わざわざ向こうに住む必要なんかないんだ」

その事実から、目を背けられない。高ぶる気持ちに背中を押されるまま引き止めたのは、たった数カ月前のことなのに、日を追うごとに圧しかかってくるのは現実へのプレッシャーばかり。冷静になれば、駄目だ駄目だと諌《いさ》める自分がいる。

「でもあっちでもできるよ？　わざわざこっちに住む必要もないよ？」

理屈も理論も、ましてや相手を論破しようなんて考えもない。けれど、睦の率直な言葉は大抵当たっている。

そうだ、問題は仕事じゃない。

本当に問題なのは——

「おばさん、なんて言ってる？」

「な、なんてって？」

「おまえが東京でいつまでも暮らすの、歓迎してないんじゃないのか？　本当は早く帰ってこいって言われてるんじゃないのか？」

睦は黙り込んだ。

嘘のつけない幼馴染みを、来栖は少しだけ苦く思った。自分を騙《だま》してくれたらいいのに、なんて勝手な思いが一瞬頭を過った。

「睦、不自然なんだよ。今は大丈夫かもしれない、でもどうせいつかは一緒にいられなくなる」

なにもしなければ、どんどん先の細くなっていく平均台みたいな道だ。今も不安定だが、行く末はもっと危うい。

「いつかっていつ？　どうにもならない？」

周りを納得させる方法なんてあるだろうか。

すべてを犠牲にしてでも手に入れようとすればいいんだろうか。

できるわけがない。そう考えるのは周囲への誠意か、単に優等生に生きてきた自分をこの期《ご》に及んでも変えられないからか。

「わか…判んない。クルちゃんの言ってること。どうして今帰らなきゃいけないの？　一緒にいるって、傍にいてって言ったの、クルちゃんだよね。嘘だった？　もう、本当じゃなくなった？」

裏表ない真っすぐな眼差《まなざ》しが自分を見る。

いっそ、自分も嘘がつけなくなればいい。そう思いながらも、来栖は黙り込んだ。

沈黙を肯定だと感じたのか。睦もそれきりなにも言わなくなった。

ただ二人で石段に並び座り、川辺を見つめた。あの日、飼い主に引かれて川縁を歩いていた犬の姿はない。とっくに他界した犬は、もう二人の記憶の中に存在するだけだ。

空は高く、ほかに散歩をする人影すらない景色は、寂しくも寒々しい。

白い。かさつく唇の間から吐き出した息が、ぼんやりとした輪郭を形づくり、そして空の中へ溶け込んでいった。

一度は生まれたと思ったものが、捉《とら》える間もなく失われていく。

来栖は小さく苦笑していた。

自らを嘲《あざけ》るように笑い、そして再び生まれた白い息に指先を翳《かざ》した。触れられぬものは、来栖の指に温《ぬく》もりすら与えることなく、再び何度でも掻《か》き消えていった。

◇◇◇

とんとん。かたかた。くつくつ。

ほとんど記憶に残っていないにもかかわらず、この世には無条件に郷愁を誘う音がある。

母親が朝飯を作る音もその一つだ。

妙に狭く霞《かす》みがかった視界に目を擦りながら、家の階段を下りる来栖は、台所から響いてきたその音に懐かしさを覚えた。

とんとん。かたかた。くつくつ。

母親が味噌汁《みそしる》の具を刻む音。火にかけられた鍋の蓋が揺れ、沸騰した湯が沸き立つ音。味噌の香りが鼻腔《びくう》を擽《くすぐ》り、くんと鼻を鳴らす。台所に続く間口に立つと、具を鍋に落とし入れていた母親が気配に振り返った。

「貴文《たかふみ》」

なんだろう。呼ばれて違和感を感じた。

父が先立ってからというもの、朝食は各自で準備するようになっていた。母が早朝から勤めに出るようになったからだ。拭《ぬぐ》えない妙な感覚は、朝から味噌汁の匂いのする台所など、もう記憶から消え去っていたからだろうか。

母親の顔を見上げ、そうじゃないと気がつく。

どうしてこんなに……母の顔はこんなに高く、見上げる位置にあるのだろう。

「貴文、どうしたの？　まだ着替えてないじゃないの、早く制服に着替えてらっしゃい」

「え……？」

「一人でお着替えできるでしょ？」

幼い子供に諭す口調で言われ、来栖は自分を見る。水色の子供用パジャマ、小さなふっくらとした手、台所のテーブルの角がすぐ目の前に突き出してくる低い背丈。

来栖は、幼い子供になっていた。

——そうだ、行かなくちゃ。

来栖は、思い出した。

先生や友達の待ってる幼稚園に、行かなくちゃ。

「おかあさん、ぼくのアレ知らない？」

精一杯の早口で喋《しゃべ》る。舌足らずな甲高い声が、台所いっぱいに広がり、母親はエプロンの裾《すそ》で濡れた手を拭いながら困ったように笑った。

「アレって？　お母さん、アレじゃあ判らないわ。ちゃんと言ってちょうだい」

「アレだよ。ぼくの人形だよ」

「お人形？」

「うん、むっちゃんとやくそくしたんだ。今日、レイダーマン、もっていくって」

「レイダーマン？」

そうだそうだ。お部屋で一生懸命捜したのに見つからなかった。だから訊こうと思って下りてきたのだ。なんでこんなに大変なこと、忘れちゃってたんだろう。

「ねぇ、人形どこいったの？　なくなったんだよ、捜しても見つからないんだ。おかあさん、どこにしまっちゃったの？」

歩み寄り、母親のエプロンの裾を摑《つか》んだ。小さな手に揺すられ、母親はますます困った顔をする。まるで来栖が新しい玩具《おもちゃ》をねだったときのように溜《た》め息《いき》を漏らし、そして応えた。

「……なに言ってるの。あれはこないだ捨てちゃったでしょう？」

「え……」

来栖には意味が判らなかった。

「貴文がいらないって言うから、お母さん捨てたのよ?」

「い、言わないよ、ぼくそんなこと」

「お母さんがゴミを出そうとしたら、『これも捨てて』って言ったじゃない」

「言わないよ!」

思わず叫んだ。母親は少し怖い顔になった。眉間にうっすらと皺を浮かべ、唇を忙《せわ》しなく指先で引っ掻くのは、母親が怒り出す一歩手前の表情と仕草だ。

「……貴文、なんで嘘をつくの?」

「う、嘘なんてついてない!」

「お部屋にないんでしょう? 最後に見たのはいつ? 覚えてないでしょ? もうずっとずっと前に捨てたからよ。お誕生日会で先生がくれた玩具も捨てちゃったでしょ? お母さん、『記念に取っておけば』って言ったのに、お友達がくれた色紙のメダルも、貴文捨てたわよね? みんな捨てたじゃないの!」

覚えてない。最後に見た日も、手に取った日も記憶にない。でも、昨日まで確かに持っていたはずなのに。

お誕生日会なんて覚えていない。だって自分の幼稚園に入って初めての誕生日は来月のはずで。でも……でも、メダルには少しだけ覚えがある。あれは向日葵《ひまわり》の形をしていた。

鮮やかな、黄色い向日葵——

混乱する。ますます狭くなった視界がぐらぐら揺れ、その真ん中で母親が責めるように自分を見下ろしている。

「でも……でも……」

来栖は声を振り絞った。

「レイダーマンがないと、むっちゃんと遊べないよ。やくそくしたんだ、約束したのに！だから捨ててない、ぼく捨ててないよ！　おかあさん、信じてっ、ぼくなにも捨てたりしないっ……」

息が苦しい。コンロにかけられた鍋の蓋が、弾《はじ》け飛びそうにカタカタと震え、沸き立つ湯がもうもうと水蒸気を噴き上げていた。

怒らないで、おかあさん。ごめんなさい、おかあさん。でもぼく、嘘なんてついてないよ。

絶対に、ついてないから——

「…………っ!!」

意思とは関係なく、体が激しく波打った。

来栖はベッドから跳ね起きた。布団を握り締めた手は、じっとりと汗ばんでいた。

足元の一点を見つめ、自分の置かれた状況を考える。

部屋のドアを誰かがノックした。

「お兄ちゃん、そろそろ起きなくていいの？」

文香の声だ。

そうだ……朝だ。

夢だ。今のはみんな夢——

「今日、東京に戻るんでしょ？　寝坊なんて珍し……」

そろりと開かれたドアを、来栖はまだどこかすっきりとしない頭で見る。体を起こしてはいるものの、明らかに放心した顔で妹を見てしまうベッドの上の自分に、文香は怪訝《けげん》な顔をした。

「お兄ちゃん、どうしたの？　すごい汗かいてるよ？」


「見送りなんかいいって」

昼少し前に来栖が荷物を纏《まと》めて階下に下りると、母親がついて出ると言って、身支度を整えているところだった。

「ちょうど街に買い物に行こうと思ってたのよ。どうせならお昼も駅の周辺で食べましょう？　貴文、仕事は明日からって言ってたわよね？　じゃあそんなに急いで帰ることもないじゃない」

「けど……」

「こないだお友達と一緒に行った美味《おい》しい店があるの、もう一度行きたくって。付き合ってちょうだい。文香も行けたらよかったんだけど……」

今日は仕事の文香は来栖を起こすとすぐに出かけていった。

この年になって、母親に駅で見送られるなんて気恥ずかしい。断固断ろうと思ったが、いそいそとめかし込んでいる母の姿を見ると、言い出せないままになる。

新幹線の発車する街の駅までは、電車で向かった。母親と二人きりで電車に乗るのは何年ぶりだろう。

なにを話していいのやら。妙に身構えてしまい、しばらくは無口になっていた。

来栖が口を開いたのは、並び座った座席の向かい側に、赤子連れの若い夫婦を目にしたからだ。

「なぁ、母さんこれからどうすんの？」

「どうって？」

「文香が嫁に出ていったら、母さん家に一人だろ？　大丈夫なのかなと思って」

「あら、貴文だって東京でずっと一人で暮らしてたじゃない。私だって平気よ」

「寂しいだろ？」

「……まぁね。そりゃあ、寂しくないって言ったら嘘になるけど。でも普通でしょう。子供が巣立っていくときなんて、喜び半分寂しさ半分、みんなそんなものじゃないの？」

母親は笑った。苦笑してからこちらを見ると言う。

「次は貴文の番ね。前に話してくれたお嬢さんはどうしたの？　結婚するかもしれないって言ったでしょう？」

「破談になった。っていうか……やめたんだ。悪いけど、俺は一生結婚はしないよ」

睦とこの先ずっと一緒にいられるとは思っちゃいない。けれど、だからといってほかの誰かと恋をする気もない。十年できなかったものが、この先何年たったところでできるはずがない。

あっさりした応えに、母親は驚いていた。

「……そう。でも、だったら早く言ってちょうだいよ。どんなお嬢さんを紹介されるのかと思ってドキドキしてたんだから。まぁ、貴文のことだから……よっぽど家柄のいい政治家のお嬢さんかなにかだろうとは思ってたけど？　母さん、そんなご家族だったら頭が上がらなさそうで本当言うと嫌だったのよね」

当たらずといえども遠からず。いや、完全に読まれている。母親らしい的確な分析に、来栖は気まずさを覚えて苦笑うしかなかった。

「にしても、一生しないだなんてどうしたの？」

「……別に。ただ……結婚は本当に好きな相手とするものだなって気がついただけで」

「……貴文、随分と変わったのね」

母親はうっすらと微笑《ほほえ》む。

「でも、だったら好きなコと結婚すればいいでしょ。あなたがどんな人連れてきたって、お母さん本気なら反対しやしないわよ」

来栖は沈黙した。ほんの一瞬だが妙な間が空いてしまい、口を開きづらくなってしまった。なにを言っても、誤魔化しや言い訳になってしまう。そんな風に怯《おび》えるのは、たぶん心に隠し事があるからだ。

電車が揺れる。車輪がレールの継ぎ目や歪みを越えるたび、車両は不規則に揺らぎ、車窓の景色は小刻みに震える。来栖は口を閉ざしたまま、流れゆく懐かしい街並みをただじっと見据えた。母親もそれ以上追及しようとはしなかった。

月曜の駅は混雑していた。チケットを購入済みの新幹線の時刻までは、早めに家を出たのでかなりの余裕がある。母親の希望どおり、オススメの店とやらで食事を取ることにした。

そのレストランは駅に隣接したデパートの中にあった。

「貴文、なにか欲しいものある？」

脇を通りかかった紳士服コーナーで、母親は不意に足を止めると、棚に綺麗に陳列されたネクタイを眺めながら言った。

「大丈夫だよ、いらないよ。ネクタイは随分買い揃《そろ》えてるし。だいたい俺のほうが母さんになにかプレゼントする年だろ？」

二十代も後半になれば、両親に買い与えられるよりも、贈るほうに喜びを覚えるのは普通だろう。

「今度帰ったら、文香も連れて買い物に来よう。母さん、それまでに欲しいものを考えておいてくれよ」

気を利かせたつもりが、母親は少し寂しげな顔をした。

前にもこんな会話をした気がする。

『欲しいものはなに？』

『いらないよ、なにも欲しくないから』

ああ、そうだ。誕生日だ。父が死んでから、初めての誕生日。『プレゼントはなにがいいか』と母に訊かれ、必要ないと応えた。大黒柱を失い、家計を案ずるようになったのもある。けれど、一番の理由は……やはり、その通夜の席で伯母に知らされた真実だった。

養子。その事実は、来栖を戸惑わせた。実の親だとなんの疑いもなく信じて暮らしてきたせいか、生みの親への思慕はまるで湧《わ》かず、二人が自分の親だという気持ちになんら変化はなかった。

けれど、今までにない遠慮が芽生えた。

『欲しいものはなにもない』

咄嗟《とっさ》に応えてしまい、そして母は満足して喜んだりはしなかった。

嘘だと気がついたのかもしれない。母親の気落ちした顔に、次の年からは当たり障りのない安価なものを告げるようになった。本当に手にしたいものは、決して知らせないまま……胸の中で消化し続けた。

もしかして——母は、それも知っていたのだろうか。自分があの日、中学の日を境に、少しだけ変わってしまったのをすべて悟っていたとしたら。

なにも訊けない。今更、あれはすべて嘘だったなんて言えない。

母親の顔を盗み見たところで、なにも判らない。

レストランは昼時にしては比較的空いていた。すぐに案内され、二人は小さな窓際の席でテーブルを挟んで向き合った。

白いテーブルクロスが眩しい。行きたがっていた店だろうに、母親はメニューをちらりと開いただけで、なんでも構わないというようにランチを注文した。来栖もそれに倣《なら》う。注文を取り終えた店員は、復唱もせずにテーブルを離れていった。

「今日一緒に帰らなくてよかったの？」

窓の外を見ながら問われる。

「え？」

「睦ちゃんよ、一人で大丈夫なの？」

「ああ……今までも一人で行き来してたっていうから、大丈夫だと思うけど。帰ってくる日は駅まで迎えにいくつもりでいるよ。あいつは今月中はこっちにいる予定なんだ」

急に始まった同居生活を、母はどう考えているのだろう。反対も賛成も、干渉してくる素振りはない。

「そう」

今も母親は短く頷いただけだった。

なにを見ているのだろう。繁華街といっても、東京のような大都市でない街には、さほど目立つ高層ビルもない。店はデパートの最上階で、窓からの眺めはよかった。薄青い空が、今日も街の上空には広がっている。

どことも判らない空を、厚いガラス越しに見据えたまま母親は口を開いた。

「ねぇ貴文、仕事はどうなの？　無職になったって聞いたときは驚いたわよ。新しい先生のとこで上手《うま》くやってるの？」

「ああ、大丈夫だよ。心配かけて悪かったな。次の仕事がはっきりしてから伝えるつもりだったんだけど……」

選挙後に母から電話がかかってきた。職を失った……いや、本来は内定していた新しい勤め先を自分から放棄したと告げた来栖は、母親を驚かせた。

失望させたに違いない。たぶん卒倒しそうなぐらいの驚きだったろう。

「悪かったよ。もうがっかりさせるようなことはしないから」

思い返して謝る。母親は何度か首を横に振り、そしてテーブル越しに来栖を見た。

「正直言うとね、嬉しかった」

「……嬉しい？」

「そう、失業でもなんでも……これで少しは家に帰ってきてくれると思ったらね、嬉しかった。睦ちゃんのおかげかもね……今帰ってきてくれたのも、あのコが誘ってくれたからじゃないの？　新しい仕事、また忙しくしてるんでしょう？　だいたい貴文、『がっかりさせる』ってなんなの？」

母親がなにを言わんとしているのか判らず、来栖はただ見つめ返した。

「判りきったことばかりのはずなのに、親の気持ちってどうして子供に伝わらないのかしらね。そりゃあ、立派な人になってほしいとは思うけど……そのために子供が苦しむのなら、ちょっとぐらい駄目でも、負けたり、二番になってもいいやって思うのが親よ。あなたが自分で選んだ道なら、どんな仕事に移ろうとがっかりなんてしやしないのに」

「母さん……」

「望む生き方があるのなら、それを手になさい」

薄い体が少し身を乗り出してくる。テーブルの上に投げ出した自分の腕に、その手は伸びてきた。

細い腕だ。ブラウスの袖口から伸びた母の腕は肉が落ち、随分と痩《や》せている。来栖の手首の辺りを掴んできたその手は少しかさつき、年老いて見えた。

けれど力強く、母は来栖の目を見据えて言った。

「お願いよ、貴文。あなたはあなたの望む生き方をして。それから……自分に嘘はつかないで。欲しいものはちゃんと欲しいって言えるようになさい」


ぐつぐつと鍋が鳴いている。

コタツに座った睦の視線の先では絶え間なく生まれては弾ける泡が、食材の隙間を縫うようにして躍っていた。

「乃々山《ののやま》、なんだもう食わないのか？　まさか卵焼きじゃないから食わないってんじゃないだろうな？」

筋肉質な太い腕が、ぬっと睦の前に伸びる。睦がいるのはオウちゃんの家だった。冬なのに部屋では半袖シャツ一枚のオウちゃんは、返事も待たずに睦の取り皿にカニの足の山を築く。

「食え、ほら」

「う、うん、ありがとう」

沸き立つ土鍋の中を見つめ、ぼんやりしていた睦は、すっかり止まっていた箸《はし》に気がつく。卵焼きも好きだが、カニだって好きだ。昼には豪勢すぎるカニすきは、三人で食べるにはどうみても多すぎる量だった。

「どんどん食べてね」

コタツで鍋を一緒に囲んでいるのは、オウちゃんのお嫁さんだ。名前は康子《やすこ》さん。カセットコンロの火を調整しながらにこりと笑われ、睦も笑みを返す。

「『乃々山くんはそんなに食べないんじゃない？』って言ってるのに、自分の感覚で買おうとするんだもん、央《ひろし》くんったら。よっぽど遊びにきてくれるのが嬉しかったのね、はしゃいじゃって。央くんとスーパーに買い物に行くとね、カゴになんでも手当たり次第に入れちゃうから大変なのよ」

「なんだよ、入れる傍から棚に戻すくせして。アレもダメ、コレもダメ。乃々山、おまえ俺がこのビールを手にするのにどれだけ苦労してるか判らないだろ？　酒屋の息子がビールを自由に飲ませてもらえないんだぜ？」

そう言って缶ビールに頬擦《ほおず》りしたオウちゃんは、いつもは『はっぽう酒』というのしか飲ませてもらえないのだとぼやいた。『はっぽう酒』というのはビールじゃないらしい。けれど、康子さんはビールだと言いきる。二人はしばし言い合っていたが、康子さんに睨《にら》まれ、オウちゃんはしゅんと萎《しお》れたようになった。大きな体が小さくなって見える。

「酒屋だからって、仕入れはタダじゃないのよ、央くん」

康子さんは年下なのに、まるでオウちゃんのお姉さんかお母さんみたいだ。高校時代にオウちゃんが可愛いって言ってた女の子たちとは全然違ったタイプだけれど、綺麗な人だと思う。そういえば、ここに来る前に挨拶に立ち寄った商店街では、花屋の店主の泉《いずみ》おばさんが『女優みたいなべっぴんさんもらって、西野《にしの》酒店の若旦那は果報者ね』と話していた。

睦が遊びにきたこのアパートは、ちょうど商店街の裏にある。単身者か新婚夫婦向けの2LDKのアパートだけれど、オウちゃんたちは二人暮らしじゃない。

ふんぎゃあ。小さな住人が泣き出し、康子さんは箸を置いた。

「あらあら、今度はなにかしら」

存在を主張するように時折泣き出す女の子は、去年の暮れに生まれたばかりの二人の赤ん坊だった。


鼻が曲がっていないか。

生まれた赤ちゃんを見たとき、オウちゃんも康子さんも一番に確認しようとしたのは、赤ちゃんの小さな鼻だったという。

『俺に似なくてよかったよ』

相変わらず少し右に傾いたままの鼻を擦りながら、オウちゃんはガハハと笑った。

「寺田《てらだ》も来れたらよかったんだけどな。そういや牛島《うしじま》が出所したってよ。今度は真面目に働くって言ってるらしいけど、どうだろうなぁ」

懐かしい名前を耳にしながら路地を歩く。駅まで送ると言って睦とともにアパートを出たオウちゃんは、半袖シャツの上にダウンジャケットを着込んでいた。たっぷりの羽毛で膨れたジャケットは、ますますオウちゃんを大柄に見せていたけれど、外はそんなことを気にしていられる寒さではない。

「昨日から随分冷え込んでるな」

粉雪のちらつく午後、まだ三時を過ぎたばかりだというのに、もう日が沈んだような寒さだ。

「また遊びにこいよ？　ヨメが喜ぶ」

「康子さんが？」

「アイツ、俺なんかと結婚しちまったけど、本当は面食いなんだ。ああ見えてアイドルとかさぁ、テレビ出てると食い入るように見んのよ。ありゃ相当な面食いだね、本当は」

「そうなのかなぁ」

睦に判るはずもない。きびきびと赤ちゃんの世話をしていた彼女を思い返してみたが、想像できなかった。

「おまえってさ、ホントあんまり変わらねぇな。俺なんかもうオッサン入ってきてるってのに、美形は得なもんだな」

寒さのためか商店街は活気なく、人通りはまばらだった。懐かしい店の並ぶ通りできょろきょろと落ち着きなく視線を巡らせながら歩く睦を、オウちゃんは見る。

「なぁ、来栖はなんでおまえと暮らし始めたんだ？」

じっと見入ってから、オウちゃんは呟《つぶや》くように言った。

「おまえ、昔っから言ってたよな、来栖が好きだって。それって……どういう意味なんだ？」

「意味って？」

「俺がその……康子を想うみたいに、おまえは好きなのか？」

「みたいにって……オウちゃんの好きはどういう意味なの？」

オウちゃんは黙り込んだ。ぽりぽりと鼻の頭を掻き、『うーん』と小さく一声唸《うな》る。前にもこんな会話があったような気がした。

「案外難しいもんだな、気持ちを説明するのって」

「そうだね、うん。俺の好きは……いっぱい好きってことだよ。たくさん好きなんだ。俺、クルちゃんがいないとダメなんだよ。今まで楽しいこといっぱいあったけど、それってクルちゃんが一緒だったからじゃないかと思う」

子供の頃、毎日が楽しかった。

いつも来栖と一緒だったから、すべてがキラキラして見えた。

「今日、オウちゃんと会えてすごく嬉しかった。それもね、クルちゃんが今傍にいてくれるからじゃないかと思うんだ。クルちゃんがちゃんといるから、俺いろんなこと嬉しくなったり楽しくなったりできるんだよ」

変なことを言っただろうか。オウちゃんはしばらくまたじっとこちらを凝視していた。

「なぁ乃々山、来栖もさ……おまえを好きなんじゃねぇのか？」

「え……？」

「どんな意味かなんて、アイツじゃねぇから俺には判らないし、判りたくもねぇけど。おまえのその『好き』と同じ形で、アイツもおまえが好きなんじゃないのか？」

睦は足を止める。厳《いか》つい顔を見上げると、オウちゃんは分厚い大きな手のひらを広げて突き出し、『どんな形？　なんて訊くなよ？』と早口でつけ加えた。

「一緒に暮らすってのはさ、パワーがいんだよ。いいことばっかじゃないんだ。嫁さん欲しいって思ってた俺でも、いざ結婚したらしょーもねぇことでケンカするしさ。『出てけこのヤロー』って思ったときもあったもんな」

「ビール飲ませてくれないから？」

「はは、それもあるかもな。とにかく、来栖は自分の生活変えてもおまえといるほうがいいって思ったんだろ。それってすごいんじゃないのか？　おまえをそんだけ好きってことじゃないのか？」

冷たい風が、立ち止まる二人の間を駆け抜けた。寒風は足元に降り積もろうとする粉雪を巻き上げ、身を寄せ合って並ぶ商店の軒先を小さな渦をつくりながら吹き抜けた。

「……判らない。クルちゃん、俺にそろそろ帰れって言うんだ。いつまでも一緒に住めないって」

鼻の奥が、冷たく冴《さ》えた空気にツンとなる。オウちゃんはふうっと白い色の溜め息をついた。

「なんだ、んなこと言われたから今日はぼんやりしてたのか？」

睦は少し考え、小さく頷く。そのとおりに違いない。寒さと痛みに、うっすら鼻先の赤くなった顔を俯ける。

「俺、帰らないとダメかな」

「俺に訊かれても判らねぇよ。おまえはどうしたいんだ、乃々山？」

「お…れ？」

「昔……高校卒業してすぐの頃、来栖を見送りにいく前におまえ言ったよな。来栖が怒るから駅には行かないって、しばらくごねたよな？　おまえは来栖の言いつけ守るだけなのか？もし来栖が『俺のことは嫌いになれ』って言ったらそうできるのか？」

できるわけがない。ぶんぶんと激しく首を振る。

「東京に飛び出てった根性はどうしたよ、乃々山。来栖の居場所も知らずに、みんなが止めても追いかけてったくせに、今更怖いもんなんかないだろ。なんで来栖の言うことだけきこうとすんだよ」

なんで……何故だろう。

クルちゃんが願ってくれたから傍にいられる。望まれなければ、そこにはいられない。

怖い。嫌われるのが怖いから。

好きだから。好きになればなるほど、睦は一挙手一投足、来栖の言葉に振り回される。自分を見失う。

「また十年待つつもりか？　おまえの寿命は一体何年だよ？　その忍耐力はすごいと思うけどな、そろそろはっきりさせたらどうだ」

「はっきり……」

「考えろ。また十年待つのか、自分が欲しいものを手に入れるか。来栖の思いどおりにばっかさせてんじゃねぇ。おまえは神様仏様じゃねぇんだから、したいことはしたい、欲しいものは欲しいってアイツにも我が儘を言やぁいいんだ」

睦は考える。考えた。考えなくても——気持ちは判りきっていた。

別れたくない。

もう、会えなくなるのは嫌だった。

「行くぞ。じっとしてたら凍えちまう」

オウちゃんの大きな手のひらが、コートの背中を促すように叩き、『うん』と応えて睦は素直に歩き始めた。

駅の改札口でオウちゃんと別れた。改札を潜《くぐ》ってホームに出たところでなんとなく振り返ると、急ぎ足で奥さんと赤ちゃんの待つ家に帰っていくオウちゃんの後ろ姿が見えた。ダウンジャケットの大きな背中だった。

電車に揺られ、家路につく。辿り着いた駅から家に向かう睦は、周囲を眺めてふらふらと歩いたりせず、なにかに憑《つ》かれたように真っすぐに歩いていた。今にも走り出しそうな勢いだった。

だから声をかけられるまで気がつかなかった。

「おや、睦ちゃん？」

通りで声をかけてきたのは、床屋の島村のおじさんだ。

「島村のおじさん……」

風に煽《あお》られて捲《めく》れかけた店の入り口のポスターを直しに出てきたらしい。

「睦ちゃん、明日来るって言ってたね。何時頃に来るかい？　午後のほうが空いてると思うけど……」

二十七にもなってちゃんづけで呼ばれ続けるのはおかしいのかもしれないけれど、床屋のおじさんは来栖のことも『貴ちゃんはどうしてるかい？』と訊く。子供の頃を知っている男には、大きくなろうが二十歳《はたち》をとうに過ぎようが二人は子供のままなのかもしれなかった。

睦は問いかけに首を振った。下唇を無意識に嚙《か》み締め、両手をぎゅっと握り締めて左右にかぶりを振った。

「ごめんなさい、やっぱり明日はダメです」

「え？　じゃあ、明後日に……」

「明日は、いないからダメなんです。明後日も、いないからダメなんです。おじさん、ごめんなさい。約束したのにごめんなさい。ごめんなさい」

男は呆気《あっけ》に取られていた。睦は男が止めるまで、何度も頭を下げ続けていた。

◇　◇　◇

来栖がパーティを食事の場だと思わなくなったのは、たぶんこの仕事を始めてすぐだ。

議員やその秘書が出席する集まりは数あれど、会席ならお酌に回り、立食パーティなら名刺交換と、料理に箸をつける暇などほとんどない。初めから終わりまで挨拶回りに費やし、今や並んだ料理はろう細工かテーブル飾りにしか見えなくなってきた。終わったところでホッと息をつき、ファミレスかコンビニ弁当でようやく食事にありつくなんてこともままある。

今日もパーティは名刺配りで終わった。

代理出席した小規模パーティで、きっかり二時間神経を磨《す》り減らした来栖は、会場を出たところで空腹に気がついた。

腹も減るはず、もう午後四時だ。

駅の食堂街の喫茶店で軽食を取った。改札に向かおうと、ショッピング街を横切り、通路沿いの店に目を留める。

ぬいぐるみのサルの打つ、小さなシンバルの鳴る音が聞こえた。プラスチックのくちばしの鳥が、天井から吊《つ》り下げられたブランコの上で何羽もさえずっている。

「ユウちゃんダメよ、こないだ買ってあげたばかりでしょう？　ほら、パパ待ってるんだから早く行くわよ」

手放さない玩具を無理矢理棚に戻され、ぐずり始めた子供が、母親に引《ひ》き摺《ず》られるようにしてその場を離れていく。

普段なら気にも留めないおもちゃ屋の前で、来栖は足を止めた。

レイダーマン人形だ。数種類のポーズを形づくったヒーロー人形が、所狭しと棚に並んでいた。

自分が持っていたのはどんなタイプの人形だっただろうか。プラスチックの剣に、ペラペラのサテンのマントに、バックルがぱかりと開く今となってはどこがカッコイイのか判らない変身ベルト。

一つ一つ手に取ってみる。一昨日《おととい》のやり取りを思えば、買っても睦は喜んだりしないだろう。気が滅入ってくる。

溜め息交じりに棚に戻しかけたところで、不意に脇から声をかけられた。

「来栖くん？　ああやっぱり！」

覚えのある顔と声。レジで勘定を済ませた商品を受け取りこちらに近づいてくるのは、以前同僚だった春山《はるやま》だった。久しぶりに見る顔だ。一男一女の母でもある彼女は、議員の落選を転機に秘書の仕事を辞め、専業主婦になったと聞いている。

「どうもお久しぶりです、春山さん」

「さっきからそうじゃないかなぁって思ってたのよ。どうしたの？　仕事帰り？」

一回り近く年上の春山は、ジーンズにコートの姿だった。普段から男勝りなところのある女性だったが、私事でもひらひらしたスカートを穿《は》く習慣はないらしい。

「ええ、まぁ。これから事務所に戻ろうかなってところです」

「事務所って会館の？　相変わらず仕事熱心やってんでしょ。私は明日甥っ子が遊びにくるから、なにか玩具でもあげようかって思って」

春山は袋を翳し見せる。中にはリボンのかかった箱が入っていた。

同じ方向の電車に乗るというので、別れる理由もなく行動を共する。

「来栖くんもなにか買うつもりだったんじゃないの？」

「あ、いえ……別にすぐ必要なわけじゃないんで。買おうかとも思って見てたんですけど」

ホームに上がったが電車はまだ来そうにない。一つ席の空いていたベンチを春山に勧めた。

彼女は礼を言って腰をかけながら喋り続ける。

「プレゼント？　甥？　姪？　まさか隠し子ってんじゃないでしょ。たしか妹さんがいるんだったわよね？」

「妹は結婚はまだです。近々予定はあるようですけど。その……友人に買おうかと思ったんです」

「お友達？　って、いくつのお友達？」

「同い年の幼馴染みなんですけどね」

ゲームソフトならまだしも、同年齢の友人にヒーローグッズはないだろう。

「ああ、友達のお子さんに？」

早合点した彼女に、来栖は苦笑うしかなかった。

「いや、本人にですよ。レイダーマンが好きなんです。あぁ、特撮オタクとかそういうのとは違いますよ？　まぁ、人形集めたりしてるとこは似てんですけど、まるっきり昔のまんまっていうか……純粋にね、好きなんですよ」

仕方なく説明を始めたつもりが、言葉はするすると滑り出した。まるで子供の頃、何度も滑り降りてはまた並んだ公園の滑り台のように。

「好物は卵焼きで、あとプリンとかオムライスも好きなんです。けど結構拘りがあって、プリンは蒸したのがよかったり、一度言い出したら頑固で引かないところがあったり……」

鉄の坂を滑り降りることのなにが面白かったのか、もう子供の頃の自分に共感はできない。けれど、あのときのわくわくとした喜びは覚えている。心臓が飛び跳ねるような高揚感。睦の話をする来栖には、それに似た感覚が甦《よみがえ》っていた。

誤魔化すように笑っていたはずが、いつの間にか自然と笑みを零《こぼ》してしまう。

ベンチに座り、手前に立つ自分を見上げていた春山がぽつりと一言漏らした。

「子供みたいね」

「まぁ、たしかに」

「違うって、あなたのことよ」

「え？」

「子供みたい、今の顔。ああ、『少年みたい』とか言ったほうがいいのかな、こういうときは」

春山はふふっと人の悪い笑みを浮かべる。

「来栖くんでも、友達の話するときはそういう顔するのね。仕事で見る顔っていったら、無表情か愛想笑いがほとんどだった気がするけど」

そんな風に見られていたとは思わなかった。表ではともかく、事務所内では普通に過ごしてきたつもりが、愛嬌《あいきょう》の一つもない人間に陥っていたとはだ。

「俺、そこまでギスギスした人間でしたか？　そんなつもり、なかったんですけど」

「まぁ、気にしなくていいんじゃない？　忙しい仕事だもの」

両手を口元に寄せ、彼女ははあっと大きく息を吐きつけた。真っ白な息。ホームはじっとしていると爪先がじんと悴《かじ》けてくるほど冷えきっている。

昨日からちらついていた雪は、街を覆い尽くすように幾重にも降り注ぎ始めていた。

「積もりそうね、忘れ雪かしら。来栖くん、今日は仕事早めに切り上げて帰ったほうがいいわよ？」

今度は手を擦り合わせながら彼女は言う。

電車はそれから一分とたたないうちにホームに入ってきた。

来栖が春山の忠告を聞かなかったのを後悔したのは、議員会館を出たときだった。様変わりした白い世界に驚く。雪はもう『積もりそう』ではなく、見事に降り積もっていた。

物好きにもダラダラと仕事を続けた自分を悔いる。帰宅しようと表に出たときには九時を回っていて、ライトアップされていたはずの傍の国会議事堂もすっかり闇《やみ》に覆われている。電車が雪でもちゃんと動いていたのは幸いだった。家の最寄り駅まで辿り着いた来栖は、マンションまでの道程を急ぎ歩いた。

深く息を吸い込むと、雪の匂いがする。澄んだ冷たい空気に肺が満たされる。

静かだった。雪には無音が似合う。それは雪そのものが音もなく降りしきるからだろうか。歩くたび、革靴の底に雪の感触を覚えた。電車に乗る前よりも明らかに積もっている雪を、踏み鳴らしながら来栖は歩いた。

寒い。風はほとんどないが、だからといって雪の夜が暖かなはずもない。早く家に帰り着きたい。そう思いながらもあまり急ぎ足にはなれないのは、雪に足を取られるからか。随分と両足が重く感じられた。

きしりきしり。微かな自分の足音だけが響く。

来栖の耳にそれが聞こえてきたのは、最後の角を曲がったところだった。

「……よかったね。独りじゃないね。二人だね」

歌うような声。大雪の夜に相応《ふさわ》しくない弾んだ声が、マンションの入り口辺りから聞こえてきた。

喋っているのはエントランス前の人の塊だ。背中を丸めた男は、植え込みの傍に二つ並んだ小さな雪だるまに熱心に話しかけていた。

昨日別れたときと同じ、白っぽいコート。伸びて一つに束ねられた柔らかな尻尾のような髪。

まだ当分戻ってはこないはずの幼馴染みの姿に、驚く来栖は足を止めた。

膝丈にも満たない雪だるまは睦が作ったのだろう。周囲の雪はところどころ失《う》せ、ポーチの敷石の赤茶色が見えている。

「寒いね。けど、部屋には連れていけないよ。溶けたら、またクルちゃん悲しむから」

自分の名に、どきりとする。

なんの話をしているのだろう。『また』と今確かに言った。なにしろ雪だるまとの会話だ、どうせ他愛もない独り言に決まっていると決めつけかけ、唐突に来栖は思い出した。

『泣かないで、クルちゃん』

あれはそう、たぶん小学校に上がる前の冬だ。

稀《まれ》に見る大雪の降った年があった。あの頃は道路や建物が大きく見えたように、小さな子供だったから雪だって深く感じただけかもしれないけれど、とにかくその日は睦と大はしゃぎして遊んだ。

雪だるまを作った。背丈ほどもある大きな雪だるまだった。いや……それも小さな子供だったからそう感じただけで、たぶん膝丈ほどの雪だるまだったろう。

小石で目を作った。口も描いた。手がなくては不便だろうと、家から持ち出したちりとりやら、季節外れのうちわやらをつけた。本来ならほうきをつけるところだろうが、ほうきは大きすぎて無理だった。やっぱりそれほど大きな雪だるまではなかったのだと思う。

そして二日後。幼稚園に登園した来栖は、雪だるまをもう一度見ることはなかった。

雪は完全に溶け、家の前の濡れた路面にはちりとりと小石が転がっていた。うちわはなかった。たぶん風に飛ばされてしまったのだろう。

『泣かないで、また会えるよ』

泣き出した来栖に睦が言った。

『また、会えるよ。きっと、雪はまた降るから。待っていようよ』

むっちゃんはのんびりしてるから、そんな風に言えるんだ。むくれて少しだけそう思ったけれど、睦の言葉に来栖があのとき慰められたのは本当だった。

「また会えたね」

会えたね。

大きくなった睦がしゃがんだまま言う。

「あとでクルちゃんにちりとり出してもらわなきゃ」

嬉しそうに睦が話しかけるたび、襟足のところに生えた茶色い髪の尻尾が僅《わず》かに揺れた。

ちりとりなんかうちにはないぞ。

ほうきだってない。

なにをやってるんだ。どうして帰ってきたんだ。

言いたいことはいくつも頭に並んだのに、膨らみすぎてどこかにつかえたまま、来栖が言葉にできたのは短い一言だけだった。

「おかえり」

来栖の小さな掠れ声は、こちらに背を向けた睦には届かなかった。

おかえり。

家に戻り、誰かにそう声をかける。

睦のいる家。いつの間にか、それが自分にとってのいつもの家に変わっていた。

なんだろう、胸が熱くなる。声をかけたいのに、かけられない。心地いいような苦しいようなもどかしさ。

冷たい。長い指で、少し硬いシャーベットのような新雪を掬《すく》い取る。きゅっと手のひらで固めた雪を、アンダースローでふわりと放った。

弧を描き、幼馴染みの下へ飛んでいく。当てるつもりはなく、音を立てる目的で投げられたそれは、少しばかり軌道を外して睦のコートの裾を掠め、スニーカーのソールに当たって弾けた。

「……クルちゃん？」

幼馴染みが振り返る。

砕け散った雪と来栖を交互に見つめ、睦は首を傾げた。そして嬉しそうに笑った。

「クルちゃん！」

子供のような弾む声が静かな路地に響き渡る。

睦は徐《おもむ》ろに立ち上がると、拾い固めた雪を来栖めがけて投げつけてきた。

当てる意図を持って投じられた雪が来栖の胸元で砕け散る。

「違う。睦、雪合戦じゃ……」

言いかけてやめた。やけに嬉しそうな幼馴染みにつられたように、来栖も再び雪を掬い取っていた。

投げるたびに笑いが零れた。自然と溢《あふ》れ出した無邪気な笑い声は大きくなり、投げる手にも力がこもってくる。

来栖のスタンドカラーの黒いウールコートは、見る間に白いぶち模様に変わった。

「わ、わっ！」

どさ、と重い音が響き、睦が消える。なにに躓《つまず》いたのか足を縺《もつ》れさせただけなのか、幼馴染みは雪の地面に転がっていた。

「睦、大丈夫か⁉」

「う……大丈夫じゃないみたい」

「どうした、怪我《けが》したのか？」

「雪、入った。服の中」

「なんだ、それだけか？　どこだ？」

安堵《あんど》しながら、起き上がるのに手を貸す。

「くび」

立ち上がるやいなや、『ひゃ』と睦は変な声を上げた。たぶん首から入った雪が、背筋を滑り落ちたのだろう。

雪を叩き落としてやった。背中を払い、胸を払い、髪を払い——氷点下の気温に赤らんだ頬に触れた瞬間、体は勝手に動いた。

来栖は抱きしめていた。

腕の中に、睦がいる。冷たい塊だ。

いつからこんな場所にいたのだろう。

そう考えた来栖の腕は、ますます強く睦を掻き抱いていた。

判っている。雪だるまを作るためなどではないことぐらい、自分にはちゃんと判る。

また睦は待っていたのだ。自分を、待とうとしてくれた。

「クルちゃん？　どうしたの？」

腕の中で睦が身じろぐ。不思議そうな声で、自分を見上げる。

こうしているのが自然な気がした。あれほど不自然だと自分を戒め、真っすぐな欲求から目を背けようとしてきたというのに、腕に抱いてしまえば、それがあるべき形に思えた。

それは都合のいい幻聴だったのだろうか。

『自分に嘘はつかないで。欲しいものはちゃんと欲しいって言えるようになさい』

母の声すら聞こえたような気がした。

静かに雪は降り続いている。

「クルちゃん、おかえりなさい」

「おかえり、睦」

少し照れ臭さを感じながら言うと、幼馴染みは赤い頬のまま噴き出した。

「『ただいま』じゃないの？　クルちゃん」


二人とも外から家に帰ってきたときは、なんと挨拶するのが正しいんだろう。

幼稚園のユウコ先生もお母さんも教えてはくれなかったけれど、クルちゃんは『おかえり』と言った。二人とも『おかえり』を言ったら、『ただいま』を返す人がいなくなってしまって、変な感じだった。

「お母さんには、夏までにまた来るからって言ってきたよ。急に帰るって言ったから最初は怒ってたけど、『しょうがないわね』って」

部屋に戻って着替えを済ませようとしたら、呼び止められた。雪で湿ったコートを脱ぎ、来栖とソファに並び座る。少し寒い気がしたけれど、事の顛末《てんまつ》を話すうち、部屋はエアコンに暖められていった。

「鍵は？　ここの合い鍵、おまえに渡してるだろ？」

「あ……忘れたんだ。持って出るの。出るとき、クルちゃんと一緒だったから……」

「携帯は？　なんで電話しなかったんだ？」

「あ……そうか！　携帯……そうだね。そうだよね。待ってたら帰ってくると思って……あんまり考えなくて、えっと……」

何故マンションの外で待っていたのかと問われる。至極単純な理由ばかりだった。怒られると思った。けれど、来栖はなにも言わない。

どうして怒られないのだろう。

睦は上手く来栖を見られなかった。クルちゃんの顔がとても近くにある。こんな風に、手足が触れるほどの距離に寄り添って座ったことなど一度もない。

どうしてこんなに傍にいてくれるのだろう。

どきどきした。心臓が張り裂けそうな胸の高鳴りを睦は感じる。こんなに速くては、壊れて止まってしまうのではないかとさえ思った。

「今日は……いっぱい待たせて悪かったな。寒かっただろ？」

睦は首を振った。

早く言わなくては、しどろもどろになりながらも、告げるべき言葉を必死で紡ぐ。

「あ、あの、クルちゃん、俺ね、自分のことは自分で決めるよ。お、おれ、俺はね、帰るの嫌なんだよ。ここにいたい。クルちゃんと、一緒にいたいんだ」

上手く気持ちを言葉に変えられているだろうか。一拍置いて来栖が返事をする。

重い声だった。

「……いつまで一緒にいられるか判らない。いいのか、それでも？」

「でも、いつまでもいられるかもしれないよね。嘘……じゃないよね？　俺に言ってくれた言葉。傍にいていいって、いてほしいって……本当、だったんだよね？」

『嘘じゃない』と男はただ一言だけ呟く。そんな返事じゃ足りない。短すぎる言葉、読めない表情、それらは幼馴染みの苛立《いらだ》ちを想像させ、怒っているようにすら思えて睦をまごつかせる。

来栖は睦を見ていた。黒い眸は天井の丸い明かりと、そして睦を映していた。

来栖の中に見つけた自分の姿がなんとなく見ていられなくて、睦は俯いた。

「ごめ……ごめんなさい、言うこと…っ……きけなくて。クルちゃんの言うとおりにでき……できなくて、ごめんなさい」

声が上擦って震える。叱《しか》られた子供のように頭《こうべ》を垂れながらも、気持ちは変えられない。

「でもね、クルちゃん、あの……」

頭からもう一度。来栖が自分に言い聞かせてくれるときみたいに、もう一度繰り返そうとして、睦はなにも言えなくなった。

「……睦、ありがとうな」

「え……？」

肩に幼馴染みの手を感じた。あれ、と思って首を捻って見ようとしたときには、睦はさらに近くに相手を感じていた。

そろりと抱き寄せられ、髪にキスされる。驚いて飛び退《の》くには、来栖の仕草はゆっくりとしていて、まるでぼろりと崩れてしまいそうなお菓子を扱うみたいに慎重だった。

戸惑いながら胸元辺りに頭を預ける。スーツを着たままのその胸は、少し硬い布地の感触がした。視界の隅に、クルちゃんに一番よく似合う紫っぽい色のネクタイが映る。筋肉にシャツにスーツ。いろんなものに阻まれて心臓の音までは聞こえてこないけれど、懐かしいような匂いがした。

物心ついたときから傍で感じていた匂い。来栖の匂い。お気に入りの毛布に包まれたときのように安心する。それだけじゃなく、脈が少しだけ速くなる。

髪を梳《す》かれた。睦が後ろ髪を縛っているゴムを、来栖はなんの前触れもなく解《ほど》き、項《うなじ》から掻き上げるようにして指を通した。

「切るんじゃなかったのか？　髪」

声に顔を仰ぐ。くしゃりと握り締めた髪に来栖が口づけ、睦はかぁっとなった。

なんだろう。運動もしていないのに、頬がぽかぽかと温《ぬく》くなる。

どうしてだろう。来栖の声がいつもと違って聞こえた。

クルちゃんの声、こんなに低かっただろうか。

「睦？」

「あ……うん、本当は今日切りにいく約束してたんだけど、帰っちゃったからお店に行けなくて……」

「いつも実家に戻ったときに切ってるのか？　ああ……そうか、もしかしてこの辺の店が判らないのか？」

「う、うん」

「じゃあ今度俺が行ってるとこに連れていってやるよ」

「ホント？　あ、でも島村のおじさんに悪いから……」

耳の上辺り。蟀谷《こめかみ》に来栖の唇を感じた。

驚いて目を瞬《しばた》かせると、今度は顎《あご》を捉《とら》えられ、くいと少し引き上げられた。自分のものでない体温を唇に感じる。

言葉とは無関係の、一見脈絡のない行動の数々が続く。

「えっと、クルちゃん、今のってキス……」

「ああ、キスだ」

来栖の様子がおかしい。普段と違う声も表情も。でもだからといって、嫌なわけじゃない。

再会して二度目のキスだった。公園でもどうして急にしてくれたのかよく判らなかったけれど、今もやっぱり判らない。なにがきっかけなのか、来栖の気持ちを動かしたものがなんなのか。

「また、きら…嫌われたのかと思ってた」

この部屋は『定員の一名の乗り物』。睦一人で過ごす時間も多くなっていた。

「また？」

「あ……う、うん。高校卒業したとき、クルちゃんいなくなった。俺、嫌われたんだと思った。嫌いになって、でもまた好きになってくれて、それからまた……また今、嫌われたのかなって……」

「睦……ごめん。ごめんな」

「ごめんって、なんで？」

質問の答えなのか、背中に回った来栖の腕に力がこもる。軋《きし》み出しそうな力に、少し息が苦しい。荒い呼吸に上下する睦の肩に、来栖は額を押しつけてきた。硬い黒髪が肌を刺す。

首筋を擽るその感触は、何故だか一緒に映画を観た日の思い出をぼんやり頭に描かせた。

幼馴染みが思いきるように言葉を吐き出すまでは。

「俺の気持ちは、昔も今も変わってない」

来栖は顔を起こすと言った。

「ずっと好きだったよ、睦。今もだ。おまえを嫌いになった日は、一日もない」

切れ切れの言葉は、睦に伝わりやすいようにか。それとも、言葉を選別していないだけなのか。

飾り気《け》のない言葉は、すうっと睦の胸に滑り入ってきた。

「クルちゃん……」

泣くかもしれないと思った。目の間辺りがかあっと熱くなるのは、涙が出る前ぶれだ。

もう一度名前を呼ぼうとして息ごと言葉を飲んだ。唇が戻ってくる。遠慮がちに触れて離れる唇に、今度は自分からも押しつけてみた。何度も押しつけ合ううち、どちらからそうしているのか判らなくなってくる。

来栖の舌先が上唇をちろりと舐《な》め、ただ触れ合うだけじゃない口づけを促す。

そのキスを、睦はちゃんと覚えていた。

体が細かく震えだすようなキス。触れ合う口の中だけじゃなく、体の奥深いところ……滅多なことでは動かない静かなところが騒ぎ出す口づけ。あの日は判らなかった不可思議なキスの意味が、今なら睦にも判る気がした。意味が判れば、大好きな幼馴染みの気持ちが、た

くさん自分にも理解できるように思えた。

来栖を追う。温かくて柔らかなそれを求めて、睦からも唇を深く重ねる。唇が変な風に捲れ上がったけれど、構わない。もっと。もっといっぱい知りたい。

睦は身を乗り出した。

「……ク、ルちゃ……」

背中を滑り落ちた来栖の手が、抱き寄せる以外の意図を持って動く。上から下へ、下から上へ。手のひらは背骨に沿って行き来し、やがてセーターの裾から潜って素肌の上を這《は》い上がる。

「ひゃっ……」

指先は冷たかった。背中を反らせて変な声を上げた睦に、幼馴染みは微かな息だけで笑う。緩い微笑み。けれど次の瞬間には、もう来栖は笑ってはいなかった。

下から上へ、脇腹を手のひらは進む。するすると柔らかな果物の皮でも剝《む》くようにたくし上げられたセーターに、睦は鳥肌が立つのを予感した。

でも、触れたのは冷たい指先ではなかった。肌に降ってきたのは、ほんのりと温かな唇。仰《の》け反《ぞ》ってソファに沈みそうになる背が腕に抱かれて宙に浮き、睦は慌てて座面に手をつく。肌の上を唇が滑る。身を屈《かが》めるようにして来栖は睦に触れた。まるでなにかを探しているみたいな動きに、睦は場違いにも飴食い競走を思い出しそうになった。小学校の運動会で一度だけやった、小麦粉の中の飴玉を口だけで探し当てる競走。

そんなところ探したってなにもない。言いかけて、ぶるりとなる。ジーンズのウエストの縁辺りを辿った舌先が、ぽっかり開いた丸い臍《へそ》につるりと滑り込んだ。

なにか重たいものが下腹辺りにどろりと集まったみたいで、ぞくぞくと波打つ震えが体を巡った。

「……本当はずっと、こうしたいと思ってた」

来栖の息が肌をざわつかせる。

「俺はおまえに触れたくて……何回も何回も、それを考えては打ち消してきた。変だろ？おまえも俺も男なのに、幼馴染みで友達だったはずなのにな。俺はいつからか、おまえをこういう目で見るようになってたんだよ」

「へ…ン、かな？」

睦には判らなかった。クルちゃんがおかしいというのなら、そうかもしれない。

体の中にどこからともなく熱が集まる。奇妙な感覚。確かに変で、あの日も……キスのあとに触れられて変になって、クルちゃんも変になって——

——でも。

「変だろ。普通じゃない。けど……俺はおまえといたら、いつかきっと……だから逃げた。おまえを傷つけたくはなかった」

「傷…つく？　俺は傷ついたりしないよ」

でも、嫌じゃなかった。変でも、決して嫌なんかではない。

ただ知らないものに驚いただけだ。幼馴染みがいなくなるより辛《つら》いことなど、あの頃の睦にも、今の睦にもない。

睦の言葉に、来栖は思い出したように苦笑う。

「……そうだな。俺は、自分が傷つくのが怖かっただけだ。おまえにそっぽ向かれるのも、周りにがっかりされんのも。それを誰かのためだなんて……俺はずるい臆病者だな。今だって怖がってる。怖いよ、けど……もう逃げたくない。正しい答えじゃなくてもいいから、おまえといたい」

来栖がなにをそんなに苦悩してきたのか、睦にはおぼろげにしか飲み込めなかった。

「クルちゃん、大丈夫だよ。正しく……なくても、もう誰も点数つけたりしないから、ハズレなんて判らないよ？」

幼馴染みの服の袖を摑むと、睦は拙《つたな》い言葉で言った。

ただ、来栖の『好き』の形が触れることにあるというのなら、それを知りたかった。

「俺、頭悪いから……よく判らなくてごめん。だから、ちゃんと教えて？　全部、勉強教えてくれたときみたいに。判らないままなんかにしないで、むつかしくしないで。好きなんだよ？　俺、クルちゃんのこと。みんなみたいに頭よくないから、みんなみたいに『好き』になれないなんて、そんなの嫌だ」

来栖は『好きだ』と口にしそうになっては、何度も言葉を飲んだ。

その言葉の持つ力は、睦を丸め込むようでいつも口にするのは怖かった。

キスをした。緊張に冷たくなった指先を動かし、何度も『触れてもいいか』と尋ね、睦が頷くたびに許されたような気持ちになる自分が可笑《おか》しかった。初めて好きなコに触れるティーンエイジャーみたいに、服を脱がそうと指先を震わす自分はもっと滑稽《こっけい》だった。

睦を愛しいと思う。清らかな感情で留《とど》まればいいものを、ときに抱きたいというストレートな欲求が体を蝕《むしば》む。

そのくせ、この有り様はなんだろう。求めるに相応しいベッドの上で、腕の中に閉じ込めたところでやっぱり考える。肉体的な繋《つな》がりにどれほどの価値があるのかと、哲学的なことを頭のまだ冷静なところで考えてみたりする。

場所を移した来栖の部屋では、間接照明の柔らかな光が睦の輪郭を浮き上がらせていた。たくし上げたセーターの下に現れた細い腰。暖かな照明の色に染まった白い肌。目に映すほどに欲望は膨れるのに、指は思うように動かない。

来栖はもどかしくキスばかりを繰り返した。

何度も口づける。啄《ついば》んでは離れ、貪《むさぼ》るように深く求めては息苦しさに離れ、そして息を継いでは再び唇を押し合わせる。何度も、何度も。ただそれだけが想いを理解してもらう術《すべ》であるかのように繰り返す。

きっと普通の女性ならうんざりしただろう。

「ク…ちゃ、…っ……」

苦しげに息をつき、幼馴染みが身を捩《よじ》る。反射的に押さえ込みそうになってから、吸いつきすぎたその唇が赤くなっているのに気がついた。

「睦、悪い。つい……」

枕の上で栗色の髪が波打つ。自分を臆せず見上げてくる眸を直視できずに、来栖はまた口づけてしまう。

負担をかけぬよう、舌先でなぞるだけのキス。唇の膨らみに沿って動かすうち、睦が口腔から舌先を覗かせた。

薄く開いた唇は、呼吸をするためだろうか。吸い込まれるように触れ合わせた。睦の中は温かくて心地よかった。舌を包まれたぐらいでまるで自分のすべてが包まれているかのような錯覚を引き起こす。

腕に抱いた体が、波打っていた。

「……クルちゃ……」

「……なんだ？」

「ちいさ、くな…りそう」

押し合わせたままで不自由な唇を動かし、睦が言葉を紡ぐ。

途切れ途切れの言葉は、熱のこもった鈍い頭ではすぐに理解できず、来栖はアナグラムのように慎重につづり字を並べてみなければならなかった。

小さくなりそう。

そう、言ったのだろうか。

「俺、バラバラになりそう。小さくなって、別のになりそう」

睦の指が自分に触れた。いつもは眼鏡のツルのかかっている目尻から蟀谷にかけて、幼馴染みの細い指が滑る。外した眼鏡は今はベッドサイドのテーブルの上だ。

ハッとなって見下ろした睦の眸は揺れていた。

熱を感じた。重なり合う服を身に着けたままの体に、あるはずのない違和感を来栖は感じ取った。

「睦……」

部屋に入るまでなにも判ってなさそうだった幼馴染みの下腹部の変化に、一瞬どう反応していいやら判らなくなる。情けなくも、来栖は焦った。

睦は変だと伝えてきた。力が入らないとも、体が小さくバラけてしまいそうだとも。

それが『感じている』からだとは、露とも思っていないらしい。そのくせ、思いも寄らない行動を起こす。

「……ルちゃ、触るの待って。ちょっと、ちょっとだけ……待って」

待てと言いながら、睦は衣服の下のものに手を伸ばした。ジーンズの内に自ら指を忍び入れる。

「……ぁっ……」

その瞬間耳をついた甘い息遣いに、カッと聞いた自分の体温が上昇しそうになる。

「……睦、おまえ……」

「ときどき、ここ膨れるんだ」

信じられないほど素直に睦は応えた。腫《は》れたら手で擦り、白いのが出たら治る。正しくもどこかずれている感のある睦らしい返事だった。

「前にお父さんに訊いたら、それでいいって」

「お、おじさんに訊いたのか？」

「いけなかった？」

慰める。なんて言葉はたぶん知らないだろう。もちろん自慰なんて露骨な言葉も。

点と点。睦の性に対する僅かな知識は、浮島のように点在しているらしい。体の仕組みは教わっても、それが引き起こされる原因については知らされなかったのだろうか。

そういえば性知識なんて、そこまで詳しく教わるものでもない。

「クルちゃんがね……キスしてくれたときのこと、思い出すとよくなる。こんな風に。ほら、卒業式の前、キスしてくれた日……」

たどたどしく睦は説明し、来栖は少し狼狽《ろうばい》する。

「まさか、それもおじさんに……」

「言ってないよ」

「……ほかは？」

「ほかって？」

「俺以外のことを考えたりしないのか？　そういうとき、その……女の子とか、ほかの誰かとか……」

「考えないよ？」

即答だった。睦もそういう行為をするのだと知り動揺した。自分のことを考えていると聞き、狼狽《うろた》えながらも面映い気分に駆られた。

「……そうか」

欲もあれば本能もある。睦も一人の人間で、男だった。ただ少し知識が足りないだけだ。

返事に話は終わったと思ったのか、睦の手が動く。寛《くつろ》げられたジーンズの中で指先は潜んで蠢《うごめ》き、隠すつもりはあったのだろうと思う。けれど、窮屈な中では自由に動かせるはずはなく、そうたたないうちに欲望は手指とともに露《あら》わになった。

僅かに身を起こした自分の下で睦の見せる行為に、来栖は意識を奪われる。自分の体もまた、どこまでも熱を帯びていこうとしていることぐらい気がついていた。

「えっと……見、ないで」

視線に気づいた睦が、困ったように言う。頬が赤い。変化した体のせいか、それとも羞《しゅう》恥《ち》心からか。

拙い動きで性器を慰める睦の指に、来栖は自分の指を絡めた。

「ク……ちゃっ……」

泣きそうな声だった。

「な、なんで……？　まだ、白いの出してな…っ……」

絡めた指を引き剝《は》がす仕草に、睦が抗議する。子供みたいに駄々をこねて首を振る幼馴染みの腰を引き寄せ、来栖は低く囁《ささや》くように告げていた。

「俺がしてやる」

「……ふ、ぁ…っ……」

体の中心で動いた来栖の手のひらに、睦が鼻を鳴らすような声を立てる。

それに背中でも押されたみたいに、空いた手を衣服の中に差し入れていた。セーターを頭から抜き取り、痩せた体を抱く。どこをどう探っても男でしかないのに、焼き切れそうに頭は熱くなる。

髪に顔を埋《うず》めた。時折この家の中でも鼻先を掠めてきたシャンプーの匂い。噎《む》せ返るような甘い匂いに満たされれば、幸福感に恐れは遠退いていく。

「睦、睦……」

そうだ。あのときもこんな風に名を呼んだ。あのときも、同じ気持ちだった。ただ、欲しくて堪《たま》らず、欲しがる気持ちを否定しようとする自分の檻《おり》から逃れたかった。


変な息が出そうになるのを、睦は随分長い間堪《こら》えていた。

来栖がジーンズの中の自分の手の動きを見つめていると気がついてからは、余計に息を上手くつけなくなった。

クルちゃんが指を見てる。動かしてる指のところ。視線を感じる。顔が火照る。恥ずかしい。なんで恥ずかしいんだろう。なんで恥ずかしいのに、気持ちいいんだろう。

「ク……ちゃっ……」

おぼつかない動きで性器を高めていた睦は、指を引き剝がされ泣きそうになった。止《や》めなくてはならないもどかしさに戸惑う間に、男はそれに触れていた。

「ふ…ぁっ……」

昔、一度だけそこで覚えた手の感触が生々しく甦る。現実の来栖の手のひらは、思い返していたよりもずっと大きくて、絡みつく指はしなやかで、それから……愛しむ動きで睦をそこへと導こうとする。

欲望を解くのに時間はかからなかった。いつもそうだ。頻繁にそうしているわけではないけれど、直接触れればすぐに終わってしまう。それは不慣れな睦の感覚が鋭敏なせいでもあり、多くは『我慢する』という概念がなかったせいだった。

熱を放った後にはひんやりとした空っぽな感覚がいつも頭を満たす。

けれど、今日は違う。

熱は、引かないままだった。

来栖の指が信じられない場所を辿っていた。体の表も、それから触るなんてとんでもないはずの内っ側をも探ろうとする指に、睦は声を上擦らせる。

「……ない、汚…い、よ……そんなっ…とこ……」

「……嫌か？」

「わか…んな…い……」

自分を見下ろす男の眼差しが熱い。熱くて苦しげで、睦の返事に表情を歪ませる。

「でも……や…じゃ、ない」

それは嘘をついたのでも、来栖の求めに合わせたのとも違う。

自然と口から零れていた。受け入れる言葉も、促すみたいな変な息遣いも。

「……ぁっ、あっ……」

奥まったところで蠢く指先。体の中をも探り出す指に、じわりとした新たな熱が湧き起こる。

走り続ける体に頭のどこかが……あるいはすべてが追いつけないでいた。

また小さくばらばらになり、別のものに自分を作り変えられてしまいそうな慄《おのの》き。それを快感と呼ぶと知っていたなら、睦はなにかが違っていたかもしれない。

随分長い時間の気がした。でも、短いようにも思えた。来栖に触れられて熱を上げる体も気持ちもどこか非現実的で、時間の感覚を失う。

「……あ、あっ……クルちゃ……」

睦は枕から頭を起こした。上手く起き上がれない。幼馴染みの顔が遠い。

「……クルちゃ…っ……クルちゃ…んっ！」

見つめているとキスして欲しくてたまらなくなった。いつも欲しがっていた気持ちとはどこか違う。

欲しい。

それはもっと強くて、肉体的な欲求だった。

「睦……いいか？」

「……っ…う？　うん……」

なにがいいのか判らず頷く。

来栖の体温を直《じか》に感じた。行為を進める合間に服を脱いだ男が、ぴったりと折り重なってくる。

頷きが肯定してしまった行為を睦が知るのは、すぐだった。

折り畳まれ、開かれた両足がとんでもない形をつくっても、意識を向ける余裕すらない。なにか熱くて、どくどくと脈打ってそうなものが、今しがたまで来栖が探っていた場所に触れた。

「……ひぅ…っ」

睦は暴れそうになった。先っぽが押し込まれただけでも痛みが走ったし、来栖のそれは大きくて絶対に入るわけがないと思った。なにより、どうしてそんなことをしたがるのか判らなかった。

「や…嫌だよ、痛いっ……痛い、クルちゃん！」

咄嗟に拒む言葉が口を突いて出る。

宥《なだ》めようとする手が、力を失っていく睦の性器に絡みついたけれど、圧倒的な異物感の前にほとんど意味をなさない。

睦にとって、来栖は大好きな幼馴染みであると同時に、レイダーマンと同じくヒーローだった。頭がよくて、運動だって人並み以上で。ときどき小言も言うけれど、困ったときには助けてくれて——

「……ルちゃんっ、クルちゃん！」

来栖が自分を傷つけるはずがなかった。

男は睦の望みに従い身を引く。まだ逃げようとばたついてる睦の腰を抱き寄せると、その上に顔を落とした。

「クルちゃ…ん？」

来栖が息をしている。クルちゃんはいつだって息をしているけど、大人しく身を委《ゆだ》ねていると自分の臍の辺りに息が吹きかかるのを感じた。

規則的だけど少し速くて、熱い息だった。耳を澄ますと、『はぁはぁ』と苦しそうに息をつく音すら聞こえた。

「……そうだよな。こんなこと、できないよな……」

来栖はぽつりと呟いた。

幼馴染みは背中を丸め、額を強く睦に擦りつけたまま黙り込む。

腹の上で微かな声が上がった。睦の細い腰に両腕を固く巻きつけたまま、来栖は肩を小さく揺らすようにして笑い出していた。

笑っているのに哀《かな》しい声だった。きつく額を押し当てられたお腹が痛い。体の奥に捻《ね》じ込まれそうになったもののほうがずっとずっと痛かったはずなのに、そんな痛みは吹き飛ぶほど来栖の仕草と、そして響いた声が痛かった。

「……好きだよ、睦。俺は、ずっとおまえが好きだった。ずっとだ。たぶん睦が俺を好きだって思う前からだ。おまえは……俺が好きで、俺もおまえが好きで……馬鹿らしいぐらい単純で、それだけで充分なはずなのに、どうして……どうして俺はこんな風に……」

幼馴染みの声は震えていた。

「クルちゃん……苦しいの？　それ……入れたい？」

睦がそろり問いかけると、お腹で感じる来栖の頭がピクリと動いた。

「……ん……」

クルちゃんの小さな声は弱々しかった。

睦は来栖が泣き出してしまうんじゃないかと思った。

そっと手を伸ばしてその頭を撫でた。来栖の髪は、実家の二軒隣に住んでた犬のコウタの、少し硬くてツヤツヤの毛並みを思い起こさせた。コウタはよく寂しそうな目をしていた。飼い主は仕事に忙しくて、あまりたくさんは構ってもらえなかったからだ。

こんな風に、力ない声を出す幼馴染みを睦は初めて見た。

もしかしたら、クルちゃんも寂しいのかもしれない。コウタみたいに誰かに撫でてほしいのかも。包んで抱きしめてくれる手を必要としているのかもしれないと思った。

クルちゃんも本当はちっとも強くなんかないのだと。

「いいよ、入れても」

「睦……？」

「いいんだよ、クルちゃん。したいようにして」

返事はなかった。男は睦を抱いたまま、なにかを激しく迷っているようだった。どんな葛《かっ》藤《とう》がその中にあるのか、睦は知らない。

腹の上の頭を撫で続ける。髪を梳いた。爪の間に少し、実家でも使っていた絵の具の色の残った細い指を、睦は黒くて硬い髪の間に沈めては梳くを繰り返した。

抱き締めてみた。両手で抱いていると、やがて来栖がその頭を起こした。

顔を上げて睦を見つめる。這い上ってきた男はキスをした。なにかいつもたくさんのものを抱えているような黒く底のない色の眸は、キスの間もずっと睦を見つめたままだった。

さっきまでの熱っぽさとは違う、けれど冷めているのとも違う口づけ。

「……クルちゃん、しよ？　さっきの……」

来栖がそれに頷いたのは、何度唇を押し合わせた後か判らなかった。

そんな風に言ったものの、やっぱりすぐになんて上手くいかない。伴う痛みに睦はどうしたって緊張するし、来栖も何故だかひどく緊張して見えた。呼吸ばかりが乱れる。何度も何度もやめかけては続きを促し、睦は小学校に上がってすぐの頃、自転車の乗り方を教わったときの記憶を甦らせた。息を切らしながらクルちゃんにそれを言ったら、嫌な顔をされた。

いつでもキスのできる距離に顔はあったから、すぐに表情の変化は判る。

その後、クルちゃんが笑ってくれたのも。

少し笑い合って、キスをして、それからはそんなに時間はかからなかった。

繋がったものは睦をいっぱいにした。熱いのは、来栖を感じる部分のためなのか、運動した後みたいに胸が喘《あえ》いでいるからなのか判らない。

来栖も肩で息をしていた。うっすらと汗ばんだ額の顔が、自分を見下ろしてくる。

「クルちゃ……っ……」

額から目蓋の上。頬から唇。尖った顎へと、指先で睦の顔を確かめるように辿りながら男は言った。

「……睦、違うよ。俺が……さっきおまえを好きだって言ったの、やっぱり違う」

「え？」

「ただ好きなんじゃない……愛してるんだ。俺はな、おまえを愛してんだよ」

「あい……」

「そう。愛してんだ、睦」

睦の視線の先で来栖は笑った。

子供の頃みたいな、くしゃりと無邪気に顔を崩した笑いを見せ、それから熱いものを零し

た。

ぽたぽたと雫《しずく》の形になって落ちてきたもの。熱を伴ったものは、来栖の涙だった。

睦の頰を打つ。次々と幾重にも。

「遠回りしてごめんな、睦。いっぱい待たせて、ごめんな」

愛。それってどんなものだろう。

睦には到底言葉で説明できないものだった。けれど、ただ一つだけ判ったことがある。

「クルちゃん、俺もね……俺も、あいしてる」

こんなにも一人の人間を待ち続け、好きだと思う気持ちが愛でないというのなら、睦にとって愛なんてものはどこにも存在しないのと同じだった。

でも、漠然と感じるこの気持ちを上手に語ることができない。もどかしい。クルちゃんやみんなのように自在に言葉を操れない自分を、これほどもどかしく感じた瞬間はなかった。

睦はしゃくり上げた。

睦は泣きじゃくり、来栖も笑い泣く。二人して泣いて、それが可笑しくて笑った。はなを啜《すす》った。僅かな距離すら縮めたくて、一つに繋がれた体を抱き締め合った。

広い背中に腕を回す。来栖の肌はとても温かくて、傍にいるのを感じる。

キスをした。もっと距離をなくしてしまいたいと思った辺りから口づけは深くなり、互いを求める想いは熱となって体を変えていく。

抱き合うその意味が、睦にもゆっくりとだけれど確かに判り始めていた。

◇　◇　◇

「捨ててないよ」

睦がクローゼットに頭を突っ込んでごそごそし始めたのは、来栖の話がきっかけだった。

まだ日も昇って間もない朝。夜のうちに積もった真新しい雪がきらきらと朝日を反射している時刻、部屋は当然のように冷え冷えとしていた。

布団の中を除いては。

マンションの子供たちが、表で雪に歓声を上げている。タイヤにチェーンを巻いた車が、のろのろと路地を走り抜けていく音が聞こえる。普段とは少しだけ違う朝の光景が、音に変わって部屋の中に流れ込んでくる。

早起きにこれほど感謝した日はそうないだろう。仕事に出るまでにまだ随分時間がある。安らいだ時間。来栖の腕の中に、必要だと感じているものはすべて揃っていた。

すべてもなにも、とりあえず今必要なのは一つしかなく、それは来栖の胸に顔全体を押しつけて寝息を立てていた。息苦しいだろうに、妙な寝姿は猫のようだ。どちらかといえばごつごつしている痩せた肩を撫でていると、喉《のど》を鳴らす代わりに『ふぐ』だか『ふむ』だかやっぱり変な声を立てて睦は眠そうな目を開いた。

睦が目覚めてからは、ぽつりぽつりと会話をした。他愛もない話ばかりだった。その中に、夢の話もあった。来栖が子供の頃に捨てたレイダーマンの人形の話だ。

「捨ててないよ」

睦はそう言って起き上がった。

床が冷たかったのだろう。裸足《はだし》の睦は『ひゃっ、ひゃっ』と飛び跳ねながら、脱ぎ捨てていた……正確には来栖の脱がせた服を大急ぎで着込んだ。こちらをちらりと振り返った目が恥ずかしそうにしていた気もするが、基本的に色っぽいところはなかった。

色気なんて朝っぱらから出されても困る。

服を整えると、睦のあとを追った。睦は自室のクローゼットに頭を突っ込み、とても整理整頓、機能的にまとめられているとは思えないダンボール箱を引っ張り出しては中身を確認していた。

「箱に中身を書いておいたらどうだ？　それじゃなにが入ってるか判らないだろ？」

ついつい小言を挟みながら部屋を見回す。

「あった！」

もう一息遅かったなら、小言の数はさらに増えただろうが、意外に早く目的のものは見つかったようだ。睦の記憶力は案外そう悪くないのかもしれない。それとも、いいのは運のほうだろうか。

「ほら、これ。クルちゃんのレイダーマンだよ」

「俺の？」

「覚えてないの？　中学に上がったとき、クルちゃんがもう使わないっていうから、俺がもらったんだよ」

色遣いも形も古びた感じのする人形を手に取る。そのような気もするし、違う気もする。覚えていない。

どこかに名前でもありはしないか。人形をひっくり返していると、睦が別のものを取り出してきた。

「それから、これも。これもね、クルちゃんのだよ。覚えてる？」

それは、黄色い向日葵だった。

色紙で作られた黄色い向日葵。もう色鮮やかとはいえないけれど、形はほとんど崩れてはいない。

『たかふみくん、おたんじょうびおめでとう』

誰が書いたのか判らないが、下手糞《へたくそ》なクレヨン字で真ん中に書かれたそれは、確かに自分のものに違いなかった。

幼稚園のお誕生日会でもらったはずの、向日葵のメダル。

「……俺はおまえに感謝しなくちゃならないな」

睦はいつも大切なものを取り戻させてくれる。なくても困らないからと、いつか打ち捨てたものたち。それが永遠の別れとも知らず、いつか……『捨てた』のではなく『失った』のだと後悔を覚えるとも知らずに、毎日毎日捨て続けたもの。有形のものばかりじゃない。睦は形のないものもその手に拾い上げ、時折自分に思い出させてくれる。

思い出は手元になに一つなくとも生きていけるけれど、思い出がなければ自分は自分でなくなってしまう。

見失いそうになる自分を、睦は取り戻してくれる。

睦が与えてくれた記憶の断片を手に取り、来栖はしばらく眺めた。

「ほかにもなかったかなぁ」

クローゼットにまた頭を突っ込み、睦はジーンズの尻を向けている。なにが掘り起こされてももう驚きはしないが、来栖は遮るように言った。

「腹減ったな、睦。なにか作ろうか」

「……ん？　クルちゃん、作ってくれるの？」

「ああ、食材ロクなものないはずだけどな。目玉焼きぐらいは作れるだろ」

ゴン。クローゼットの中でくぐもる返事をしていた幼馴染みは、なにかにしたたか頭をぶつけ、派手な音を立てた。

「だ、大丈夫か？」

「あ、う、うん。目玉焼きより卵焼きがいい！」

めげずに這い出ると、後頭部を押さえて叫ぶ。

「いいけど、俺、あんまり上手くないぞ？」

その惨憺《さんたん》たるできを睦は何度か身をもって知っているはずだが、元気よく頷く。

しかし冷蔵庫にはロクな食材どころか、なにもなかった。マヨネーズやケチャップは残念ながら朝食にはならない。

卵焼きのリクエストに応えるべく、卵を買いにコンビニに向かった。いくら時間がまだあるといっても、普段なら朝食のために家を出たりしないが、今はそうしたい気分だった。

外は一面の銀世界だった。

晴れ渡った空。でも風は冷たい。マンション前の睦の作った雪だるまは、この気温ならしばらく溶けずに済みそうだ。

雪の中を、二人で歩く。

「白いね、クルちゃん！」

コートにマフラーを巻いた睦が、小走りに走り出した。『無邪気』とは睦のために用意されたような言葉だ。

雪の路地の真ん中で、睦が飛び跳ねる。その姿に違和感はない。真っ白だ。道も、家々の屋根も、植え込みの葉の一枚一枚も、睦さえも。

色白だからか、睦には白いコートがよく似合う。その純真さゆえかもしれないと思いかけ、来栖は否定した。

睦が純粋かどうかなんて誰にも判らない。そんなものは押しつけのイメージでしかない。

どうして自分は睦が好きなのか、睦でなくてはならないのか、ふと判ったような気がした。

睦が無垢《むく》だから好きなのではない。睦が真っすぐかどうかなんて、大した理由じゃない。

大事なのは、睦といると自分がそう変われるということだ。

純粋にも高潔にも、優しい自分にもなれる。失ったはずの自分、子供のような自分にだってなれる。

「睦」

呼びかけると、先を行く幼馴染みはひらりと振り返った。

「なに？　クルちゃん」

「手を繋いで歩こうか」

しばらくは、人気《ひとけ》の少ない道が続く。少ないといっても住宅の間で、もしかするとどこかの家の窓からや、急に表に出てきた誰かに見られてしまうかもしれないが、今のところ通りに人影はない。

鳩が豆鉄砲を食らった顔とは、今の睦の顔のことだろう。

「え……いいの？」

「そこの電柱から、向こうの曲がり角まで」

勝手に決めた電柱が近づくと同時に、睦の手を取った。手袋を持って出なかった互いの手は冷え始めていたけれど、冷たさなど構わず、勢いよく引いて歩き始めた。

人に見られたなら、きっと軽蔑《けいべつ》される。

まぁいい、と来栖は今初めて思えた。鷹揚《おうよう》な気持ちになれた。

胸を張ってばかりの道じゃなくてもいい。

雨の日もあれば雪の日もある。

時には足を止めたり振り返ったり。寄り道回り道、君を急《せ》かすときもあるけど、君に励まされ、背中押される日もある。君と見る風景は、どうしてか一人で見る景色とは違って見える。

君の声が聞こえ、君が笑うから。

僕も、笑っていられる。

「睦、あったかいな」

肌に打ちつける風は冷たかったけれど、繋いだ手のひらの中は温かかった。

風に晒《さら》された手は冷えていたけれど、互いの体温を移し合ううちに温もりを生み出せた。

握る手のひらに、来栖は少し力をこめる。

「クルちゃん!」

雪に反射した眩しい朝日が、あの日と変わらず嬉しげに自分の名を呼ぶ幼馴染みを照らした。

真夏の椿

白い皿にウサギが四羽並んでいる。白くはない、赤い耳をしたリンゴのウサギが並んでいる。

「睦《むつみ》、ありがと。ウサギのリンゴなんて久しぶりに見るわね」

睦の剝《む》いたリンゴを爪楊枝で掲げた母親は、人形でも愛でるみたいに目を眇《すが》め、ふふっと口元を緩ませて笑った。

場所は実家のキッチンだ。テーブルの椅子に腰かけているのは母親で、エプロンをしているのが睦。親孝行というわけじゃないけれど、病み上がりの母に代わって睦が極簡単な昼ご飯を作り、そのデザートにリンゴを剝いてあげたところだった。

「でもお母さん、よくウサギ作ってくれたよ？」

「そお？　ああ、学校の運動会とかのときはね。でも、あれはもう……やだ、二十年近く前じゃない」

「二十年……」

睦は今年二十九歳になる。

確かにそれはずっと昔。朝起きて鏡で見る自分はあの頃のような子供ではないし、大きく見えた母は最近はなんだか会う度に小さく感じられる。

いつも健康で病気一つしなかった母が入院したと聞き、睦が実家に戻ったのは昨日のことだ。東京の来栖《くるす》のマンションでイラストの仕事をしていた睦は、話を聞いた翌日には新幹線に乗り、しばらく帰る予定のなかった実家に戻っていた。

「それにしても睦、お仕事は大丈夫だったの？　慌てて戻ってくることなかったのに。入院たって、ホントたった一日のことだったんだから。もうね、今時の腸のポリープ手術なんて、お尻からカメラとハサミ入れるだけで、中の様子見ながらちょいちょいって切っちゃうの」

「か、カメラと……は、ハサミ？」

シンクの前に立つ睦が表情を強張《こわば》らせると、母は小さく笑う。

「そのカメラとハサミじゃないわよ？　うんとちっちゃいから、体に負担が少ないの。自分でも手術したなんて、実感ないくらい」

「ふうん、そうなんだ？　すごいね」

「そう、すごい簡単なのよ。だから睦にも退院してから電話したんだし……心配させたくなかったから」

母はふっと小さな溜《た》め息《いき》をつき、ウサギを一口、口にした。

シャリっと小気味いい音が鳴る。まな板の上で赤い蛇みたいにとぐろを巻いたリンゴの皮を、流しの三角コーナーに捨てながら、睦は応《こた》える。

「でも、クルちゃんが帰ったほうがいいって」

「貴文《たかふみ》くんが？」

「うん、手術に『簡単』なんてないって。俺が帰ったら、きっとお母さん喜んで元気になるって。そう言ってくれたんだ」

「……そうなの、貴文くんがそんなこと……」

睦が東京で来栖と暮らし始めて、もう三年が過ぎた。

元々、来栖を追って上京した睦だ。そのときに両親とは散々揉めたから、同居については大きく反対はされなかった。けれど、『イラストの仕事ならこっちでもできるでしょうに』と時々ぽつりと零《こぼ》す母に、けして歓迎されているわけではないことは、睦も感じ取っていた。

「そうだ！　こないだね、クルちゃんが卵焼き作ってくれたよ」

睦は無意識に来栖を褒《ほ》めるようなことを言う。

「貴文くん、料理をするの？」

「うん、時々だけど。でも卵焼き、お母さんの味とは違うんだ。いつもね、『今日は同じか？』って聞くから、『ちょっと違う』って応えたら困った顔する。変だよね、べつに同じじゃなくてもいいのにね」

睦は母親の卵焼きも、来栖の卵焼きも好きだ。どちらがより好きかと言われたら、それはやっぱり慣れ親しんだ母親の味だけれど、そんなことで頭を悩ませる必要はないのにと思う。

まな板を洗う睦は、思い出して口元を緩ませる。

「お母さん、俺ね、卵焼き上手《うま》く作れなくてもクルちゃんのこと好きなんだよ」

すぐにやや呆れたみたいな母親の声が返ってきた。

「そうね、睦は子供の頃からお隣の貴文くんが大好きだものね」

「クルちゃんもね、俺のこと……好きだって言ってくれる」

そう言うと、言葉にしただけなのに今度は頬や耳の辺りが熱くなる。不思議だった。自分の気持ちを人に伝えるのはなんともないのに、来栖からの言葉となると誰かに伝えるのは恥ずかしい。

けれど、とても嬉しいことだから母に教えたかった。

睦の幸せは、来栖が好きだと言ってくれたあのときからずっとずっと続いている。

きっと喜んでくれるに違いない。それこそ卵焼きを運動会に持って行った子供の頃から、どんな些細なことも睦と一緒に喜んでくれた母親だ。

けれど、背後は静かなまま。睦が好きだと言ったときにはすぐに反応したのに、今度は黙り込んでしまっている。

洗い終えた手をタオルで拭いた睦は、首を傾《かし》げつつ振り返った。

目が合うと、母親は気まずそうに視線を落とす。

「……そうね、それも知ってるわよ」

知ってたと言いながら浮かない顔をするのは何故だろう。自分がクルちゃんを好きなのと、クルちゃんが自分を好きなのとではどんな違いがあるというのだろう。睦にとっては一大事でも、母から見れば大差ないように思える。

「お母さん？」

「睦、夕飯はなにがいい？」

「え？」

「せっかく帰ってきたんだもの、もう母さん充分動けるし、好きなもの作ってあげる。ああ、卵焼き以外でね」

突然の話題転換についていけない睦を他所《よそ》に、母は『買い出しにも行かなきゃ』なんて立ち上がる。

「どうしたの？　なにか俺、嫌なこと言った？」

睦は誤魔化《ごまか》されることもなく尋ねた。

ただ真っすぐな目で見据《す》えると、母は観念したみたいに一人息子の顔を見つめ返して言った。

「卵焼きは、また貴文くんに作ってもらいなさい。帰る前にレシピを紙に書いてあげるから、それ渡すといいわ」

「教えてくれるの？」

「卵焼き作れない貴文くんが好きでも、作れる貴文くんなら睦はもっと好きなんでしょう？」

「お母さん！」

母の言葉に睦は嬉しくなって、声を大きくする。口元を緩めた母は目を細めて笑み、それからふと家の裏手に面した窓を見た。

声がする。

『ご近所のみなさん、大変お騒がせいたしております。今日は……』

窓の向こうから聞こえてくるのは、路地を近づいてくる車の放っている声だ。拡声器の、わんわんと鳴り響く声。

「ああ、思い出したように回って来るわね、選挙カーって。貴文くんも今頃あっちで頑張ってる頃でしょう?」


むわんとした熱気が、地面から舞い上がるように顔を撫でる。

翌日、実家から再び東京へと戻った睦を出迎えたのは真夏のギラつく太陽だった。

日本全国、どこにいたって夏には違いないけれど、立っているのもやっとなほどの酷暑を、この街ではより一層強く感じられる。身を包んでいる空気さえ、ぼっと燃え出しそうな暑さだ。

聳《そび》え立つビルの合間には入道雲。僅《わず》かな緑の街路樹では蟬がシャアシャアと喧《やかま》しく鳴き、そしてそれを掻《か》き消す大音量で街頭に響き渡っているのは駅前の選挙演説だ。

拡声器の声の主は、耳を塞《ふさ》ぎたくなるほどの音量に道行く人が顔を顰《しか》めているのに気づく様子もなく熱弁を奮っている。

選挙運動期間も残すところあと僅か。八月の第三週目の日曜日は、衆議院総選挙の投票日だ。

七月に衆議院は解散となり、真夏の選挙が決まった。睦も来栖から聞いてなんとなく判ったけれど、解散となった理由は説明を聞いてもいま一つ理解しきれなかった。

何故解散しなくてはならないのか。解散せずに『衆議院』とやらが任期をまっとうしたことは、今までたったの一度しかないらしい。

──どうしてみんなで力を合わせ、最後まで働くことができないのか。

睦がそう言ったら、来栖は苦笑った。

とにかく解散すると『選挙』がやってくる。選挙になると、政治家になりたい人が立候補する。大抵は前からやってる人。それから新しくなりたい人。そして──前は落ちてしまったけれど、もう一度なりたい人。

来栖が現在運動員としてバックアップしているのは、この三番目に当たる人物だ。

枝島宣久《えだじまのぶひさ》。議員秘書としてついていた元代議士だ。三年前、汚職事件に巻き込まれて落選の憂き目を見た枝島は、雪辱を果たすべく立候補していた。

当人や支援者にとっては待ちに待った選挙戦。けれど、汚職の疑惑は表向き晴れたとはいえ、一度地に落ちたイメージを立て直すのは容易ではない。厳しい戦いになるだろうと言っていたとおり、来栖も毎晩遅くにくたくたに疲れた様子で帰ってくる。それどころか、事務所に泊まりこみで帰って来ない日さえある。

睦には政治のことはよく判らないけど、来栖の応援してるあの人に受かってほしいと思う。クルちゃんが、またあの人の議員秘書というのになれたらいい。

二年ほど前、街でばったり出会った際に来栖に紹介された枝島は、睦にはいいオジサンに見えた。優しくて、ときには厳しい顔も見せるけれど、懐の深い人。緊張してほんの少し言葉を交わしただけなのに、そんな風に思った自分が睦は不思議だった。

でも、後になって判った。

——あの人は、クルちゃんのお父さんに似てる。

県議会議員だった父。来栖が中学生のときに過労がきっかけで亡くなってしまった父親は、とにかく忙しい人間で睦が会う機会は滅多になかったけれど、とても優しくて大きな人だった。もう顔の記憶はおぼろげなのに、その空気感だけはしっかりと覚えている。

だから、またあの人の元でクルちゃんが働けたらいいのにと睦は思う。

睦はふと頭上を仰ごうとして、ギラつく太陽の眩しさに目を眇めた。新幹線を降りて地下鉄に乗り換えるほんの少しの間でも、堪えがたいほど暑いのに、この空の下のどこかで来栖も選挙運動というのをやっている。

「……大丈夫かな、クルちゃん」

睦は思わず呟《つぶや》き、足早になった。

急いで家に帰ったところで意味なんてないのに、気持ちが焦ってしまう。本当はもう少し実家にいたってよかったのだけれど、毎晩疲れた顔で帰ってくる来栖が気がかりでしかたなかった。

家に帰りついたのは正午過ぎだった。

部屋は少しだけ散らかっていた。幼い頃から片づけが苦手なのは、すぐに興味がほかに移ってしまう睦で、来栖はいつも整理整頓、勉強机だって綺麗にしていたけれど、今は使いかけのカップがいくつもキッチンのテーブルに乗っかっていたりする。

あり合わせの食事をして食器を洗い、掃除洗濯。家事を一つずつすませた後は、自分の部屋で絵を描く。

睦の職業は、今は『イラストレーター』だ。主に児童書のイラストを描いているけれど、最近は絵本も描いている。一冊丸々、睦の絵だ。

睦は一枚の絵を仕上げるために、何枚も何枚も絵を描く。べつにそうするように言われているわけじゃない。ただ描きたいから描いているのだ。描きたいものを選んで描いているのだから、何度同じものを描いたってちっとも苦じゃない。

でも、今日は少し動機が違うかもしれなかった。睦は絵を描いていると安心する。没頭できて、余計なことは考えないでいられる。だから、今は手を動かし続けていたいために、画材を取り出した気がした。

机に向かい、無心になって筆を動かす。イラストが仕事となり、睦もいろいろな画材の使い方を学んだけれど、やっぱり落ち着くのは子供の頃から馴染《なじ》んだクレヨンや水彩絵の具だ。熱中するうちに時間を忘れた。窓の外が暗くなってきて無意識にデスクライトを点《つ》けた睦が、はっとなって時計を確認したのは八時も回ってからだ。

来栖はまだ帰ってこない。空腹を感じて近所へ食事を買いに出たものの、睦は買ってきた弁当に手をつけず、机の引き出しにあった菓子を口に入れて作業を続けた。

再び机に向かい始めて一時間ほどが経っただろうか。部屋のすぐ向こうの玄関に物音を感じて顔を起こす。

「睦？」

がらり。引き戸が開けられ、目に映った男の顔に睦は飛び上がらんばかりの声を上げた。

「クルちゃん！　おかえり！」

ほんの数日会わなかっただけだというのに大した歓迎だ。

けれど、来栖が驚いた顔なのはそのせいではないらしい。

「睦、なんでもう戻ってきてんだ。おまえ、もう少し向こうでゆっくりしてくるんじゃなかったのか？」

「お母さん、元気にしてたし。手術、簡単だったって。カメラとハサミでこう、ちょんちょんと切ったとかって……あ、ハサミって言ってもそのハサミじゃなくて……」

「内視鏡手術だろ」

「えっと……名前は聞かなかったけど。クルちゃんが言うなら、たぶんそれ。一日で退院したってさ」

脱いだスーツの上着を小脇に抱えたまま、来栖は部屋へと入ってくる。

「けど、せっかくだし、もう少し居てもよかったんじゃないのか？　近所の友達にもしばらく会ってないだろ？」

「オウちゃんには会えなかったけど、クルちゃんのお母さんと文《ふみ》ちゃんには会ったよ」

「文香《ふみか》に？」

「うん。俺がおつかいでスーパーに行こうとしたら、ちょうど文ちゃんの車で二人帰ってきたところだったんだ。買い物に行ったんだと思う。荷物いっぱいで……それから、文ちゃんが赤ちゃん抱っこしてた。それで、赤ちゃんが急に泣き出して、文ちゃんが慌てて先に家に入って、おばさんが車のとこに残って……」

睦は幼馴染《おさなな じ》みの顔を仰ぎながら懸命に説明した。

結婚した来栖の妹の文香が元気な男の子を生んだのは、春になってからだ。正月に帰省したきりの来栖はまだ赤ん坊を見ていない。

「へぇ、あっという間にデカくなるんだろうな。こないだ電話したとき、『夜泣きが大変みたい』っておふくろ言ってたけど……」

「クルちゃんのお母さんにね、俺、『ありがとう』って言われたよ」

「え？」

「クルちゃんがよく電話、くれるようになったって。変だよね、俺がクルちゃんに電話したほうがいいって言ったわけじゃないのに。なんで『ありがとう』って言われたんだろ？」

睦が実家に帰ったのは来栖に勧められたからだけれど、睦は来栖にそんなふうには最近言っていない。

変だと思う。けれど幼馴染みは一緒になって首を捻《ひね》ることもなく、窮屈そうに首元を絞めていたネクタイを緩めながら微かに頷《うなず》いた。

「……まぁ、間違ってないかもな。睦に礼言いたくなるのも判る気がする」

「え、そうなの？　どうして……」

やや日に焼けた顔がすっと近づいてきて、睦はちょっと心臓をどきんとさせる。

不意に覗き込まれたのは机の上。何枚も描き続けていた絵だ。

「帰ってからずっと描いてたのか？」

「あ、うん。言われたんだ。今度の表紙は植物にしてほしいって。それで俺、なんにしようか迷って……」

「ちょっと待て、当てるから」

言葉を遮った来栖は、散らばる画用紙の中から一番手前にあった一枚を選んだ。

抽象的というかデフォルメのきつい睦の絵は、絵本が『へんないきものシリーズ』なんて呼ばれてしまうほど元のモチーフが判り辛い。それでもみんな慣れてしまえば大抵察するのだけれど、来栖だけはいつまで経ってもなに一つ当てることができないでいた。

最近じゃ、睦の絵を見る度にムキになって当てようと試みる。

「花、だよな？」

「うん」

「椿？」

睦は首を振る。

「違うよ、ツバキじゃなくてヒマワリだよ。だって夏だから」

椿は冬の花。寒い寒い時期に咲く。実家の近所の家の垣根が椿だったから、睦はしっかりと覚えている。学校からの帰り道、睦はよく花の数を数えて歩いた。

「向日葵《ひまわり》？　なんでこれがヒマワリなんだよ、赤いじゃないか」

「え……お日さまも赤く塗るよ？　赤くなるのは沈むときだけだけど、みんないつも赤く塗ってる。クルちゃんだって塗ってたよ？」

「……なるほど」

反論していた来栖は、それだけで納得してしまったのか頷いた。

頭がよくてしっかり者で、なんでも知っているのに自分の絵だけ判らないというクルちゃんも睦は嫌いではない。

ムキになるところも。どことなくそれが、子供に帰ったみたいに見えるところも。

睦は微笑み、来栖が片手に下げているビニール袋に目を向ける。

「クルちゃん、ご飯買ってきた？」

「ああ、駅前のコンビニで弁当買ってきたけど……おまえは？　飯は食ったのか？」

「俺も、ちょっと前に買ってきた。クルちゃん、帰ってこないかなって待ってたんだ」

「待ってたって、もう十時過ぎてるぞ？　さっさと先に食ってろよ……ていうか、おまえ携帯は？　帰ったんなら、一言メールしてくれれば……まさか、実家に忘れてきたとか言わないだろうな」

疑いの眼差しに焦った。なにしろ睦には前科がある。荷物と一緒に送ってしまったこともあるし、置き忘れてしまったことも。

「わ、忘れてないよ、ちゃんと持ってるよ。ほら……」

おたおたと目に見えて慌て、ベッドの上に置いた鞄をごそごそと探り始めた睦は、中腰の姿勢のまま動きを止めた。

「そうだった。クルちゃん、これ」

取り出したのは携帯電話ではなく、一冊の手のひらサイズのノート。紙切れではなくしそうだと言って、母が持たせてくれたものだ。

「なんだ、これ？」

受け取った来栖は足元に荷物を置いてベッドに腰かけ、訝《いぶか》しげに表紙を開いた。

「卵焼きのレシピ？」

「お母さんから。クルちゃんが時々俺に作ってくれるって、でもお母さんのと同じにならなくて困ってるみたいって話したら、それくれたんだよ」

「おまえ家でそんな話したのか？」

「うん、まずかった？　卵焼き上手く作れないクルちゃんも好きだって言ったら、俺は小さいときからクルちゃんが大好きだもんねって。それから……」

睦は珍しく迷って言い淀んだ。

「それから、なんだ？」

「クルちゃんも……俺のこと好きだって言ってくれるって話したら、それ、書いてくれた。卵焼きはクルちゃんに作ってもらいなさいって」

小さなノートから顔を起こした来栖の表情は変わっていた。

急に動かし難くなったみたいに、ぎこちなく声を発する。

「おまえ、おばさんにそんなこと……」

「……ま、まずかった？　言っちゃいけないことだった？　嬉しかったんだ、俺。すごく嬉しいことだから、一緒に喜んでもらえると思って……」

あのとき、母も様子がおかしかった。

自分はなにかまた失敗してしまったのか。

「ご、ごめんね？」

幼馴染みの眉間《みけん》に、難しい問題を抱えたときの縦皺《たてじわ》が今にも浮かびそうで、手前に立つ睦はその顔を覗き込もうとする。

来栖はただ頭《かぶり》を振った。

「いや、いい。本当のことだから。それにもう……全部気づかれてしまってるんだろうな。そりゃそっか、いい年した大人が無期限で一緒に暮らしてたんじゃなぁ」

ごろんと布団の上に仰向けに転がってしまった来栖を追いかけ、睦もベッドに乗り上がる。

天井を仰ぐその顔は、心配そうに見下ろす睦にちらと目線を送るとふっと笑った。

「そんな顔するな。悪いことなんて、なんにも起きてないだろ？　むしろいいことだ」

手にしたままのレシピノートで軽く額を叩かれ、睦は痛くもないのに『痛い』と呟く。

「でも、いつかはちゃんと説明しないと」

「説明？」

「俺は自分を誤魔化すのはもう止めにしたんだ。逃げてただけだって判ったから。偽って誤魔化すほうがずっと楽だったんだろうな。嘘はいくらでも塗り替えられるけど、真実は口にしてしまったら責任が生じる」

「せきにん……」

ベッドにぺたりと腰を落とした睦は、難しい話だと思いながらも、その言葉の持つ重さを感じる。

自分を振り返ってみて焦った。

「お、俺、いっつもホントのことしか言ってない」

「おまえは……いや、おまえだって特別免除なんかないさ。全部、その口から出てることは責任が生じてる。だって、言葉は人の心を動かすだろ？」

「そ、そっか……じゃあ俺、セキニン取るよ。クルちゃんが好きだから……クルちゃんのこと、何度も好きだって言ったセキニン」

睦は自然と身を屈めていた。なにをどうしようなんて考えたわけじゃなかったけれど、ぽかんとしている男の額に柔らかな唇を押し当てる。

ふにゃりと唇を押し潰《つぶ》すみたいに当ててから離すと、突然の額へのキスに幼馴染みは驚いた顔をしていた。

「こんなのどこで覚えたんだ？」

「え、覚えるって？」

責任の取り方なんて、睦は知らない。ただ、優しくしたいと思ったからだ。

好きな人に、好きだと言った分、優しくしたい。

「……わっ、ちょっとクルちゃんっ……」

急に視界がぐるっと回った。ベッドに引き倒され、体勢を入れ替えるみたいに覆い被さられた睦は大げさな慌てぶりを見せる。

しまいには『くすぐったい』と言って笑った。セットを怠ればくせっ毛でもある来栖の髪は、首筋に触れると妙な感じだ。『ひゃっ』と変な声を上げて肩を竦《すく》めたくなるくすぐったさ。

「笑い事じゃないんだけどな」

捩《よじ》る体を抱き締めた男は、不貞腐れた声で言った。

「なぁ睦、飯は後にしてもいいか？」

「うん……いいよ？」

むず痒さを覚えていた首筋に、そっと触れる唇。

睦は知っている。

幼馴染みと自分が時々行っている行為がなんであるかを、教えてもらったからちゃんと判っている。『セックス』は本来は男の人と女の人ですることだということも。

けれど、自分も来栖も男だからと言って、間違ってるとか意味がないとか思えない。たとえ誰かに『違う』と怒られても、睦はこのことだけは自信を持って首を横に振れる。

だって、哀しいとき辛いとき、クルちゃんが傍《そば》にいると安心する。触れられると、胸のどこかで重たく暗くなったものが、するするほどけて、いつの間にかなくなっていたりする。

睦の素朴な疑問に、今でも時々通う焼き鳥屋『鳥吉《とりよし》』の常連の餅田《もちだ》は、『そりゃセックスは気持ちいいからなぁ』と酔っ払った笑い声を上げながら言った。

でも睦にはそれだけじゃない気がする。

気持ちいいことならほかにいくらだってあるけれど、代わりにはならないし、まして来栖以外の誰かとしたいなんて思えない。

それはやっぱり――

「クルちゃん、熱いね。ずっと今日も外にいたの？」

触れ合う体はシャツ越しでも火照《ほて》って感じられる。

『選挙』というのはとても過酷なものらしい。時間は限られていて、休む暇はない。昼間見た街頭の候補者みたいに、朝から晩まで駅前や広場で声を張り上げたり、道行く人に頭を下げたりビラを配ったり。すべては『清き一票』というのを貰うためだ。

クルちゃんを少しでも楽にしてあげたい。

そんな風に思って、首に巻きついたネクタイを探って解き始めると、頭上の顔が照れくさげに笑う。

「変な日焼け跡がついてきて嫌になるよ。カッコ悪くて見られたくないな」

「カッコ悪くないよ。日焼け消えるの待ってたら、冬まで見れなくなるよ」

「冬までできなくなるのは嫌だな。俺が我慢できそうにない。けど……睦に見られずにできる方法あるんだ」

「見られずに？　なに？　どんな……」

思わず真剣に問う睦の言葉は、来栖によって阻まれた。

視界よりも先に奪われたのは唇。不意に重なり合った唇にぎゅっと目を閉じてしまった睦は、シャツのボタンを外そうとしていた手まで止めてしまう。

「……ほらな、見えなくなったろ？」

「き、キス、してたって目は開けられるよ」

「でも今おまえ、しっかり目つむってたじゃないか」

「う……」

条件反射だ。口先では到底叶《かな》わず、無意識に尖らせた唇にまたキスが降りてくる。

今度はさっきよりもずっと長い口づけだった。

三年の間に覚えた幼馴染みの唇の感触。そっと輪郭を辿《たど》る舌先も、睦の口の中へと滑り込んでくるその動きももうよく知っていて、そして何度繰り返しても飽きることはない。

「……おまえ、なんか食ってんのか？」

忍ばせた舌を引っ込めながら来栖は驚いたように尋ねる。

「キャンディ。こないだ手紙と一緒にもらったやつ。もうちっちゃくなっちゃったけど、ほら」

舌の上に飴《あめ》を載っけて見せる。

口に放り込んでいたのは、机にあった飴玉だ。睦の絵本を好きだと言ってくれる女の子が、可愛らしい便箋の手紙と一緒に送ってくれた。

知らない人が自分のためになにかを送ってくれるなんて、すごいと思う。睦はすぐに机の片隅に手紙の居場所を作ったし、キャンディは大事に食べた。

「オレンジ味だな」

「え？　違うよ、レモンだよ？」

正しいのは睦だ。味覚音痴というわけじゃあるまいし、睦の絵のことといい、幼馴染みは時々びっくりするようなことを間違うときがある。一緒に暮らし始めて判った。

わりとムキになりやすいところも。

「嘘つけ」

「ウソじゃないよ、なんで嘘なんて……ん、ぅっ……んっ、ちょっ……ちょっと、クルちゃ……っ……！」

ぎゅうっと密着してきた唇に、両手を突っ張らせて胸元を押し返す。睦の他愛無い抵抗などもろともせずに潜り込んできた舌は、口腔を無遠慮に駆け巡り、あるはずのものを探し出す。

「……んんっ……あっ！」

奪い取られたものに気づき、睦は声を上げる。

がりがりと嫌な音が頭上の男の口の中で響いた。

「……レモン味、かも？」

「だからレモンだって言ったのに。最後の一個だったのに。ひどいよ、噛むなんて」

「こんな小さくなったの、舐めてられるのおまえぐらいだ」

短気なところもある幼馴染みは、子供の頃から飴の類《たぐい》はすぐに噛んでしまう。

「……ひどいよ」

繰り返すと、まるで悪びれたところのなかった来栖も動揺を見せた。

「怒ったか？　ごめん、今度買って返す……って、俺が買ったんじゃダメか。まいったな」

困った顔に、睦はくすりと笑う。

伸び上がるみたいにベッドから頭を浮かせ、その首筋に両腕を回してキスをする。薄い舌で来栖の唇を捲《めく》り上げ、さっきの口づけを真似るようにするっと奥へと忍ばせる。

そうやって唇を離すと、うっとりと笑んだ。

「クルちゃん、甘いね」

「そりゃあ……飴食べたからな」

「ううん、クルちゃんのキスはいつも甘いよ？」

キスにもいろんなキスがある。

頬へのキス、額へのキス。挨拶代わりのキスもあれば、エッチなキス……深く相手を求めて官能的に施すキスもある。

でも、どんなキスも来栖と交わすキスは睦にとっては甘い。

そして、幾度となく繰り返しても、たった一度のキスを懸命に欲しがったあのときの気持ちが薄れることはない。

今だってどきどきする。

クルちゃんに抱き締められると嬉しくて、キスをされるとどきどきするし、もっと欲しいと、たくさん欲しいと思ってしまう。

「……もっと。もっとして？」

睦は素直に言葉にした。

仰ぎ見た顔はすぐに近づいてきて、睦の望むキスを与えてくれる。

「……んっ、ん……ふ……ぁっ……」

最後にしたのはいつだっただろう。いつもしていたような気がするけれど、選挙が決まってからは幼馴染みは忙し過ぎて満足に言葉を交わす時間さえなかった。

それに実家に帰ってしまったから、久しぶりかもしれない。

「睦、おまえがいなくて淋しかった」

睦が口にするはずの言葉を、ぽろりと呟くみたいに来栖が言った。

「クルちゃん……ホントはお母さんより淋しがりだね。家に帰れって言ったのクルちゃんなのに……淋しかったの？」

「ああ、すごく淋しかった。俺はおまえがいなきゃ困る」

今度は首元にキスが落ちてくる。シャツのボタンを器用に外し、表われていく白い肌に唇を寄せながら、照れ隠しのように来栖は言葉を紡ぐ。

「……そうだ睦、選挙終わったら映画観に行こうな」

「映画？」

「なに惚《とぼ》けてんだよ、レイダーマンだぞ？　今夏休み映画でやってるやつ……おまえ、テレビでCM流れる度に興奮してたじゃないか」

来栖が喋《しゃべ》る度、唇が肌を撫でる感触や息がくすぐったい。

睦は笑いそうになるのを堪えて返した。

「あ……うん、でもクルちゃん忙しいから。映画館じゃなくてもいい。そのうち……テレビでも観れるようになるから」

DVDでいいと言いたかった。

「俺に遠慮してんのか？」

「遠慮じゃないけど……クルちゃん、楽しい？　レイダーマン、楽しい？」

大人になるにつれて来栖が興味を失っていったのを知っている。映画やショーには自分に合わせて連れて行ってくれていることも。

けれど、睦のそろりとした問いに来栖は応えた。

「楽しいよ。一人でまでは行かないと思うけど……最近はＣＧとか派手だからかな。いや、違うな……たぶん」

「違うって？」

「事務所にさ、母さんぐらいの年のおばさんで……お子様ランチのオマケ集めるのが趣味の人がいるんだ。ちょっと……そんな感じかも。なんか……楽しくなってきたんだ。つまらないと思ってきたこと、つまらないって思うのもバカバカしくなって……素直に受け止めるようになったらまた……」

「……また？」

なんだか反応が鈍い。睦が布団の上で首を捻って先を促すと、思い出したみたいに胸の上でくぐもる声が上がる。

「本当は大人ってのは……」

答えを続ける声はすぐにまた途切れた。

「……クルちゃん？」

乗っかった頭ももう動かない。

「クルちゃん、寝ちゃったの？」

幼馴染みは睦と違い、嘘の眠りでも『寝てる』と応えたりはしない。だから時々騙《だま》されてからかわれたりもするけれど、今は本当に寝入ってしまったようだ。

預けられた体も頭も、ずっしりと重い。睦はちょっと揺すってみようとして止めた。放っていても、きっとすぐに目を覚ますだろう。

「クルちゃん……疲れてるんだね」

睦は眠くない。なにをすることもできないので、ただぼんやりと天井を見上げる。

白い天井だ。子供の頃通っていた歯医者さんの天井には変なミミズみたいな柄があって、睦は治療の間それをずっと数えていたけれど、今は数えるものもない。

天井を見上げ、睦は好きなものを思い浮かべることにした。

お絵かき、あお色のクレヨン、蒸したプリンに甘い卵焼き。ふかふかのタオルにレイダーマン人形。いっぱい並べるものはある。苦手だった酸っぱいものも今はちょっとくらいは好きだ。

好きなものは減ることがなく、睦の中で増える一方だった。

たくさん長く生きているのだから、睦にとってそれは普通に思えた。

オウちゃんに商店街の花屋の泉《いずみ》さん、東京に来て出会った餅田くんとユミちゃん。クルちゃんのお母さんも、妹の文ちゃんも。あと、ほかにもたくさんの人。

それと二軒隣のコウタとの思い出。コウタはもうずっと前にお星さまになったけれど、今も睦の記憶の中では元気に川原を散歩している。

お父さん。

お母さん。

それから。

胸の上で眠る幼馴染みの頭をそっと抱き、睦は小さく言葉にした。

「俺が大好きなのはクルちゃんだよ。ずっと、ずっとクルちゃんだから」

みなさま、こんにちは。初めましての方がいらっしゃいましたら、初めまして。

この度は「イノセンス」を文庫化していただくことになりました。

とにかく過去最大級に悩みながら書いていたのを覚えてます。……というようなことを文庫化の度に書いている気がするので、なにかほかに……「冬の向日葵」の時期が劣悪な環境だったのを思い出しました。家、揺れてたんです。地震ではなく、お隣のマンション建設で。ちょうど雪のシーンを書いているときにアスファルト舗装が始まりまして、ドドドドドと道路工事状態しかも夏で汗だく、という絵にかいたようなシュールさでした。「この中で書き上げられたら、きっと悟りが開ける！」と思ったのですが、あのとき開いた悟りはあっという間に閉じられたようです。相変わらず原稿は悩みまくりで書いてます。がっくり。

今回の文庫化では、イラストは陵先生に書いていただきました。いただいたラフがどれも素敵で、特に表紙は出してくださった数パターンがどれも仕上がりを見てみたい雰囲気だったのでとても迷いました。まったく幸せな迷いです。クルちゃんと睦、二人の長い長い恋を瑞々しく形にしてくださってありがとうございます。話が追いつけてるといいのですが。

紆余曲折で悩み倒した作品でしたが、またこうして別の形で皆様の目に触れることになり本当に嬉しいです。手に取ってくださった皆様、ありがとうございます！

２０１０年４月　　砂原糖子。

✦初出　イノセンス~幼馴染み~……小説アイス2003年3月号
イノセンス~再会~…………小説アイス2003年5月号
冬の向日葵…………………アイスノベルズ「イノセンス~幼馴染み~」(2005年2月)
真夏の椿……………………書き下ろし

砂原糖子先生、陵クミコ先生へのお便り、本作品に関するご意見、ご感想などは
〒151-0051 東京都渋谷区千駄ヶ谷4-9-7
幻冬舎コミックス　ルチル文庫「イノセンス~幼馴染み~」係まで。

幻冬舎ルチル文庫

イノセンス~幼馴染み~

2010年5月20日　第1刷発行

✦著者　砂原糖子　すなはら とうこ

✦発行人　伊藤嘉彦

✦発行元　株式会社 幻冬舎コミックス
〒151-0051 東京都渋谷区千駄ヶ谷4-9-7
電話 03(5411)6432[編集]

✦発売元　株式会社 幻冬舎
〒151-0051 東京都渋谷区千駄ヶ谷4-9-7
電話 03(5411)6222[営業]
振替 00120-8-767643

✦印刷・製本所　中央精版印刷株式会社

✦検印廃止

ISBN978-4-344-81970-2　C0193　Printed in Japan

幻冬舎ルチル文庫
大好評発売中

発行●幻冬舎コミックス　発売●幻冬舎